AF380804

*„Kaffee und Liebe genießt man am besten heiß!"*

Sandra Ruscello ist eine in Österreich lebende Autorin. Die nahe Verbundenheit zum italienischen Lebensstil hat sie dazu inspiriert, die mitreißende Liebesromanreihe **„la vita è…"** zu verfassen. **„Squisita – das Leben ist vorzüglich"** ist der dritte Titel dieser Reihe.

Mehr zur Autorin und ihrer Debütromanreihe gibt's auf **www.sandraruscello.com** oder **www.facebook.com/RuscelloSandra**

Ebenfalls aus dieser Reihe:
„Seducente – das Leben ist verführerisch" (Teil 1)
„Sorprendente – das Leben kommt unerwartet" (Teil 2)

## Impressum:

*Nachdruck, auch auszugsweise, nur mit schriftlicher Genehmigung der Autorin. Personen und Handlungen sind frei erfunden. Ähnlichkeiten mit real existierenden Menschen sind rein zufällig und nicht beabsichtigt. Orte, Events, Markennamen und Organisationen werden in einem fiktiven Zusammenhang verwendet. Markennamen und Warenzeichen, die in diesem Buch verwendet werden, sind Eigentum ihrer rechtmäßigen Eigentümer.*

*Bibliografische Information der Deutschen Nationalbibliothek:*
*Die Deutsche Nationalbibliothek verzeichnet diese Publikation in der Deutschen Nationalbibliografie; detaillierte bibliografische Daten sind im Internet über http://dnb.dnb.de abrufbar.*

*Version 1/2019*
*© 2019 Sandra Ruscello*
*www.sandraruscello.com*

*Herstellung:* BoD - Books on Demand, Norderstedt
*Illustration Titelbild:* Michael Bachner
*Covergestaltung, Grafik, Satz:* Sandra Bitriol
*Lektorat und Korrektorat wurde durchgeführt.*

ISBN: 9783750409637

## Alle Rechte vorbehalten!

SANDRA RUSCELLO

# la vita è squisita

das Leben ist vorzüglich

# Vorwort

Ich war bisher eigentlich immer ein sehr geduldiger Mensch. Trotzdem war ich überaus gespannt, was die Zukunft für mich bereithielt.

Vor nicht allzu langer Zeit lebte ich den italienischen Traum der dolce Amore. Ich befand mich in einer glücklichen Beziehung mit Antonio, dem Sänger einer angesagten italienischen Band, doch irgendwie hatte ich es geschafft, alles aufs Spiel zu setzen, als ich mit seinem Bruder Vito im Bett landete. Erneut.

Mein schlechtes Gewissen quälte mich, obwohl Vito mir versicherte, dass überhaupt nichts zwischen uns gelaufen sei. Am Hochzeitstag meiner besten Freundin Arianna, die extra aus Österreich angereist war, um ihren großen Tag am Lago Maggiore zu feiern, platzte die schon lang tickende Bombe. Zu meiner Überraschung waren es, wie sich herausgestellt hatte, aber Toni und Vittoria, die mich und Vito betrogen hatten. Für Vito war deshalb mit Vittoria Schluss, während ich naiv genug war, Toni eine zweite Chance zu geben. Schließlich dachte ich ja, ich liebte ihn wirklich.

Weil auch ich die Dinge endlich richtigstellen wollte, gestand ich meinen vermeintlichen Ausrutscher mit Vito. Toni war weniger verständnisvoll, da er wusste, dass sein Bruder ein Dongiovanni war und ihm nicht über den Weg traute, weshalb er mich ohne mit der Wimper zu zucken verließ. Die Trennung tat weh. Umso größer war meine Enttäuschung, dass Arianna nicht für mich da sein konnte, da sie und Marco, frisch vermählt, in die Flitterwochen flogen. Doch da sie als hormonüberladene Schwangere emotional ohnehin nicht mehr ganz sie selbst war, konnte ich so oder so nur mit wenig Unterstützung ihrerseits rechnen. Ich war wütend über Tonis Zurückweisung, dabei war es längst nicht das Schlimmste, was mir damals passierte.

Als ich wieder Single war, kam ich Vito erneut näher und entdeckte Gefühle für ihn, die ich unterdrückte, seitdem wir uns kannten. Als auch er mir seine Liebe gestand, starteten wir einen Versuch zusammen zu sein. Unsere Beziehung übertraf alles, was ich je erwartet hatte! Es war überwältigend.
Aber es ging nicht lange gut. Er ließ mich auf einer gemeinsamen Reise in der Toskana sitzen und war seitdem wie vom Erdboden verschluckt.
Einer erfolglosen Suche nach ihm folgte meine alleinige Heimreise.

Besonders in schweren Zeiten war man froh darüber, gute Freunde zu haben. In diesem Fall hieß meine Retterin Sofia und obwohl ich ihr nicht erzählt hatte, dass ich es mir gleich mit zwei umwerfenden Männern vermiest hatte, war sie genau dann für mich da, als ich sie am meisten gebraucht habe. Ihr gehört das Caffè e Dolce in Cannobio und ihr Freund Francesco leitet den hiesigen Beachclub. Sie nahm mich auf eine luxuriöse Party nach Arona mit, wo ich mich in einer ungewohnt noblen Gesellschaft, inmitten lauter berühmter und einschüchternder Menschen wiederfand. Besonders der Schauspieler Domenico, mit dem ich einen sehr intensiven Flirt hatte, blieb mir bildhaft in Erinnerung.

Als hätte Toni nicht schon genug Schaden damit angerichtet, dass er Vito in Siena erzählte, ich wäre schwanger, setzte er dem ganzen Unfug seine Krone auf, indem er mich in Arona aufspürte, um mir wiederholt eine Liebeserklärung zu machen. Ich war froh, dass ich mich mit Toni aussprechen konnte. Nicht nur, damit das Chaos zwischen uns endlich geklärt werden konnte, ich war mir nun auch wirklich sicher, dass ich keine Gefühle mehr für ihn hatte und wir nicht zusammenpassen.

Anschließend ging Toni vermutlich nach Florenz zurück, denn auch ihn hatte ich am Lago lange nicht mehr gesehen. Ebenso wie Vitos Ex, Vittoria …

# I

„Sei l'amore della mia vita", hauchte mir Vito zärtlich ins Ohr, nachdem er mein Oberteil langsam über meinen Kopf gestülpt hatte, um mich auszuziehen. Er warf es beiseite und strich mir meine wilden Haare aus dem Gesicht. Nicht eine Sekunde hatte er verstreichen lassen, um mich erneut innig zu küssen.
Seine Zunge massierte meine so sinnlich, wie es auch in der Vergangenheit der Fall gewesen war. Ich konnte mich nicht wehren, ich war süchtig nach seiner Nähe. Auch ich zog ihn aus und glitt mit meinen Händen über seinen definierten, maskulinen Körper. Seine Haut war zart und dennoch so männlich, dass ich meine Finger einfach nicht von ihm lassen konnte. Jede Berührung elektrisierte mich.

„Ich will dich!", sagte Vito und schaute mir so tief in die Augen, als suchte er darin nach etwas Verlorengegangenem. Nachdem wir eine Weile hemmungslos rumgemacht hatten und wir unsere Intimbereiche beinahe aneinander wund rieben, schmiss er mich auf die Seite, zerriss mein Höschen, schob seine eigene nach unten und drang vollgeladen in mich ein. Diesem Mann so nahe zu sein, warf mich jedes Mal völlig aus der Bahn. Er presste seinen Körper auf meinen und hörte nicht auf, mich überall zu küssen oder zu berühren. Ich krallte meine Finger voller Ekstase in seinen Rücken und kämpfte unweigerlich damit, nicht sofort zum Höhepunkt zu kommen. Ich wollte nicht, dass es vorbei war. Ich wollte mehr.

Die eindringlichen Gefühle von Begierde und Sehnsucht, die Vito in mir auslöste, betäubten meinen Verstand. Ich wusste nie genau, wo ich bei ihm stand und trotzdem fühlte ich mich geborgen und beschützt. Unser Treiben war so wild, dass ich schließlich schweißgebadet und zu allem Frust ganz alleine in meinem eigenen Bett aufwachte. Noch immer krallten meine Finger verkrampft in der Matratze. Mein Atem raste, mein Puls war außer Kontrolle.

Entsetzt stieg ich aus meinem Bett und lief auf wackeligen Beinen ins Badezimmer. Mein ganzer Körper zitterte. Ich befand mich in meinen Träumen ab und zu in einer utopischen Welt, die mich damit konfrontierte, dass mein Unterbewusstsein doch keinen ganz so klaren Strich unter die Sache mit Vito gezogen hatte. Die meisten Menschen würden so einen Traum wahrscheinlich nicht als Alptraum bezeichnen, sondern als lustvolle Erinnerung oder womöglich ein ungestilltes Verlangen. Für mich war es ein Hirngespinst, das „Vito" hieß und ich legte eigentlich alles daran, ihn einfach zu vergessen.

Es fiel mir schwer, obwohl auch ich wusste, dass er ein Dongiovanni war, wie man ihn nur aus Filmen kannte und dass er in den letzten Monaten sicherlich mit ausreichend Frauen geschlafen hatte. Er würde keine Gelegenheit ungenutzt lassen, da war ich mir sicher. Er hatte es auch unwahrscheinlich leicht, denn er sah umwerfend aus, sozusagen unwiderstehlich und er wusste genau, was eine Frau wollte und wie er sie befriedigen konnte. Untypisch für sein Verhalten hatte er aber einen lieben Charakter und war eigentlich ein sehr gefühlvoller Mann. Obwohl er für seine Affären den Unzugänglichen mimte, war er mir gegenüber sehr aufgeschlossen. Deswegen waren meine Träume wahrscheinlich noch immer dermaßen realistisch.

Ich versuchte trotzdem alles, was mich an ihn erinnerte, zu verdrängen. Darauf hoffend, dass der Spuk möglichst bald ein Ende haben und das Gespinst aufhören würde, in meinem Kopf herumzugeistern. Ein paar tiefe Atemzüge später und nachdem ich mein Gesicht mit eiskaltem Wasser abgekühlt hatte, zog ich mir mein durchnässtes Nachthemd aus. Zwischen meinen Beinen pochte das Blut in den Adern meiner Vulva noch immer lustgeladen und auch die Innenseiten meiner Schenkel juckten noch. Langsam schob ich meinen Slip nach unten und schlüpfte mit beiden Beinen heraus. Ich hob ihn hoch und balancierte ihn in meinen Händen. Er war feucht und sah mich an, als wollte auch er mir sagen, dass meine Libido Vito nicht vergessen und schon gar nicht abgehakt hatte. Ich fürchtete, dass er mich für ein und allemal verdorben hatte und dass ich womöglich keinen anderen Mann mehr so intim lieben können würde, wie ich ihn geliebt hatte. Frauenheld oder nicht, Vito gab mir trotzdem das Gefühl, dass er mich aufrichtig liebte.

Dennoch ließ er alles so enden. Wegen eines blöden Gerüchtes, das ausgerechnet von Vittoria, seiner Ex-Freundin, verbreitet wurde. Wieso glaubte er ihr mehr als mir? Er kannte sie zwar seit seiner Kindheit, doch er wusste von ihren bisherigen Intrigen. Und warum hörte er noch immer auf Toni?

Er verachtete ihn für seine Umgangsform in der Vergangenheit. Dafür, dass er ihn im Stich gelassen hatte und er, nachdem sein großer Bruder mit seiner Band durchgebrannt war, für seine Liebe zur Kunst von seinen Eltern nur mehr Lethargie bekam. Vertraute er mir so wenig, als das er dachte, ich hätte jemals wieder etwas mit Toni angefangen?

Ich war mir sicher, er wusste, dass ich ihn aufrichtig liebte und nichts mehr von seinem Bruder wollte. Er hätte nur eine einzige Minute auf mich warten müssen und wir wären jetzt ein glückliches Paar und ich müsste nicht von unserem

Liebesspiel träumen. Die Liebe war für mich zu etwas undenkbar Kompliziertem geworden, in der offensichtlich wirklich nichts unmöglich war …

Ich, Laura Peroni, war Single. Und das schon seit ein paar Monaten. Die Zeit heilt ja bekanntlich alle Wunden, doch noch immer spüre ich dieses beklemmende Gefühl in meiner Brust, wenn ich an Vito denke und frage mich, wieviel Zeit noch vergehen muss, bis es mir endlich besser geht. Meiner Meinung nach lag es daran, dass ich keine Gelegenheit hatte, die Dinge richtig zu stellen und das, was ich alles hätte sagen wollen, auszusprechen. Ich konnte mich nicht verabschieden und Lebewohl sagen, obwohl ich ihm ein schönes Leben wünschte. Auch wenn es eines ohne mich war.

Seit den emotionalen Ereignissen rundum die Trennung von Toni und den eigentlichen Neuanfang mit Vito war in meinem Liebesleben nichts Aufregendes mehr passiert. Nachdem Vito mich verlassen und ich mit Toni endlich abgeschlossen hatte, lag ich auch beruflich auf der faulen Haut. Mein Verlag drängte nach meinem nächsten Buch und wollte, dass es ein Liebesroman wird. Offensichtlich befand ich mich in einer Schaffenskrise und durchlebte gerade meine erste Schreibblockade.
Ich fand keine Inspiration und brauchte unumstößlich eine neue Muse. Auf alle Fälle war ich überzeugt, dass mir ein Genrewechsel nicht schaden würde. Verbittert wie ich momentan war, konnte ich unmöglich über die große Liebe schreiben. Mein Glaube an die Liebe, als etwas so Allesentscheidendes, wofür man die Hoffnung nie aufgeben sollte, war zerstört. Ich hatte noch kein neues Kapitel in meinem Leben angefangen, wie sollte ich also daran denken, ein neues Buch zu verfassen?

Also ließ ich in der Zwischenzeit meine veröffentlichten Romane für mich arbeiten und hoffte auf eine rentable Margenabrechnung, während ich versuchte, mich emotional zu stabilisieren. Eigentlich war ich keine Frau, die sich leicht unterkriegen ließ oder eine, die überhaupt schnell Schwäche zeigte. Dennoch waren sich meine Sinne uneinig.

Meine Gedanken waren klar. Ich war ohne Antonio und ohne Vito definitiv besser dran.
Mein Verstand sagte mir ebenso, es würde irgendwann eine Zeit kommen, in der ich mich nicht mehr zu sorgen brauchte. Eine Zeit ohne dieses ständige Umherirren und der Sprunghaftigkeit der italienischen Männer.
Tief in meinem Herzen hatte ich große Angst davor, ob ich die Liebe, die ich für Vito empfunden hatte, nochmals fühlen konnte oder überhaupt nochmals für jemanden fühlen wollte. Ich war eine starke Persönlichkeit und trotzdem fürchtete ich mich davor, erneut verletzt zu werden. Immerhin hatte ich auch gegebenen Anlass dazu.
In einem waren sich meine Gedanken, mein Verstand und mein Herz jedoch einig. Ich musste früher oder später einen Abschluss finden und wieder nach vorne schauen!

Nach meiner Rückkehr aus der Welt der Reichen und Schönen in Arona in mein ruhiges, abgelegenes Häuschen in Cannobio, schwand meine mentale Stärke Tag für Tag. Ich vermied es sogar eine Zeit lang, mich außerhalb meines Grundstückes aufzuhalten. Doch eines morgens fehlte mir der Kontakt zu anderen menschlichen Wesen dermaßen, dass ich mich wieder mal ins Caffè e Dolce zu Sofia gesellte. Auch der See fehlte mir sehr. Ich sah ihn zwar immer von der Ferne, doch es war einfach nicht dasselbe, wenn man ihn nicht riechen konnte. Schließlich fand ich mich irgendwann sogar auf diversen Partys und in Francescos

Club beim Feiern wieder. Ich ging zwar jedes Mal mit einem mulmigen Gefühl im Bauch aus der Türe hinaus, weil ich ja nie sicher sein konnte, ob dieses Mal, jenes Mal sein würde, an dem ich Vito wieder begegnete. Immerhin hatte er eine Wohnung in Cannobio. Doch ich begegnete ihm nie. Es war nicht so, als dass ich nach ihm Ausschau hielt. Aber wenn wir uns hätten treffen sollen, dann hätte das Schicksal schon dafür gesorgt und wir wären auf irgendeine Art und Weise zusammengestoßen. So wie in der Vergangenheit. Ich war hin und hergerissen von dem Gedanken an ein Wiedersehen mit ihm.
Loderte das Feuer der Liebe in seinem Herzen auch noch immer, oder würde er wieder sofort vor mir fliehen?

Obwohl mich das Leben gerne auf die Probe stellte, war ich dennoch der Ansicht, dass es seine Vorzüge hatte. So barg jedes Schlechte, auch etwas Gutes. Vitos Zurückweisung verletzte und machte mich wütend zugleich. Trotzdem musste ich lächeln, wenn ich an einen der unzähligen schönen Momente mit ihm dachte. Meistens aber versuchte ich, an etwas anderes zu denken, als an die Vergangenheit. An so etwas wie die Zukunft. Doch ich hatte keine Ahnung, wie diese für mich aussah.
Momentan war mein Alltag einfach nur trist.

Es war noch sehr früh am Morgen, als ich von meinen Träumen geweckt wurde, doch aus Angst, erneut von Vito und dem sagenhaften Sex mit ihm zu fantasieren, stellte ich mich unter die kalte Dusche, weshalb ich anschließend sowieso putzmunter war und mich dafür entschied, den Tag halt etwas früher zu starten als sonst. Immerhin ging die Sonne gerade auf, als ich die Treppe nach unten in meine Küche ging und den Schalter betätigte, der in Gang setzte, was mir Tag für Tag ein Lächeln ins Gesicht zauberte, egal wie düster es um mein Liebesleben stand. Das Geräusch, dass meine Kaffeemaschine dabei machte, wenn sie die wohlschmeckenden Kaffeebohnen mahlte, bereitete mir Herzklopfen. Ich stellte mich mit meiner Lieblingstasse vor das große Fenster in meinem Wohnzimmer und schaute in meinen Garten hinaus, während ich einen großen, deliziösen Schluck Kaffee nahm. Mein Blick wanderte weiter und erstarrte im Einklang mit der Ruhe des Sees. Das schöne Wetter und der Sommer waren verflogen und der Herbst hielt Einkehr am Lago Maggiore. Die meisten Blumen waren verblüht, die Bäume begannen ihre Blätter zu färben und auch die vielen Touristen waren abgereist. Mit dem Ende des Sommers war der Trubel vorüber.

In der Stadt und am See hatte man nun seine Ruhe und konnte ganz entspannt flanieren. Mich haben die vielen Leute zwar nie gestört, dennoch freute ich mich, dass sie weg waren und ich meine neue Heimat neu entdecken konnte. Es war mein erster Herbst, mein erster Winter hier und wären die bevorstehenden Monate vorüber, war das erstes Jahr in meiner neuen Heimat vorbei.

Ich dachte erschrocken darüber nach, wie schnelllebig das Leben war und ich trotzdem fast am selben Punkt stand wie noch ein Jahr zuvor.

Mein Telefon vibrierte auf der Küchenablage und holte mich wie so oft aus meinen Tagträumen. Es verwunderte mich doch, um diese Uhrzeit bereits einen Anruf zu erhalten, weshalb ich mich mit vorsichtigen Schritten näherte. Es konnte eigentlich nur meine beste Freundin Arianna oder meine Mutter sein, die jetzt schon bereit für ein Gespräch war. Als das Geräusch verstummte, las ich auf dem Display Ariannas Namen. Da sie hochschwanger war, rief ich sie eilig zurück.

„Ist alles ok bei euch? Weißt du wie spät es ist? Soll ich …“, brabbelte ich aufgelöst ins Telefon, bis sie mich gelassen unterbrach.

„Immer mit der Ruhe. Tief durchatmen! Ich bin im Krankenhaus“, sagte sie.

„Im Krankenhaus, oh mein Gott Arianna, geht es los?“, fragte ich nervös.

Wieso hatte sie Zeit zu telefonieren? In all den unzähligen Folgen von diversen Krankenhaus-Serien, die wir früher immer zusammen angeschaut hatten, hatte nie eine Frau vor der Geburt noch das Bedürfnis, ihre beste Freundin für ein Pläuschchen zu kontaktieren.

„Keine Sorge. Falscher Alarm. Da will sich jemand wichtigmachen und die Aufmerksamkeit auf sich ziehen“, sagte sie und lachte heiter.

„Von wem euer Baby das wohl hat…?“, antwortete ich und atmete erleichtert auf.

Arianna war mittlerweile im letzten Trimester ihrer Schwangerschaft und es war nun nicht mehr zu übersehen, dass sie ein neues Leben in sich trug. Ich kannte ihren Bauch zwar nur mehr von Fotos, da sie zu geschlaucht war, um mich zu besuchen und ich mit meinem aktuellen Leben dermaßen unzufrieden war, um mich Zuhause blicken zu lassen. Es wurde wie immer viel geredet und spekuliert darüber, ob meine Wenigkeit in Italien alleine zurechtkam. Weil ich niemandem eine Genugtuung verschaffen wollte, hatte ich offiziell einfach keine Zeit um nach Österreich zu reisen. Ich schob meinen Beruf als Grund vor. Immerhin war ich ja tatsächlich eine erfolgreiche Schriftstellerin. Damit ließen sich eigentlich alle, die auf einen Besuch von mir drängten, ganz leicht ruhigstellen. Am hartnäckigsten war seit jeher eigentlich nur meine Mutter. Aber wer kann es ihr verübeln, dass sie gerne ihre Tochter wiedersehen würde …

Meine Familie und besonders Arianna fehlten mir trotzdem sehr. Das Drama rund um die Zarello-Brüder hatte mir doch mehr abverlangt, als ich dachte, weshalb ich mich nicht aktiv darum bemühte, neue Leute kennenzulernen oder neue Freundschaften zu schließen. Ich gab mich mit den Gesprächen zufrieden, die ich mit Sofia führte und mit den Telefonaten mit Arianna. Obgleich letztere nur mehr einen sehr monotonen Inhalt hatten. Arianna redete am Liebsten über ihre Schwangerschaft oder darüber, was sie sich schon alles für ihren Sprössling gekauft hatten. Ich konnte ihre Freude im Grunde ja auch nachvollziehen, doch ihre Welt war im Moment Lichtjahre von meiner entfernt. Im Vergleich zu mir hatte sie alles, was sich eine Frau in unserem Alter wünschte.

Als ihre beste Freundin freute ich mich wirklich aufrichtig darüber, dass sie eine funktionierende Beziehung hatte und sogar den nächsten Schritt wagte und nun ihre eigene Familie gründete. Doch die Tatsache, dass es in ihrem Leben so rasant vorwärts ging, während ich noch immer an ein und derselben Stelle tappte, machte mich unglücklich. Warum sah in meinem Liebesleben alles so karg aus, während es bei anderen Leuten wie wild wucherte?

Lag es wirklich an mir?

Machte ich alles falsch oder wollte ich einfach zu viel?

Ich schüttelte meinen Kopf und damit die fragwürdigen Gedanken, die schon wieder darin herumschwirrten, beiseite.

Nein, es lag nicht an mir, entschied ich. Ich war bisher nur immer an die falschen Männer geraten. Es war schon zu einem Dogma für mich geworden, denn ich hielt es mir zu oft vor Augen und wiederholte den Glaubenssatz mehrmals laut und deutlich um mir die Worte zu verinnerlichen. Zudem wollte ich sicher nicht zu viel. Alles was ich wollte, war glücklich zu sein!

Deshalb war es an der Zeit, sich wieder in neue Abenteuer zu stürzen und wann war ein geeigneterer Zeitpunkt als an jenem frühen Morgen, an dem ich ohnehin schon wach war?

Es war ein stimmungsvoller Herbsttag. Die Sonne schien auf die Bäume, deren Blätter Farben von hellgelb bis dunkelrot angenommen hatten. Es roch noch nach dem Regen, der in der vergangenen Nacht niedergeprasselt war. Ich schnappte mir meine Tasche und lief durch den weichen Kies in meiner Hauseinfahrt zu meiner Garage. Mein Auto war dermaßen verstaubt, dass ich kaum mehr zur Windschutzscheibe hinaussah, doch ich fuhr zielstrebig los obwohl ich keine Ahnung hatte, wohin ich wollte. Mittlerweile war ich es gewohnt, dass die Straßen rund um den Lago Maggiore schmäler waren, als jene in Österreich, weshalb ich nur mehr selten zusammenzuckte und um meine Seitenspiegel bangte. Beängstigend war es für mich noch immer, wenn ich jene Passage passierte, die an Vitos Hauseinfahrt vorbeiführte.

Es war das erste Mal seit langem, dass ich mich traute, einen flüchtigen Blick dorthin zu werfen. Sein Hausplatz war ausdruckslos und leer und die Hecke rundherum ungepflegt. Womöglich war er nie von Siena zurückgekehrt. Es war merkwürdig, doch ich versuchte es zu ignorieren. Schließlich ging es mich nichts mehr an, wo Vito war oder was er machte.

Ich hielt mir wieder mein Dogma vor Augen: Er war einfach nicht der Richtige!

Also fuhr ich weiter. Am wunderschönen Ufer des Lagos entlang. Auf dem See war keine Menschenseele zu sehen. Die Wassertemperatur war gesunken und machte jegliche sportliche Aktivität zur Härteprüfung. Lediglich die Personenschiffe pendelten noch ab und zu zwischen den Ortschaften, obwohl auch sie beinahe leer waren. Doch wie Sofia mir erzählte, waren die Einnahmen, die der Tourismus während der Frühlings- und Sommerssaison brachte, so ausgiebig, dass sie den Winter damit überbrücken konnten. In ihrem Café und auch im Club von ihrem Freund Francesco herrschte, egal zu welcher Jahreszeit, immer reges Treiben. Dort tummelten sich ganz zu meinem Gefallen neben den Touristen, die hier Halt machten, auch die meisten Einheimischen. Sonst hätte ich Toni gewiss nicht dort kennengelernt, als er einen Auftritt mit seiner Band hatte. Womöglich wäre ich dann von vornherein mit Vito zusammengekommen. Oder es wäre auch denkbar, dass Vito gar kein wahres Interesse an mir gezeigt hätte, wenn er nicht eifersüchtig auf seinen Bruder gewesen wäre …
Darüber, was alles hätte sein können, konnte ich jetzt sowieso nur mehr spekulieren.

Verzaubert vom Anblick des ruhigen Lagos und in Konzentration auf den Verkehr versunken, brauste ich gerade am Ortsschild von Verbania vorbei, als mich meine Intuition magisch in eine freie Parklücke am Straßenrand lenkte. So etwas wie einen kostenlosen Parkplatz gab es am ganzen See nicht. Doch es war weder eine Parkuhr, noch ein Halteverbotsschild zu sehen, also ließ ich meinen Wagen wohlwollend dort stehen.

„Was für ein Glück!", sagte ich erfreut zu mir selbst.
Es war das erste Mal seit langem, dass ich das Gefühl hatte, mir widerfährt etwas Gutes. Vielleicht war es ein Zeichen dafür, dass dieser Tag ein guter Tag für mich sein sollte.

Voller guter Erwartungen steuerte ich enthusiastisch in Richtung Innenstadt. Auch Verbania war ein Ort, der mir überaus gefiel. Die Stadt war im Vergleich zu Cannobio riesig, weshalb sie natürlich viel mondäner war. Es gab richtig viele Boutiquen und Geschäfte. Ich wusste gar nicht, wonach ich überhaupt suchte. Schon immer lief ich am liebsten durch die schmalsten Gassen, denn diese bargen meist die größten Schätze. In einer besonders tollen, rustikal gepflasterten Gasse blieb ich vor einem pompösen Schaufenster stehen. Darin saßen ein paar adrette Frauen und ließen sich gerade die Haare machen. Sie sahen alle zufrieden und glücklich aus.

„Das ist genau das, was ich brauche!", sagte ich zu meinem Spiegelbild, das sich undeutlich im Schaufenster abzeichnete. Und zwar einen neuen Haarschnitt!

Eine Typveränderung hat einer Frau nach einer Trennung bisher noch nie geschadet, also öffnete ich die Türe und nach meinem Eintritt führte mich eine aufmerksame Stilista, als hätte sie bereits auf mich gewartet, zu einem freien Sessel. Auch das war ein wahres Glück, schließlich hatte ich überhaupt keinen Termin und war nur zufällig dort.

„Caffè?", fragte sie mich mit einer rauchigen Stimme und einem freundlichen Lächeln im Gesicht.

„Volentieri!", antwortete ich und lehnte mich entspannt zurück. Ja, es sollte wohl wirklich ein guter Tag werden.

Ich erinnerte mich nur mehr dunkel an meinen letzten Besuch bei einem Friseur. Meine Haare waren grundsätzlich ein Desaster. Daran konnte keine Spülung, kein Shampoo und auch nicht die spitzeste Schere der Welt etwas ändern. Da die Scheeren meiner bisherigen Friseure sich wegen meines Hauptes verzweifelt verbogen und stumpft wurden, war ich gespannt, ob es dieses Mal ein zufriedenstellendes

Ergebnis für mich und auch für die arme Stylistin gäbe, die die Aufgabe hatte, meine Mähne zu bändigen. Ich sagte der motivierten Stilista also schließlich, sie könne ihrer Kreativität freien Lauf lassen, solange ich am Ende nicht wie ein Junge aussah, war ich diesbezüglich sehr tolerant.

Bereits nach der Kopfmassage befand ich mich in einer anderen Sphäre. Es fühlte sich definitiv nach einem Neuanfang an. Maria, wie meine Stilista hieß, schnitt voller Elan drauf los, während sie, wie für ihren Job üblich, an einer Tour quasselte. Aber im Gegensatz dazu, wie ich es normalerweise kannte, dass in einem solchen Salon freundlich Smalltalk gemacht wurde, diskutierten hier alle miteinander über scheinbaren Firlefanz. Wie ich es wahrnahm, waren die Themen so banal, dass sie wohl nur jemandem wichtig erschienen, wessen Weltbild rein materialistisch war. Landestypisch nahm niemand bei der Äußerung seiner Meinung ein Blatt vor den Mund, ganz gleich ob es unfreundlich der Kundschaft gegenüber war, was die Friseusen von sich gaben. Und sie waren mit ihren Ansichten nicht gerade diskret.

Ich saß ganz gelassen in meinem Sessel, horchte schweigsam zu, schlürfte meinen Kaffee und versuchte mich nicht in die aktuelle Debatte einzumischen. Zu schön war das Gefühl der Erleichterung. Denn je mehr Haare zu Boden fielen, umso freier fühlte ich mich. Maria legte irgendwann die Schere nieder und wuschelte mir durchs frisch geschnittene Haar. Sie sah soweit zufrieden aus. Ich konnte noch keine wirkliche Veränderung an meinem Spiegelbild erkennen, was wahrscheinlich daran lag, dass meine Haare noch nass und platt waren.

Auf das Endergebnis gespannt, wartete ich nervös, während Maria Föhn und Bürsten holte. Nach einem dezenten Klingeln betrat jemand Neues den Salon und legte gerade den Mantel ab. Wie in Zeitlupe vergingen ein paar wenige

Sekunden, bis ich erkannte, wer der Neuankömmling war. Eine Frau so anmutig und schön – ein Vorzeigeexemplar eines italienischen Mannequins.

Es war Vittoria.

Auch ihr war ich nachdem ich sie in der Apotheke gesehen hatte, als ich mir vor Monaten einen Schwangerschaftstest gekauft hatte, nicht mehr begegnet. Sie war der Auslöser für das Drama in Siena, weshalb es mir mehr als recht war, sie nicht mehr gesehen zu haben. Noch immer fand ich es eine Frechheit, dass sie das Gerücht in die Welt gesetzt hat, ich wäre schwanger. Ich war völlig perplex, sie hier anzutreffen, obwohl ihre Galerie ja in der Stadt war. Doch an sie hatte ich nicht eine Minute lang gedacht, ansonsten wäre ich sicher nicht in Verbania stehen geblieben. Doch was konnte diese schöne Stadt dafür, dass sie als Arbeitsstätte für dieses Biest herhalten musste? Ich war eigentlich kein Mensch, der oft wütend war. Am besten fuhr ich normalerweise damit, zu Personen, die mir schaden wollten, Abstand zu halten. Doch wie sollte ich nun eine Distanz zwischen uns schaffen?

Meine Frisur war noch nicht fertig, ich hatte gerade wieder einen Espresso bestellt und bezahlt hatte ich auch noch nicht. Intuitiv sank ich etwas tiefer in meinen Stuhl und hoffte einfach auf das Beste. Bestimmt hatte sie bereits gehört, dass auch Vito mich fallen ließ und da es ihre Schuld war, hatte sie vielleicht genug Anstand, mich endlich in Ruhe zu lassen. Maria begann zu föhnen und der Lärm des Gerätes zog die Aufmerksamkeit des ganzen Friseursalons auf sich. Die Diskussionen verstummten und die anderen Frauen gingen geschwind ihrer Arbeit nach. Nur Vittoria wartete noch am Eingang neben dem Kleiderständer, auf den sie ihren Mantel hängte und starrte in meine Richtung. Ihr Gesicht war errötet und ihr Blick schockiert, während mir entsetzt nur mehr der Kinnladen nach unten hing und ich sie ebenso entrüstet durch den pompös glitzernden Spiegel vor mir anstarrte.

Entweder hatte sie sich in den letzten Monaten dermaßen gehen lassen, oder was wahrscheinlicher schien und nicht zu übersehen war – Vittoria war schwanger!

# II

Vittoria Umbrelli war eine typische, italienische Nobildonna, weshalb sie vermutlich nur mit den Fingern schnippen musste, um einen neuen, potentiell familientauglichen Mann an der Angel zu haben. Ihrem Bauchumfang zufolge und wie ich ihn im Hinblick auf Arianna einzuschätzen wusste, musste sie etwa um den sechsten Monat sein. Ein bisschen verwundert war ich dennoch darüber, dass sie, obwohl sie Antonio so lange hinterherlief und auch mit Vito hätte zusammen sein können, sich so schnell von einem anderen schwängern ließ. Die einen veränderten ihren Typ mit einem neuen Haarschnitt, während andere eben so neuanfingen …

Wie dem auch sei. Auch das hatte mich eigentlich nicht mehr zu interessieren. Ich wandte meinen Blick von ihr ab und bewunderte meine neue Frisur im Spiegel. Marias Arbeit gefiel mir. Sie hatte es irgendwie geschafft, alles in eine neue Form zu bringen und auch meine spröden Spitzen war ich endlich losgeworden. Dazu verkaufte sie mir noch ein paar Pflegeprodukte. Wenn ich meine Haare zuhause damit alleine nur halb so gut frisieren konnte, waren sie das Geld definitiv wert. Da ich einen Überschuss an Glückshormonen hatte, störte es mich nicht, dass ich knapp zweihundert Euro für meinen neuen Stil hinblätterte. Selbstredend habe ich auch mit dem Trinkgeld nicht gegeizt. Maria half mir, wie es sich anstandshalber gehörte, in meine Jacke und verabschiedete mich freundlich.

Ich warf beim Verlassen des Salons noch einen flüchtigen Blick über meine Schulter zurück zu den anderen Kundinnen und sah, dass Vittoria mich noch immer anschaute. Sie hatte mittlerweile eine Haarwäsche bekommen, doch an ihrem Blick und ihren roten Wangen hatte sich nichts geändert.

Erhaben hielt ich meinen Kopf in die Höhe und ging weiter meines Weges. Trotz des kurzen Schockmomentes mit Vittoria war der Tag dank meiner neuen Frisur bislang einer der tollsten der vergangenen Monate. Endlich fühlte ich mich – zumindest ein bisschen – wie ein neuer Mensch. Was eine neue Frisur alles bewirken konnte war einfach genial. Es ärgerte mich, dass ich nicht schon längst auf diese grandiose Idee kam.

„Lieber spät, als nie!", sagte ich laut und liebäugelte mit meinem Spiegelbild, das sich in einem anderen Schaufenster in der schmalen Gasse abzeichnete, während ich meine Haare mit einer wundervollen Leichtigkeit nach hinten schüttelte. Ich sah einfach toll aus und war dermaßen von meinem neuen „Ich" angetan, dass ich gar nicht bemerkte, wie sich mir jemand näherte.

„Laura, scusami…", sagte eine leicht zitternde Stimme, während ich vor Schreck fast aus meinen Schuhen kippte. Es war Vittoria, die mir nochmals Herzrasen bescherte. Ich hielt mir mit einer Hand die Brust, in der mein Herz wie wild schlug.

„Vittoria, per carità! Willst du mich umbringen?", schrie ich erzürnt.

„Ich wollte dich nicht erschrecken. Ich dachte, du siehst mich kommen …", antwortete sie verwirrt und deutete auf ihren Schatten, der am Boden vor uns zu sehen war.

Ich warf ihr einen erneut entrüsteten Blick zu. Wieso sprach sie überhaupt mit mir? Hatte sie denn wirklich nicht das kleinste bisschen Anstand?

„Lass mich in Ruhe!", schrie ich sie an. Vielleicht etwas lauter und aufgebrachter als notwendig.

„Bitte Laura, es tut mir schrecklich leid. Ich würde dir gerne alles erklären", sagte sie einfühlsam.

„Was? Wieso glaubst du …? Es ist alles deine Schuld, vecchia scema!", beschimpfte ich sie und lief mit eiligen Schritten davon.


Womöglich reagierte ich etwas zu heftig, immerhin zog mein hysterisches Geschrei die Aufmerksamkeit der umliegenden Leute auf sich. Genaugenommen reagierte ich auf das Aufeinandertreffen mit Vittoria selbst für meine Verhältnisse außergewöhnlich sensibel. Ich erinnere mich nicht, wann ich zuletzt jemanden in der Öffentlichkeit als dumme Pute bezeichnet hatte. Eigentlich geschah das noch nie.

Sie versuchte mich an meinem Arm zurückzuhalten, doch ihre Haare waren voller Shampoo und sie trug noch den Kittel vom Salon, weshalb sie mir glücklicherweise nicht folgte. Wütend irrte ich in Verbania umher und brabbelte wirres Zeug in einer deutsch-italienisch-Kombi. Vielleicht war es doch an der Zeit, mir eine neue Heimat zu suchen. Doch wo war es annähernd so bezaubernd wie am Lago Maggiore? Ich fasste Kamtschatka am hintersten Ende Russlands in die engere Auswahl und fuhr deprimiert wieder heimwärts.


Es war tragisch. Ich fühlte mich emotional gerade ein Stück weit stabil. Trotzdem machte es mich rasend, Vittoria wiederzusehen. Ich hatte ja auch allen Anlass dazu, sie zu verachten. Zuerst hat sie mit Antonio geschlafen, obwohl er damals noch mit mir zusammen war und anschließend erzählte sie irgendwelche Gerüchte über mich und zerstörte damit auch noch meine Zukunft mit Vito. Man konnte also davon ausgehen, dass sie somit alles hatte, was sie wollte. Nämlich einen Keil zwischen uns alle zu treiben. Bloß, weil sie keinen von den Zarello-Männern haben konnte, durfte ich auch keinen haben! Sie war wirklich ein Biest. Noch war sie nun so dreist, mich einfach nicht in Ruhe zu lassen!

Zuhause angekommen, steckte ich mir die Haare auf dem Kopf zusammen und legte mich zur Beruhigung in eine heiße, vollschaumige Badewanne. Am meisten ärgerte ich mich in jenem Moment über mich selbst. Momentan hatte ich wirklich damit zu kämpfen, aus meinen Tagen etwas Gutes zu machen. Ich steckte in einem Trott fest. Möglicherweise würde mir ein Tapetenwechsel wirklich nicht schaden. Oder zumindest wieder einmal richtigen Sex zu haben, als bloß davon zu träumen. Leider lernte ich auf meinen bisherigen Streifzügen nur mehr Touristen kennen und nach einem längeren, holprigen Flirt mit einem Holländer namens Thorsten, verging mir jeglicher sexueller Appetit.
Meine Gedanken drifteten dahin, während sich meine Muskeln langsam entspannten und ich ließ meinen Tag Revue passieren. Ich wurde aus Vittoria nicht schlau. Als ich sie kennenlernte fand ich sie eigentlich ganz nett. Ich war sogar der Ansicht, dass wir uns irgendwie ähnlich waren. Mein offenes Gemüt sorgte dafür, dass ich allen Menschen ohne, oder möglichst vorurteilsfrei begegnete. Damit ich mir selbst ein Bild von der Person machen konnte. Eine ganz andere, zickigere Seite von Vittoria lernte ich erst kennen, als sie und Vito es nochmals miteinander versuchten. Toni und ich waren damals ein glückliches Paar, weshalb ich mich nicht weiter über ihre abweisende Art scherte. Doch da sie ja eigentlich, wie sich herausstellte, die ganze Zeit auf Toni scharf war, war klar, weshalb sie so kalt zu mir war. Vor Grazia, Vitos und Tonis empfindungsloser Mutter, inszenierte sie die perfekte Schwiegertochter, wahrscheinlich ebenfalls nur, um mich in den Schatten zu

stellen. Die Mühe hätte sie sich sparen können, denn Grazia hatte so oder so nichts für mich übrig. Obwohl ich alles dafür tat, um ihre Familie wiederzuvereinigen, während Vittoria verbissen daran arbeitete, alles zu zerstören. Doch wenn man etwas nicht sehen will, sieht man es meistens tatsächlich nicht.

Woher kam also nun Vittorias anscheinender Sinneswandel? Sie meinte, es täte ihr leid.

Einerseits wollte ich einfach nichts mit dieser Frau zu tun haben, doch andererseits war ich ein ganz kleines bisschen neugierig, was sie mir sagen wollte. Vielleicht verlor ich aber auch langsam meinen Verstand, wenn ich es wirklich in Erwägung zog, mit ihr zu reden.

Wie erwartet, sah die Welt am nächsten Tag schon wieder viel besser aus. Ich erwachte in meinem Bett, trug meinen Lieblingspyjama, den ich mir zugelegt hatte, nachdem ich von Toni sitzengelassen worden war und ich keines seiner Shirts mehr zum Schlafen tragen konnte. Auf mir lag noch das offene Buch, das ich gerade las. Zumindest verschlang ich es so lange, bis ich völlig erschöpft einschlief. Selbst konnte ich abertausende Worte schreiben, doch dessen ungeachtet machte mich das Lesen einer Geschichte schläfrig. Ich hatte das Buch vor kurzem auf einer leeren Parkbank entdeckt. Da es dort so herrenlos herumlag und es bei dem drohenden Schlechtwetter womöglich krepiert wäre, gab ich ihm eine neue Bleibe. Leicht abergläubisch wie ich war, dachte ich es war Schicksal, dass es dort auf mich wartete und begann sofort damit, es zu lesen. Obwohl bereits nach drei Seiten klar war, dass es sich um eine Liebesschnulze handelte, las ich eifrig weiter. Mein Herz schmolz dahin, als über die Liebe als eine so allesbezwingende, alles in den Schatten stellende Kraft geschrieben wurde. Ich gönnte es der Hauptdarstellerin von

Herzen, dass der Mann, den sie anbetete, ihre Liebe erwiderte. Ich war kurz vor dem Ende des Buches angekommen und ich erwartete mir für das letzte, noch ausstehende Kapitel, nichts anderes als ein herzzerreißendes Happy End. Am Ende siegte bekanntlich das Gute, das in diesem Fall die Liebe war. Es war zum Verzweifeln …

Ich lag noch ein Weilchen in meinem Bett und überlegte, ob meine Liebesgeschichte, würde ich sie zu Papier bringen, wohl ebenso glücklich enden würde. War alles nur eine Illusion? Gab es das wahre Liebesglück nur mehr in Filmen oder in Büchern?
Ich streichelte das zugeklappte Buch, das noch auf meinem Schoß lag, sanft, bevor ich es schwungvoll weglegte. Noch war ich nicht bereit dafür, das finale Ende zu lesen.
Es war traurig, dass ich irgendwann innerhalb der letzten Monate dermaßen zynisch geworden war. Hatte ich die Hoffnung wirklich aufgegeben? Oder glaubte ich tief in meinem Innersten doch noch, dass irgendwo da draußen auch ein passendes Gegenstück zu meiner Person existierte? Doch wo sollte dieser Mann sein?
Ich hatte keine Ahnung, wo ich die Suche nach meiner großen Liebe fortsetzen sollte. Vielleicht sollte ich mal wieder auf die Pirsch gehen. Die Touristen waren jetzt ja fort, was die Gefahr, erneut auf einen Mann zu treffen, der der Meinung war es gäbe nichts Leckeres als eine Pizza mit Wiener Würstchen, auf ein Minimum reduzierte. So einer wäre mit Sicherheit nicht der Richtige, genau wie Vito, wie ich mir erneut vor Augen hielt und damit eifrig in einen neuen Tag startete.

Es war ein Luxus, dass ich mir momentan frei nehmen konnte und nicht zu arbeiten brauchte. Ich wusste, dass dieser Zustand nicht ewig andauern würde, weshalb ich die, nennen wir sie: „geschenkte Zeit“, nicht unnötig vergeuden wollte. Womöglich war es aber auch genau jene viele Freizeit, die ich hatte, die mich so schwarzsehen ließ. Ich hatte keine Ablenkung und schon gar nicht die Motivation, mir eine neue Geschichte für mein neues Buch auszudenken.

Obwohl ich nicht aufhören konnte an alles Mögliche zu denken – mein aktuelles Leben, mein Job, meine Freunde, Kinder, Heiraten und in meinem Fall an eine verbitterte und einsame Zukunft – kam ich zu keiner klaren Thematik für ein neues Buchkonzept. Es ärgerte mich vor allem, dass mein Hirn es einfach nicht lassen konnte und jeden Tag irgendwie an Vito dachte.

Meine Vorräte waren aufgebraucht, weshalb ich nur zu gerne zu Sofia ins Caffè e Dolce ging und dort frühstückte. Ich schnappte mir jedes Mal als erstes einen ihrer (typisch italienischen) Zeitungsstäbe bevor ich mich an meinen Stammtisch setzte. Ich brauchte nicht lange zu bestellen, kam Sofia schon mit dem ersten Kaffee zu mir und erzählte geschwind, wenn es ihre Zeit zuließ, den neuesten Tratsch aus der Gegend. Obwohl ich mich nicht sonderlich für die Gerüchteküche interessierte, war es unumgänglich, Sofia vom Erzählen abzuhalten. Sie verbrachte noch immer viele Nächte im Beachclub mit Francesco und dennoch sah sie, wann immer ich sie besuchte, wunderschön und putzmunter aus. So als machte ihr die ganze Arbeit nichts aus und sie wäre niemals müde.

„Du musst unbedingt mal wieder mitkommen“, sagte sie eifrig. „Am kommenden Samstag ist ein großes Fest, da setze ich dich auf die Gästeliste. Ich komme dich abholen. Keine Widerrede!“, sagte sie streng.

Ich nickte zustimmend und widmete mich wieder der Tageszeitung.

„A proposito, deine neue Frisur gefällt mir!", rief Sofia, als sie hinter einem Vorhang ins Lager verschwand.

Ich freute mich infantil über das lockere Kompliment, ich war im Moment aber auch wirklich sehr leicht aufzuheitern. Beim Durchblättern der Zeitung stieß ich auf einen Artikel, der über die Band „Jacopo" berichtete. Offensichtlich waren sie gerade auf Tour und deren Konzerte ausverkauft. Ich gönnte es Toni, dass er so erfolgreich war. Seine Musik war großartig, darum hatte er sich den Ruhm in dieser Hinsicht wirklich verdient. Auf dem Bild, das neben dem Artikel abgedruckt war, saß die Band gemeinsam auf einer Couch und alle versuchten cool zu wirken. Nur Toni lachte wie ein Rockstar und schaute dabei in die Ferne, während seine langen Haare nach hinten wehten und all seine Zähne strahlten. Er lachte gerne und auch ich habe über vieles mit ihm lachen müssen …

„Laura, scusami …", sagte eine hohe Stimme und unterbrach meine rückblickenden Gedanken an die Zeit mit Toni.

Ich schielte über den Zeitungsrand und sah Vittoria, wie sie sich auf einen freien Stuhl zu mir an den Tisch setzte.

„Was wird das?", fragte ich überrumpelt. Obwohl ich bereits ausreichend Kaffee intus hatte, träumte ich offensichtlich noch immer.

„Können wir jetzt reden?", fragte sie vorsichtig.

„No!?", antwortete ich genervt und merkte wie mein Blutdruck schlagartig in die Höhe schoss.

„Ti prego. Sei bitte nicht so nachtragend! Verzeih mir…", sagte sie. Ihre Stimme klang weinerlich, obwohl sie nicht aussah, als wäre sie traurig.

„Nachtragend?", wiederholte ich empört. Welch eine Anmaßung! Was erlaubte sie sich?
„Du spinnst doch komplett…! Unverschämt ist das von dir, mich nicht in Ruhe zu lassen!", sagte ich mürrisch und stand auf, um zu gehen.

„Nein, du verstehst nicht. Es ist wichtig…", fing sie erneut an, doch ich lief davon.
Ich warf Sofia eine Zwanzigeuronote auf den Tresen und ging. Klar war es viel zu viel, doch ich konnte nicht länger im selben Raum sein wie diese Frau. Was bildete sie sich ein, mir zu sagen ich wäre nachtragend?
Natürlich war ich nachtragend!
Was sie mir angetan hat war boshaft, und das ist noch das netteste Wort, was ich dafür fand. Zudem kann ich mir nicht vorstellen, dass sie auch nur eine Minute lang daran dachte, wie hart das alles für mich war. Sie hat es schließlich nicht so schwer wie ich damit weiterzumachen. Was kümmerte es sie also, ob ich ihr verzeihen würde?

Zornig rannte ich erneut davon. Dabei wollte ich einfach nur einen stressfreien Kaffee trinken. Wieso verstand Vittoria nicht, dass ich nichts mit ihr zu tun haben wollte? Ich sprach doch klar und deutlich Italienisch! Betrübt setzte ich mich, nachdem ich mich vergewissert hatte, dass die Luft rein und Vittoria mir nicht gefolgt war, auf eine freie Bank und schaute auf den See hinaus. Erst vor einem halben Jahr verbrachte ich noch ein paar sinnliche Stunden mit Vito auf seinem Boot inmitten meines geliebten Lagos. Es fühlte sich für mich an, als lägen Jahrtausende zwischen heute und damals. Wir liebten uns splitternackt im warmen Schein der Frühlingssonne, während ich nun alleine auf dieser bitterkalten Bank fror und ernsthaft darüber nachdachte, ob es unangebracht war, in Italien lange Unterwäsche aus Wolle zu tragen. Zugegeben gefiel mir mein Leben, so wie es noch vor ein paar wenigen Monaten war, deutlich besser. Wenn man ganz unten war, konnte es nur mehr bergauf gehen. Es war ein schwacher Trost, aber immerhin sah meine neue Frisur toll aus, dachte ich und kehrte dem Lago meinen Rücken zu um nach vorn zu schauen.

# III

„Bellissima!“, staunte Sofia, da ich mir zum ersten Mal seit wir uns kannten eigenständig eine ansehnliche Frisur gemacht hatte. Ich steckte einen Teil meiner Haare auf meinem Kopf zusammen und ließ an den Seiten ein paar lockige Strähnen heraushängen. Nicht einmal meine Kleiderwahl hatte sie an diesem Abend bemängelt. Hauptsächlich, weil ich mir auch in Sachen Mode von den Italienerinnen eine Menge abgeschaut habe und meine Klamotten mittlerweile so auswählte, dass sie tatsächlich zusammenpassten. Arianna versuchte schon lange, mir einen schickeren Stil zu verpassen. Sie war der Meinung, ich sollte eine Schriftstellerin à la ‚Carrie Bradshaw‘ sein. Obwohl es in ihrem Liebesleben ähnlich verrückt zuging wie in meinem, war Carrie mit ihrem Mr. Big um Welten weiter, als ich es mit Toni oder Vito je gewesen bin. Na gut, vielleicht nicht in Sachen Sex, doch ich wollte mehr als Sex.

Nachdem Zarello-Desaster hielt ich mich, wenn ich von fremden Männern angesprochen wurde, sehr zurück. Vielleicht war ich zu wählerisch, doch damit mir ein Mann gefiel brauchte ich einfach ein gewisses „Wums-Gefühl“ direkt beim ersten Kontakt. Womöglich lag es an meiner Art, die Dinge Hals über Kopf anzugehen, dass sich selten eine langfristige Beziehung aus einem Flirt entwickelte, doch bisher hatte mir noch kein Mann gefallen, den ich erst über Dates hinweg kennengelernt hatte. Ich war nicht der Typ dafür, die Dinge langsam angehen zu lassen. Ich glaubte bisher immer an die ‚Amore a prima vista‘!

„Du siehst toll aus", sagte Sofia, „Vielleicht reißt du heute Abend einen Mann auf. Ich habe ein gutes Gefühl!"

„Es genügt mir, wenn du mich schön findest!", sagte ich gelassen. „Das reicht vollkommen!"

„So lange ohne Sex zu leben ist nicht gut. Das ist nicht gesund…", erzählte Sofia und rollte mit ihren Augen.

Es passte ihr nicht, dass ich mich auf die Flirts nicht einließ, die sie mir hie und da versuchte unterzujubeln. Ich wusste, dass einige der Männer im Club auch nur ihr zu liebe mit mir redeten. Doch ohne den besagten „Wums", musste ich meistens dringend auf die Toilette, mein Telefon klingelte oder ich schlich mich einfach stumm auf die Tanzfläche und groovte alleine zur Musik. Den Meisten war es egal, denn sie hatten offensichtlich kein wirkliches Interesse an mir, oder zumindest nur daran, eine schnelle Nummer zu schieben. An einem One-Night-Stand war ich momentan nicht sonderlich interessiert, weshalb ich mich nicht bemühte, freundlich zu ihnen zu sein. So oder so gab ich nicht viel darauf, was Sofias Clubfreunde von mir dachten.
An diesem Abend sah ich aber wirklich besonders toll aus, da musste ich Sofia recht geben und ich war schon gespannt, ob sich eventuell eine nette, zwanglose Konversation mit jemand Interessantem ergeben würde. Eine die so zufällig war, wie sie bloß selten sein konnte.

Sofia nahm mich an der Hand, als wir aus ihrem Wagen ausstiegen, den sie quasi direkt vor dem Eingang des Beachclubs abgestellt hatte und eilte mit mir an den Leuten, die in einer langen Schlange anstanden und auf ihren Einlass warteten, vorbei. Ihre Haare wehten arrogant im Wind, wenn sie lief. Sie war die Freundin des Besitzers, das wussten mittlerweile alle, weshalb niemand auch nur ein böses Wort an uns richtete. Obwohl sie ihr Caffè, wie sie noch vor ein paar Monaten überlegte, nicht verkauft hatte, beteiligte sie sich mittlerweile auch finanziell an Francescos Club und da sie nun die zweite Geschäftsführerin war, brachten ihr die Leute mehr Respekt entgegen. Es gab auch nicht wirklich viele Alternativen im Nachtleben rund um den Lago, was den Club zu einer umso lukrativeren Einnahmequelle machte. Obwohl hinter ihrem Rücken, wie es eben für unsere Klatsch- und Tratsch-Gesellschaft üblich war, darüber spekuliert wurde, wie sie zu diesem Job kam. Natürlich dachten alle böswillig, sie müsse eine Granate im Bett sein und hin und wieder höre ich neue Gerüchte über ihre „berüchtigten" Sexpraktiken. Keiner außer mir schien darüber Bescheid zu wissen, dass Sofia ihr hart erarbeitetes und erspartes Geld in den Club steckte, weil sie zusammen mit ihrem Freund noch mehr Konzerte und Events organisieren wollte. Oder, dass sie Tag und Nacht arbeitete, denn sie sprach eigentlich selten vom Business. Von außen sah alles, was sie machte so leicht aus. Doch ich würde um nichts in der Welt mit ihr tauschen wollen.

Der Schein trog, wenn man dachte, sie säße abends bequem in einer der Lounges und legte ihre Beine hoch. Selbst wenn sie das einmal wirklich machte, behielt sie das Geschehen im Club immer genau im Visier. Ich ließ die anderen Leute reden, da es mir gleich war, wie sie über Sofia dachten. Ich kannte die Wahrheit und hatte Achtung vor ihrer Entscheidung. Auch betete ich dafür, dass Francesco es ehrlich mit ihr meinte und sie nicht übers Ohr haute. Doch wie ich ihn kennengelernt habe, schätze ich ihn eigentlich nicht als Mafiosi ein. Er schien ihr auch treu zu sein. Ich hatte nur ein einziges Mal miterlebt, wie eine rassige Frau sehr aufdringlich an ihm hing, ihn betatschte und ihm immer weiter auf die Pelle rückte. Sofia sah sich das Spektakel genauestens an. Es ging keine zehn Minuten, dann wurde die Lady von zwei Securities aus dem Club geführt und seither hat man sie nicht mehr gesehen. Also zumindest im Beachclub nicht. Ich hielt auch Sofia nicht für ein Mitglied der italienischen Mafia, wobei ihr Auftreten schon sehr dominant war.

Während Sofia mit den Barkeepern diskutierte, schnappte ich mir den Drink, den sie mir spendierte und streunte alleine im Club umher. Ein paar einzelne Singles konnte ich erspähen, doch der Großteil der Leute, die an jenem Abend da waren, waren Paare. Es war zu offensichtlich. Manche Frauen hielten ihre Männer panisch fest, als sie merkten wie meine Blicke an ihren Begleitungen hängen blieben, als ich vorbeilief. Alle Sorgen waren umsonst, denn keinen von ihnen hätte ich mit nach Hause nehmen, geschweige denn überhaupt ansprechen wollen. Auch jene Männer, die alleine – ohne eine offensichtliche Freundin – den Club besuchten und meinen Blickkontakt erwiderten, sprachen mich nicht an. Von keinem funkelten die Augen so wie Vitos.
Es machte mich in jenem Augenblick unwahrscheinlich nervös, an ihn zu denken, weshalb ich mich an die nächste Bar stellte und mehrere Drinks auf einmal bestellte. Es war zwar keine Lösung, sich in dem emotionalen Chaos, das in mir herrschte, volllaufen zu lassen, doch immerhin war Happy-Hour und ich bevorzugte es, dass der Alkohol in mir brannte, anstatt der Schmerz, der von den unzähligen Erinnerungen an Vito verursacht wurde.

Etwa eine Stunde später stand Sofia wieder an meiner Seite und fächerte mir mit einer Serviette kalte Luft zu.
	„Dich kann man auch keine fünf Minuten aus den Augen lassen“, schnippte sie unbesorgt und kicherte.
Ich saß etwas schief auf einem Barhocker und brabbelte undeutliches Zeug vor mich hin, während Sofia neben mir an der Bar lehnte und taktvoll zur Musik wippte. Ihr

Fächern stoppte abrupt und ihre Lippen wurden ganz schmal, ihre Augen immer größer. Sie setzte ein Lächeln auf und winkte jemandem freundlich zu. Dann sah sie mich an, mit einem ihrer Blicke, mit dem sie mir normalerweise etwas Unangenehmes mitteilen wollte. Ein Blick, mit dem sie mich beispielsweise vom Caffè e Dolce heim schickte, weil ich ihrer Meinung nach „zu viel Koffein konsumierte". Wenn sie mir sagen wollte, ich solle aufhören zu trinken, war sie ohnehin auf dem Holzweg, also schlürfte ich weiter an meinen bunten Cocktails.

Wie sich herausstellte, galten die Happy-Hour-Preise die ganze Nacht über, weshalb es überflüssig war, dass ich gleich fünf Cocktails auf einmal bestellt hatte. Es sah womöglich merkwürdig aus, dass so viele Gläser vor mir standen und ganz offensichtlich mir alleine gehörten. Sofia tätschelte meine Schulter und wünschte mir eine schöne Zeit, bevor sie aufstand und weiterlief. Ein kahlköpfiger Mann mit Vollbart sprach mich kurz darauf von der Seite an und ich tat, als würde ich ihn nicht verstehen. Doch er redete unaufhörlich weiter und lachte über seine eigenen, plumpen Sprüche. Ob er damit jemals schon erfolgreich eine Frau aufgerissen hatte?

Ich inszenierte einen angewiderten Gesichtsausdruck, oder zumindest fand ich, dass ich ihn dementsprechend anschaute, doch er reagierte nicht. Er knetete mit seinen Händen meine Oberschenkel und gab mir wie aus dem Nichts einen feuchten Kuss auf meine Wange.

Intuitiv scheuerte ich ihm eine und kippte ihm einen meiner viel zu köstlichen Cocktails ins Gesicht, da mir auf die Schnelle keine Alternative einfiel, um ihn loszuwerden. Wie kam er auf die Idee, er würde mir gefallen?

Ich habe in der gesamten Zeit, als er geredet hatte, kein einziges Wort gesprochen! Manche Männer litten eindeutig an Selbstüberschätzung, was dem Umfang seiner Oberarme zufolge vermutlich an einem übermäßigen Anabolikakonsum lag. Ich schnappte mir meine übrigen Getränke und floh. Beduselt lief ich umher, nippte an den Röhrchen jedes Drinks, bis sie schließlich leer waren und ich mich auf die Treppe setzte, die zu den Lounges hinaufführte. Von dort aus hatte ich einen guten Überblick über das Geschehen im Club und konnte immerhin noch auf die Toilette flüchten, sollte mich der kahle Typ suchen. Mit der Zeit verflogen die Hemmungen und viele der Paare knutschten heftig miteinander oder tanzten sehr eng aneinander auf der Tanzfläche.

Einige Zeit später, als meine Augen kleiner wurden und mich eine dezente Müdigkeit überkam, setzte sich ein anderer Mann, der mir bisher nicht aufgefallen war, zu mir.
„Ist hier noch frei, Signorina?", fragte er höflich.
Ich sah ihn skeptisch an. Sein Blick hatte etwas Schüchternes, etwas Reines, weshalb ich halbwegs freundlich nickte. Doch ich blieb skeptisch und schaute mich nochmals nach dem Glatzköpfigen um.
„Grazie, sehr freundlich von Ihnen", antwortete der Mann anständig.

Meine neue Frisur hatte wohl etwas derart Bodenständiges, weshalb er mich möglicherweise für eine alte Dame hielt, denn lange war es her, dass mich jemand gesiezt hatte. Ich musterte ihn mit meinem müden, leicht schielenden Blick von Kopf bis Fuß. Seine Gesichtszüge waren sehr symmetrisch, sein Haaransatz ganz kantig und seine Frisur wurde von genügend Gel perfekt im Zaun gehalten. Sein Kleidungsstil war etwas zu schick für einen Nachtclub. Obwohl die italienischen Männer sehr viel Wert auf Designerkleidung und Designerschuhe legten, hob er sich deutlich von den anderen Gästen ab. Und nicht nur das er höflich war und mich siezte, er wirkte überhaupt sehr brav.

„Ich bin Pietro“, sagte er freundlich und streckte mir seine Hand zur Begrüßung entgegen. „Meine Freunde nennen mich Pierino.“

„Laura?“, sagte ich. Es hörte sich mehr als eine Frage an, als die Vorstellung von mir selbst. Sein Handschlag war fest und es machte den Anschein, als fühlte er sich nicht vollkommen wohl.

„Ist das dein Name oder soll es eine Frage sein?“, sagte er frech und kicherte.

„Laura!“, antwortete ich sicher und sah ihn streng an. Alles an dieser Begegnung war seltsam.

Er war ein komischer Typ und ich war womöglich zu angetrunken. Vielleicht war er auch nur eine Illusion, denn er trug eine kreisrunde Brille, mit der er aussah, als würde er am Gleis 9 ¾ auf den Zug in sein Zauberinternat warten.

„Du siehst komisch aus“, sagte ich und grinste. Er sah mich verlegen an.

„Wie meinst du das?“

„Wo soll ich anfangen? Dein Aussehen…“, sagte ich zögernd, denn ich versuchte gerade noch meine Gedanken zu ordnen um herauszufinden, was ich ihm überhaupt sagen wollte. „Schick, aber … es sieht aus, als hätte man dich gerade am Altar stehen lassen!“, sagte ich beschwipst und gluckste.

Hoffentlich hatte man ihn nicht tatsächlich gerade abserviert, dachte ich plötzlich erschrocken und hörte auf zu grinsen, sah ihn nervös an und hoffte ich wäre nicht bereits in ein Fettnäpfchen getreten.

„Ach …“, seufzte er. „Ich komme aus einer Familie, die viel Wert auf das Äußere legt“, fügte er anschließend nüchtern hinzu, so als wäre er nicht offensichtlich total overdressed. „Ich glaube, ich habe schon vergessen, wie man sich ganz leger kleidet …“ Er grinste erneut burschikos.

Seine beiden Gesichtshälften waren dermaßen wohlgeformt und sogar die Enden seines Mundes gingen links und rechts exakt gleich weit nach oben, wenn er lächelte. Vielleicht war das auch bei allen Menschen so und ich hatte eindeutig zu viel getrunken, um das realistisch beurteilen zu können. Dieser Mann sah einfach zu geniegelt und viel zu gestriegelt aus.

Ich stand auf, um nachzusehen, wo sich eigentlich Sofia herumtrieb, doch als ich auf meinen Beinen stand, begann sich der Raum rundum mich herum zu drehen. Benebelt griff ich nach etwas, woran ich mich festhalten konnte und suchte vergeblich nach dem Geländer der Treppe, auf der ich gerade noch saß. Pierino eilte mir zur Hilfe und sprang aus seiner Sitzposition hoch, um mich gerade noch rechtzeitig aufzufangen, bevor ich wie ein nasser Sack zu Boden fiel.

„Oddio! Was ist los mit dir?“, fragte er erschrocken. „Ich bringe dich an die frische Luft!“

Er warf mich in einem Satz über seine Schulter und trug mich nach draußen. Er sah überhaupt nicht so stark aus, wie er tatsächlich war. Vorsichtig setzte er mich vor dem Club auf einer Parkbank ab und legte mich nieder, während er nach meinen Beinen griff und sie in die Höhe hielt. Ich schloss derweil für einen Moment meine Augen und versuchte wieder die Kontrolle über meine Wahrnehmung zu erlangen. Was wirklich schwierig war, da sich die Bilder vor meinen geschlossenen Augen wie die Rotorblätter eines Helikopters drehten. Ich wusste, dass ich nicht viel vertrage, doch wurde man diesbezüglich jemals schlauer und trank irgendwann tatsächlich nicht mehr über seinen Durst hinaus?

Ich war gespannt, wann ich diese Reife endlich erlangen würde …

Es war kalt und ich fror, aber es half mir dabei, mich zu beruhigen und einen klaren Kopf zu bekommen.

„Was machst du hier? Ich habe dich noch nie gesehen", sagte ich leise und versuchte ganz tief und kontrolliert zu atmen.

„Ich war länger nicht unterwegs …", antwortete er.

„Kommst du von hier?", fragte ich.

„Ja", sagte er.

Danach schwiegen wir wieder.

Es fühlte sich an, wie eine Stunde, wobei wir wohl gerade mal für ein paar Minuten still waren. Als ich mich wieder stabil fühlte, setzte ich mich langsam auf. Pierino zog eine Wasserflasche aus seiner Männerhandtasche, die mir bisher gar nicht aufgefallen war und hielt sie mir hin.

„Trink", befahl er und sah mich streng an. Zumindest so streng, wie er mit seiner komischen Brille gucken konnte. Sein Auftreten erinnerte mich an einen meiner ulkigen Lehrer aus der Schule. Ich brachte meinen Ausschnitt wieder in die richtige Position, als ich bemerkte wie auffällig Pierino dorthin schielte und sah, dass eine meiner Brüste unangebracht knapp am Saum baumelte. Hoffentlich sah mein Dekolleté erst seitdem er mich herausgetragen hatte so ordinär aus.

„Dein Jumpsuit gefällt mir. Von wem ist der?", fragte er um zu überspielen, dass er mir so plump auf die Brust starrte.

Ich schaute ihn verwirrt an. Was war das für ein Mann?

„Was machst du so? Erzähl mir was von dir!“, forderte ich ihn auf ohne auf seine Frage zu antworten, bevor ich das Wasser schluckte, dass sich für meinen Körper wie ein Zaubertrank anfühlte.

„Erzählen … was soll ich erzählen?“, fragte er nervös.

„Du heißt Pierino und kommst aus Cannobio und ich habe dich noch nirgends zuvor gesehen. Ich komme aus Österreich und wohne seit ein paar Monaten in der Stadt, weshalb es gut möglich ist, dass wir uns natürlich noch nie begegnet sind. Doch die Stadt ist ja auch nicht wirklich groß, weshalb wir uns vielleicht doch schon hätten begegnen können …“, brabbelte ich viel zu schnell.
Er sah mich dabei angestrengt an. Womöglich klang mein Italienisch nach den vielen Drinks etwas undeutlich, doch ich schnappte gerade nach Luft um weiter zu reden, als ich Sofia kommen hörte.


„Laura?!“, kreischte sie schrill. „Was machst du hier draußen? Und wer bist du?“ Auch sie musterte Pierino unverkennbar.

„Pietro. Sehr erfreut. Sie müssen Sofia sein, die Besitzerin des Clubs?“, sagte er höflich und salutierte.

„Si“, antwortete sie eingebildet. „Ich muss Ihnen nun leider diese Ragazza entführen. Buonanotte, Signore … Pietro …?“
Damit packte sie mich an der Hand um zu gehen.


„Pietro Neviani. Es war mir eine Freude Sie kennenzulernen, Signora Sofia, Signora Laura. Ich wünsche noch einen schönen Abend“, sagte er freundlich und schüttelte uns zum Abschied die Hände, bevor er kehrt machte und in der Dunkelheit der Nacht verschwand.

Sofia und ich schauten ihm nach, bis sein Umriss in der Ferne verblasste.

„Was war das?", fragte ich, mit meinen Gedanken noch immer abwesend.

„Wer war das?", fragte Sofia verwirrt.

„Ich habe keine Ahnung, er hat sich zu mir gesetzt und als mir schwindlig war, warf er mich über die Schulter und trug mich nach draußen …", rekonstruierte ich das Geschehen.

„Er hat dich getragen? Er wirkt nicht so stark", entgegnete sie unverblümt und sah auch mich genau an.
Ich nahm es ihr nicht krumm, dass sie damit unter Umständen sagen wollte, dass ich kein Fliegengewicht war. Aber nicht jeder konnte so fit sein wie sie es war, oder wie Arianna. Da sie nüchtern war, brachte sie mich flugs nachhause, wo ich mich niederlegte und zufrieden einschlief.

# IV

Ich schwor mir am nächsten Morgen wieder einmal aufs Neue in Zukunft weniger zu trinken. Immerhin war der Rausch des vergangenen Abends dank Happy-Hour für knapp zwanzig Euro einer meiner billigsten. Trotzdem wollte ich mein erspartes Geld eigentlich sinnvoll ausgeben, sofern die Idee für mein neues Buch nirgends in Sicht war und ich davon noch eine Zeit lang mein Leben finanzieren musste.

Als ich gerade meine Wäsche machte, fiel mir zu allem Überfluss auf, dass der Jumpsuit, denn ich am Vorabend getragen hatte kaputt war. Ein langer Riss verzierte mein einst so wunderschönes Kleidungsstück. Mir war nicht aufgefallen, wann es passiert war. Womöglich, als mich dieser Glatzköpfige küssen wollte und ich ihm eine Ohrfeige gab, oder vielleicht, als mich dieser Pierino aus dem Club trug. Wahrscheinlicher war es aber, dass es geschah, als ich mich zuhause auszog und zu müde war, um das Licht einzuschalten, geschweige denn die Knöpfe am Oberteil zu öffnen. Ich erinnerte mich, dass ich so schnell wie möglich aus meinen Klamotten raus wollte, um unverzüglich ins Bett zu kommen. Um dies irgendwie zu bewerkstelligen, kroch ich im Dunkeln vom Bad ins Schlafzimmer und kollidierte zuerst mit einem Hocker, den jemand mitten in den Gang gestellt hatte, moderne Deko oder so, anschließend traf ich mit dem Kopf voraus auf die geschlossene Schlafzimmertüre, bevor ich zu guter Letzt das Nachtkästchen anrempelte …
Solche Erinnerungen an eine exzessive Partynacht waren vor allem am nächsten Tag sehr amüsant.

Sofia hatte es eilig wieder zurück in den Club zu kommen und ließ mich lediglich in meiner Einfahrt aussteigen. Danach brauchte ich unwahrscheinlich lange, bis ich endlich meine Haustüre aufschließen konnte. Ich suchte meinen Schlüsselbund eine gefühlte Ewigkeit in meiner Handtasche, bis mir wieder einfiel, dass ich ihn vor dem Haus versteckt habe, um mir genau diese lästige Suche zu ersparen.

Als ich nach unten kam sah ich, dass meine Schuhe quer im Wohnbereich verstreut waren. Einer lag bei der Haustüre und einer lag im Wohnzimmer. Ich erinnerte mich nicht, dass ich überhaupt noch in meinem Wohnzimmer war, doch auch meine Tasche lag in der Küche und deren Inhalt war ringsum verstreut. Ich schaute auf das Telefon, um zu checken ob ich für irgendjemanden wichtig war und las ein paar Nachrichten von Arianna.

„Das gestern hätte dir sicher gefallen“, sagte ich zu einem Bild von uns beiden, das an meinem Kühlschrank hing.

Die Zeiten, in denen wir gemeinsam so ungezwungen unterwegs waren, lagen hinter uns und vermutlich kämen wir erst in fünfzehn Jahren wieder dazu, so sorglos und vergnügt irgendwo die Nacht zum Tag zu machen, wie früher. Doch dann wären wir vermutlich zu alt und würden von den jungen Männern gesiezt, dachte ich und musste lachen, als mir dieser Pierino wieder einfiel. Er war wirklich eine seltsame Gestalt, doch er war auch freundlich und höflich und womöglich hatte er sogar ein gutes Herz. Ich hatte zwar kein Herzklopfen, als ich mit ihm sprach, doch ich war auch nicht ganz bei Sinnen. Vielleicht wäre er ja auch ein guter Freund. Ich würde es wahrscheinlich nie erfahren, dachte ich und bereitete mir, um meine Gedanken zu klären, einen frischen Kaffee zu.

Im Anschluss an eine lange Dusche und nachdem ich mir meine Haare zurecht geföhnt hatte, stopfte ich den kaputten Jumpsuit in meine Handtasche, stieg in mein Auto und fuhr in die Stadt. Draußen regnete es, weshalb ich einfach zu bequem war, um zu Fuß auf den Weg zu gehen.

Am großen Parkplatz am See angekommen, steuerte ich direkt am Caffè e Dolce vorbei und warf nur einen flüchtigen Blick hinüber. Natürlich stand Sofia schon wieder an der Kaffeemaschine. Sie war wirklich Wonderwoman!

Ich lief bis ans Ende der Seepromenade und zielte ohne Umwege auf die kleine Boutique, die meinem liebsten Schneider gehörte.

„Ciao bella! Eine neue Frisur, bellissima, bellissima!", sagte Paolo höchst erfreut über meinen Besuch und küsste mich gleich vier Mal auf meine Wangen bevor er mich innig umarmte. Paolo war nicht nur ein Schneider, in meinen Augen war er ein Künstler! Er hatte auch vor wenigen Monaten das Hochzeitskleid für Arianna entworfen und ebenso mein Brautjungfernkleid.

Paolo war ein älterer, ehrwürdiger Herr, der viel Wert auf sein Äußeres und natürlich auf seine Kleidung legte. Wenn man sich mit ihm unterhielt, sah er einen mit seinen treuen, schon etwas in die Jahre gekommenen Rehaugen so einträchtig an, dass man stets das Gefühl hatte, als der Mensch und die Frau, die man war, schön zu sein und wenn man seine Kleider anprobierte, versuchte er einem den Eindruck zu vermitteln, als wäre das Kleidungsstück tatsächlich wie für einen gemacht worden.

„Laura, wie geht es dir? Was macht das Leben?", fragte er lieb.

„Bene, bene, bene …", wimmelte ich die Frage ab, auf die ich nur eine komplizierte und sehr traurige Antwort parat hatte. Ich gestand ihm stattdessen mein Missgeschick.

„Leider ist mir ein Malheur mit dem tollen Suit, den ich von dir habe, passiert", beichtete ich und holte das kaputte Kleidungsstück aus meiner Tasche.
Er nahm ihn, verzog sein Gesicht und schüttelte das arme verknitterte Ding aus.

„Sgualcito, totalmente … Oddio!", beklagte er sich darüber, dass er so wertlos aussah und schlug seine beiden Arme in einem Halleluja über seinem Kopf zusammen.

„Scusa …", sagte ich und sah beschämt auf den blitzeblanken Boden in seinem Geschäft.

„Schon gut. Ich werde es reparieren … und bügeln!", sagte er schwermütig, schüttelte seinen Kopf aber gütig. Er war nicht böse auf mich. Dafür war er ein zu sanfter Mensch. „In der Zwischenzeit kannst du dich umsehen und naturalmente un espresso, viene subito!", befahl er, während er in ein Kämmerchen verschwand.

In Vorfreude auf mein Getränk lief ich derweil in seinem Laden umher und bewunderte seine neuen Sachen. Es hingen immer neue Gewänder in seiner Boutique. Da er alles selbst nähte, war jedes Stück eine Einzelanfertigung und seitdem er alles an breiten Kleidungsständern aufgehängt hatte, kamen die wunderschönen Sachen viel besser zur Geltung. Bei meinem ersten Besuch lag alles wild verstreut herum und es war eben etwas chaotischer, so wie ich Paolo am Anfang auch eingeschätzt habe. Obwohl in seinem Laden nun Ordnung herrschte, wusste ich aber, dass er tief in seinem Herzen dennoch ein Chaot war. Wie es bei den meisten Italiener eben zuging – ein bisschen weniger stressato, als in anderen Kulturen.

„Signorina! Ihr Espresso, prego", sagte eine höfliche Stimme und ich hörte, wie jemand ein Tablet auf einem kleinen Tischchen abstellte.

Ich blinzelte hinter einem Kleidungsständer hervor und sah niemand geringeren als Pietro, alias Pierino, von letzter Nacht, mitten in Paolos Laden stehen.

„Pierino?", fragte ich verwundert.
„Ah, Signorina Laura. Schön Sie wiederzusehen", antwortete er förmlich. Seine gepflegten Manieren waren bemerkenswert.
Ich erinnere mich nicht daran, wann ich zuletzt – und vor allem in der heutigen Gesellschaft – jemand mit einem solchen Anstand gegenüber Fremden, mit eigenen Augen und im wahren Leben gesehen habe.
„Grazie, altrettanto!", bestätigte ich meine Freude über ein Wiedersehen. „Was machst du hier?", fragte ich keck.

Paolo verkaufte in seiner Boutique nur Frauenkleider und zudem hatte Pierino mir doch gerade einen Caffè gebracht, arbeitete er etwa hier?

„Gia finito!", sagte Paolo, der gerade wieder sichtlich gut gelaunt aus seiner Nähstube zu uns stieß. „Ah, ihr habt euch schon kennengelernt!", fügte er erfreut hinzu und legte seinen Arm um Pietros Schulter.
Er lächelte stolz dabei und tätschelte ihn am Arm.
„Laura ist eine besondere Frau. Sie kommt aus Österreich. Sie kauft viele meiner Kleider! Sucht noch immer nach der Amore. Vielleicht gehst du mal mit ihr aus?", sagte er voreilig.

Pierino und ich sahen uns verlegen an. Auch ihm schien es unangenehm zu sein, dass uns Paolo irgendwie verkuppeln wollte. Ich fragte mich in welchem Verhältnis die beiden zueinander standen.

„Pietro ist mein Sohn. Ein guter Junge. Nur etwas schüchtern. Vielleicht kannst du ihn einmal mitnehmen. Eine gute italienische Frau für ihn finden!", fügte er hinzu und schenkte dabei dem Wort „italienische" besondere Beachtung.

Pierino schüttelte seinen Kopf demütig und rieb sich seine Augen unter der auch noch bei Tageslicht komisch wirkenden Brille.

„Dein Sohn, ah", sagte ich bewundernd. „Ich wusste nicht, dass du Kinder hast."

„Oh bella, ich habe viele Bambini. Zehn Stück insgesamt!", erzählte er hochmütig.

„Dieci … dio mio!", staunte ich.

Wer hatte den heutzutage noch so viele Kinder?

Ich war nicht einmal bereit dafür, ein einziges zu haben. Ich hatte auch keinen Partner, um überhaupt Kinder zu haben, fiel mir deprimiert ein.

„Si, si … ", sagte Paolo nachdenklich. „Das Leben ist viel schöner, wenn man Kinder hat. Man sieht was wirklich wichtig ist. Wichtig ist die Familie. Zusammenzuhalten. Füreinander da zu sein. Jedes meiner Kinder ist ein Geschenk für mich. Ich würde keines, um nichts in der Welt, tauschen und schon gar nicht ändern wollen."

In seinem Blick sah man, wie stolz der alte Paolo auf seine Kinder war. Bestimmt war auch seine Frau eine Heldin, zehn Kinder zu bekommen und großzuziehen, während Paolo die Familie, wie ich vermutete, mit den Einkünften aus der Boutique finanzierte. Ich schnappte mir noch ein paar weitere Kleidungsstücke, die mir spontan in die Hände fielen und gab ihm sogar ein Trinkgeld. Mein Sparkurs war schon wieder Geschichte, denn ich musste schließlich nur für mich alleine sorgen, während Paolo offensichtlich jede

Menge hungrige Mäuler zu stopfen hatte. Er gab mir zum Abschied nochmals ein paar Küsschen auf meine Wangen und drückte mir, zusammen mit der Rechnung, einen kleinen Zettel in die Hand.

„Pietro ist mein ältester Sohn. Unternehmt etwas zusammen. Ihr versteht euch gut. Das würde mir viel Freude bereiten", sagte er und strahlte dabei fröhlich und zufrieden.

Pierino saß derweil aufrecht, wie es sich gehörte, auf einem Sessel mitten im Laden, trank ebenfalls einen Espresso und tippte versunken auf seinem Handy herum. Ich winkte ihm zum Abschied und wünschte beiden noch einen angenehmen Tag. Pierino sah mich zum Abschied nicht mehr an, kam nicht her, schüttelte mir nicht meine Hand. Was ist aus seiner guten Umgangsform geworden?

„Du kennst doch Paolo?", fragte ich Sofia, als ich anschließend bei ihr einkehrte. Natürlich konnte ich keinen Rundgang an der Promenade machen, ohne bei ihr vorbeizuschauen.

„Il Sarto, claro! Wer kennt ihn nicht", antwortete sie schnippisch.

„Wusstest du, dass er so viele Kinder hat?", fragte ich weiter und ignorierte ihre bissige Art. Offensichtlich war sie doch ein bisschen ausgelaugt und versuchte es vor mir zu überspielen.

„Kinder … Man redet viel über seine Kinder. Gerüchten zufolge hat er sehr viele Kinder, mit vielen verschiedenen Frauen", erzählte sie.

„Paolo, ein Gigolo?", fragte ich misstrauisch. „Das kann ich mir beim besten Willen nicht vorstellen!"

„Auch er war einmal jung, bella. Vergiss das nicht. Und ein Mann, bleibt ein Mann, egal wie treu seine Augen sind …", sagte Sofia weise.

„Erinnerst du dich an Pierino? Der, der mich gestern aus dem Club getragen hat?", fragte ich und rührte aufgeregt in meinem mittlerweile lauwarmen Kaffee herum.

„Mit der lustigen Brille? Ist das dein Neuer?", fragte sie und lachte spöttisch.

„Ja … und nein. Er ist Paolos Sohn. Ich habe ihn gerade bei ihm im Laden getroffen", sagte ich.

„Oh!", schrie sie entzückt. „Eine gute Partie! Du hast Geschmack. Hast dir aus all den Gästen genau den Richtigen ausgesucht", redete sie weiter.

„Wir haben uns nur unterhalten. Ich glaube nicht, dass er Interesse an mir hat. Zudem sucht er eine italienische Frau", erzählte ich und betonte dabei das Wort ‚italienische' selbstgefällig.

„Hat er sich zu dir gesetzt?", fragte Sofia.

„Ja", antwortete ich.

„Hat er dir geholfen, als du fast kollabiert wärst?", fragte sie.

„Ja … ", antwortete ich und mir wurde klar, worauf sie hinauswollte.

„Auch er ist nur ein Mann, bella. Irgendwann wirst du es vielleicht auch verstehen, wie die Männer ticken …", sagte sie besserwisserisch und schrubbte demonstrativ über ihren Tresen.

Aber damit hatte sie womöglich nicht einmal unrecht, ich verstand die Männer wirklich kein bisschen. Ich dachte zwar immer, ich hätte den Durchblick, doch meinen Erlebnissen zufolge, habe ich mich diesbezüglich definitiv geirrt.


Es vergingen ein paar Tage und der kleine Zettel mit Pierinos Nummer lag unberührt auf meinem Esstisch. Ich war hin und hergerissen von dem Gedanken, mich tatsächlich mit ihm zu treffen. War er überhaupt an einem Treffen mit mir interessiert? Immerhin hat mir sein Vater seine Nummer zugesteckt, ohne ihn um Erlaubnis zu bitten. Es kribbelte nicht, wenn ich an Pierino dachte, obwohl ich ihn eigentlich ziemlich nett fand. Vielleicht legte ich die Messlatte, nach Vito und Antonio, auch einfach zu hoch an und sollte mich ab sofort mit weniger „Wums" zufriedengeben. Was nicht bedeutet, dass Pierino ein weniger schätzenswerter Mann war. Ich kannte ihn nicht genug, um ein Urteil über ihn zu fällen, weshalb ich beschloss meine beste Freundin um Rat zu fragen.

„Du lebst noch?", sagte Arianna mürrisch.

„Auch schön dich zu hören!", sagte ich trotzdem lieb. Wie ich vermutete, waren es noch immer die Hormone, die sie reizten. „Geht's euch beiden gut?"

„Ja … Das Ende der Schwangerschaft ist nicht mehr so ein Zuckerschlecken. Am Anfang war alles noch toll, man war dünn und leicht und fühlte sich nicht wie ein Schlauchboot, das jeden Moment platzen könnte … Meine Füße tun weh und seitdem ich nicht mehr arbeite, habe ich mich durch sämtliche Onlineshops geklickt und nicht ein einziger hat auch nur annähernd anständige Umstandsmode … Es ist zum Verzweifeln …", quasselte sie hastig.

Ihre Stimme hörte sich weinerlich an. Ich verkniff mir einen spöttischen Kommentar, denn wenn das eines ihrer größten Probleme war, war es lächerlich. Sie sah selbst im neunten Monat noch top fit und wunderschön aus und vermutlich passten ihr auch alle Kleider, die es in den normalen Größen gab. Wie immer übertrieb sie übermäßig.

„Und mit dem Baby? Wie geht es meiner Süßen?", erkundigte ich mich weiter.

„Mit ihr ist alles in Ordnung. Sie genießt ihr Leben in meinem Körper und wird ihr feines Nest vermutlich noch nicht so bald verlassen", antwortete sie ungeduldig.

Marco und Arianna ließen sich bezüglich des Geschlechtes ihres Kindes überraschen, doch wir redeten meist von einem Mädchen. Arianna war eine Mama, die unserer Meinung nach besser mit einem Mädchen umgehen konnte. Die eben eine Principessa war, wie sie.
Die neun Monate ihrer Schwangerschaft sind wie im Flug vergangen und Arianna ist gewissermaßen über sich hinausgewachsen, denn nun, wo der Anfang ihres neuen Lebens kurz bevorstand, konnte sie es kaum mehr erwarten endlich Mutter zu werden.


„Hast du schon einen neuen Mann kennengelernt?", fragte sie neugierig und lenkte das Thema ausnahmsweise mal auf mich.
Wahrscheinlich wollte sie wieder mal eine intime Geschichte von mir hören, da in ihrem eigenen Sexleben, ihren Erzählungen nach, momentan nichts mehr passierte. Was verständlich war, doch auch in meinem geschah im Moment redlich wenig. Genau genommen überhaupt nichts und ich wollte ihr nicht von meinen wilden Träumen mit Vito erzählen, da sie so oder so der Meinung war, er habe nicht einmal mehr in meiner Fantasie etwas verloren. Wenn es nur so einfach wäre …
„Mir geht es auch gut", sagte ich betrübt. „Danke der Nachfrage. Aber, da du es ansprichst, ja ich habe jemanden kennengelernt … "
Ich erzählte ihr von Pierino und wartete gespannt auf ihre Einschätzung.
„Triff dich mit ihm!", entschied sie. So wie sie den Satz aussprach, hörte es sich wie ein Befehl an.
„Es wird dir guttun. Was kann schlimmstenfalls passieren?", fragte sie, so als könne rein gar nichts dabei schiefgehen.
Ich blieb ruhig und überlegte.

„Nicht alle Männer sind wie Vito", fügte sie argumentativ hinzu, um mich zu überzeugen.

Sie hatte recht. Nicht nur damit, dass sich in meinen Augen kein Mann mit Vito messen konnte, sondern auch damit, dass es an der Zeit war sich wieder mit anderen Männern zu verabreden. Ich habe schon oft von der Theorie gehört, dass es am besten ist, mit einem anderen Mann zu schlafen, wenn man über eine verflossene Liebe hinwegkommen will. Vielleicht konnte mir Pierino ja dabei helfen, Vito zu vergessen.

„Also gut", entschied ich und hörte wie Arianna völlig übertrieben ins Telefon grölte.

„Es wird Zeit, wieder in den Sattel zu steigen", sagte sie euphorisch. „Und es ist echt schade um dich, Kleines! Ich vermisse dich!", sagte sie lieb und machte mich damit etwas traurig.

Ich hatte mein altes Leben in Österreich stressfreier und einfacher in Erinnerung. Dort ging ich meine gewohnten Wege, in dem mir bekannten Revier und manchmal vermisste ich es sogar ein bisschen, dort zu sein. Deshalb war ich der Meinung, dass es an der Zeit war, mein Revier rund um den Lago Maggiore auszuweiten, um breiter Fuß zu fassen. Irgendwo musste noch ein heiratstauglicher Mann existieren. Ich würde mich notgedrungen auch mit einem dauerhaften Lebensabschnittspartner abfinden.

Am Nachmittag überlegte ich mir ein paar lustige Zeilen, die ich Pierino senden konnte. Mir fiel nichts ein, worauf ich mir selbst mit einer Einladung auf ein Date geantwortet hätte. Also entschied ich schließlich, dass ich daraus keine Doktorarbeit machen sollte und fragte ihn einfach direkt nach einer Verabredung. Es gab ja nur zwei Antwortmöglichkeiten, also standen meine Chancen fifty-fifty!

Ich wartete ein paar Tage auf eine Antwort von Pierino. Waren seine guten Manieren nur Show oder was war los mit ihm?

Ich war enttäuscht, denn er hätte mir immerhin eine Abfuhr erteilen können, doch offensichtlich hatte er Besseres zu tun, oder schon eine andere Frau kennengelernt. Es gab schließlich noch mehr Männer in Italien, weshalb ich mich nicht länger darüber ärgern wollte.


Es war ein erneut stimmungsvoller Herbsttag, der nach einem Ausflug schrie. Bereits als ich meinen Wagen startete, klapperte er ungewohnt und als ich ein Stück gefahren war, begann der Motor zu stocken, wenn ich aufs Gas drückte.

„Nicht doch!", sagte ich missmutig, „Das darf doch nicht wahr sein!"

Ich schaffte es gerade noch mit dem letzten Bisschen, das mein Auto hergab, der Beschilderung Traffiume zu folgen und rollte quasi direkt vor eine Autowerkstatt.

Dieser Teil von Cannobio hatte ich bisher noch nicht wirklich ausgekundschaftet. Ich wusste bloß, dass es hier eine Werkstatt gab und dass Vittoria zusammen mit ihrer Mutter und ihrem Sohn Alessandro hier wohnte.


„Totalmente rotta!", sagte ein öliger Garagista, als er mit seinem Kopf in meiner offenen Motorhaube steckte.

„Non è possibile! Ma dai!", seufzte ich, als er mir sagte, dass mein Auto quasi einen Totalschaden hatte.


Er redete mir gut zu, dass er sein Bestes geben würde, um mein Auto vielleicht doch noch auf wundersame Weise reparieren zu können und schickte mich ein Stück der Straße entlang, die in den Kern von Traffiume führte, während er meinen BMW zusammen mit einem Arbeitskollegen auf seine Hebebühne rollte. Obwohl ich nicht sonderlich an dem Auto hing, betete ich trotzdem für seine Rettung. Vor allem deshalb, weil ich neben meinen aktuellen Projekten – mir einen neuen Mann zu suchen und eine Story für mein ausständiges Buch zu finden – nicht auch noch auf die Suche nach einem neuen Auto gehen wollte.

Ich lief an ein paar schönen, alten Häusern vorbei. Einige der Bewohner kehrten gerade Laub, andere Vorplätze waren menschenleer und sogar ein paar der Häuser schienen unbewohnt. Es war noch nicht einmal Mittag, also waren möglicherweise alle normalarbeitenden Leute an ihren Arbeitsplätzen. Ich hatte schon vergessen wie es war, einer Arbeit nachzugehen, in der man zeitlich angebunden war. Als ich gerade durch jene Straße lief, in der wie ich mich erinnerte Vittoria wohnte, klingelte mein Telefon und ich las zu meinem Überraschen Pierinos Name auf dem Display.

Ich nahm das Gespräch mit einem ungezwungenen „Pronto!" entgegen.

„Buongiorno. Parla la Signorina Laura?", antwortete er förmlich.

„Si …?", antwortete ich kritisch.

„Ah … be-bene …", stotterte Pierino.

Er schien nervös zu sein. „Pierino spricht. Sie haben mir eine Nachricht geschickt … Sie wollen sich mit mir treffen?", fragte er unsicher.

„Ja … ich dachte … wieso nicht?", antwortet ich.

Es war ungewöhnlich, so mit einem Mann zu sprechen. Vito war ganz anders. Er war selbstsicher, sagte, was er wollte und kam immer gleich zum Punkt. Weshalb wir vermutlich schon einige Male miteinander geschlafen haben, nachdem wir uns mit einem simplen „Ciao" begrüßt hatten. Er war ein Magier, wenn es darum ging, Frauen rumzukriegen.

„Ja … wieso … ok … ", sagte er zögernd.

„Nur wenn du willst?“, fragte ich. Es machte mich unsicher, dass er sich nicht sicher war, ob er sich mit mir treffen wollte. War er womöglich noch vom anderen Ufer oder wo lag sein Problem? Ich fühlte mich durch sein Verhalten nicht wirklich begehrenswert.

„Wann hätten Sie Zeit?“, fragte er erneut höflich und seine Stimme hörte sich ein bisschen selbstbewusster an.

„Ich hatte gerade eine Autopanne und bin in Traffiume … “, begann ich zu erzählen, als er plötzlich einen Vorschlag machte.

„Ah. Ich wohne in der Nähe. Wir können uns im Caffè Centro treffen. In zehn Minuten?“

„Jetzt … “, sagte ich nervös, „… ok!“

Ich ging auf die Suche nach dem besagten Caffè und machte mir Sorgen darüber, dass ich vielleicht zu wenig modisch unterwegs war für ein Date. Doch es war eben spontan. Und spontan gefiel mir normalerweise eh am besten. Und wenn Pierino Interesse an mir hatte, wäre es ihm sicher egal, was ich trug oder wie geschminkt ich war, dachte ich nüchtern und überlegte nervös, ob ich mich überhaupt geschminkt hatte.

Als ich das Caffè Centro erreichte, war Pierino noch nicht in Sicht, weshalb ich die Gelegenheit nutzte und kurz auf der Toilette verschwand, um mein Erscheinungsbild zu kontrollieren. Ich trug eine einfache Jeans, einen dünnen weißen Pullover und eine Lederjacke. Dazu meine alten, völlig abgelaufenen Chucks. Meine Haare trug ich in einem lockeren Pferdeschwanz, da ich zu faul war, um sie stylisch zu föhnen – was ich seitdem ich eine neue Frisur hatte, täglich machen musste. Immerhin trug ich dezenten Mascara. Es musste reichen. Das war ich, so sah ich eben aus. Ich sprühte mir nochmal Deo unter die Achseln, atmete tief durch und entschied mich einfach von dem Treffen überraschen zu lassen.

Eigentlich war ich sonst auch nicht so ein nervöser Mensch. Warum war ich plötzlich so unruhig, obwohl ich noch kein offensichtliches Interesse an diesem Mann hatte?

Als ich zurückkehrte, stand Pierino gerade beim Eingang und nickte mir zu. Wir liefen uns entgegen und als wir kurz vor einer Kollision standen und ich mich gerade für ein paar Begrüßungsküsschen zu ihm beugen wollte, streckte er mir steif seine Hand entgegen und schüttelte meine. Ich vergaß, wie zurückhaltend er war. Ich erwiderte seinen Handschlag verwirrt und wir setzten uns an ein kleines Tischchen. Das Caffè Centro war ganz nett, allerdings etwas in die Jahre gekommen, was man an der Einrichtung und an den staubigen Bildern erkannte, die an den Wänden hingen. Aber es hatte Charme und ich fühlte mich eigentlich ganz wohl, obwohl Pierino mir gegenübersaß, als hätte er einen Besen geschluckt.

Der Kaffee, der serviert wurde, war köstlich und es gab eine hausgemachte Torta della Nonna dazu. Ausreichend Koffein und Zucker würden mir schon dabei helfen, das erste Date, welches ich seit sechs Monaten hatte, irgendwie hinter mich zu bringen.

„Ist alles ok?", fragte ich, als ich bezüglich seiner geraden Körperhaltung nicht mehr schweigen konnte. „Fühlst du dich unwohl?"

„Doch. Alles gut … ", sagte er nervös und kratzte sich am Kopf, bevor er unter seine Brille fuhr, um sich die Augen zu reiben. Anschließend seufzte er laut.

„Wenn du dich unbehaglich fühlst, wieso triffst du dich dann mit mir?", stellte ich ihn bloß und musste plötzlich laut lachen.

Es war komisch. Ich traf mich doch auch nicht mit irgendwelchen Leuten, mit denen ich mich überhaupt nicht treffen wollte.

„Nein. Bitte entschuldigen Sie. Es ist einfach lange her, dass ich mich verabredet habe“, sagte er bedrückt.
Ich schlussfolgerte daraus, dass die schwerfällige vorherrschende Atmosphäre nicht ausschließlich auf meine Kappe ging.
„Bist du schon so lange Single, dass dein Vater versucht, dich unter die Haube zu bringen?“, fragte ich neugierig. „Und prego, hör auf mich zu siezen. Ich fühle mich wie eine alte Dame dabei!“, befahl ich streng.
„No, scusa! Das wollte ich nicht. Nein … ich habe eine lange Beziehung hinter mir und ehrlich gesagt, stecke ich noch irgendwo dort fest. Ich dachte mir letztens: Junge! Du musst wieder in den Sattel steigen und ging in den Beachclub. Dort war ich noch niedergeschmetterter, als zuvor. Es war eine ganz blöde Idee. Keine Frau hat mir gefallen. Nicht das keine aufreizende dort war, doch keine war eben wie sie … “, erzählte er traurig.

Man sah den Schmerz in seinen Augen, wenn er an seine Ex dachte und obendrein sprach er mir aus der Seele, denn mir ging es ja ebenso. Ich ignorierte seinen Kommentar, dass ihm keine Frau gefallen hatte, immerhin ging die Kontaktaufnahme ja von ihm aus.

„Wieso hast du dich denn zu mir gesetzt und bist nicht einfach nach Hause gegangen?“, fragte ich neugierig weiter. Ich hatte das Gefühl, ihm noch ein paar aufschlussreiche Informationen zu entlocken.
„Du hast traurig ausgesehen und ich dachte mir, da passe ich irgendwie dazu“, sagte er trocken.

„Oh … “, sagte ich erstaunt. Mir war nicht klar, dass ich auf Außenstehende traurig wirkte. Ich fand ja, ich sah an jenem Abend toll aus. Immerhin wurde ich doch von einem Mann angebaggert oder hatte der etwa nur Mitleid mit mir?

„Wieso bist du traurig?“, fragte er lieb.

„Ich bin nicht traurig … “, sagte ich verschlossen und versuchte eine schützende Mauer vor mir aufzubauen. Immerhin kannte ich Pierino nicht und er hatte einen Eindruck von mir, der mir nicht gefiel.

Er sah mich ungläubig an und sagte: „Ist schon ok. Ich konnte auch lange nicht über sie sprechen, aber ich habe herausgefunden, dass es viel einfacher ist, wenn ich über sie rede oder über die Tatsache, dass wir nicht mehr zusammen sind. Es hilft mir dabei weiterzumachen.“
Ich stocherte verlegen mit der Gabel in meinem Kuchen herum. Mir war der Appetit vergangen, da jeder Gedanke in meinem Kopf danach drängte, dass ich ihm von Vito erzählen sollte. Vielleicht hatte er ja einen guten Rat für mich oder zumindest einen netten Freund, mit dem er mich verkuppeln konnte, denn ich legte nicht mehr viel Hoffnung in eine Runde mitleidigen Sex mit Pierino, um über Vito hinwegzukommen.

Ich fasste mir schließlich ein Herz und erzählte ihm, dass auch ich verlassen worden war und wie sehr es mich verletzte, dass Missverständnis nicht geklärt zu haben. Womöglich hinderte mich die fehlende Aussprache daran weiterzumachen. Zu vieles geisterte in meinem Bewusstsein herum, dass ich ihm sagen wollte, sagen musste – und zwar persönlich. Ich hatte keine Ahnung, wo er war. Er hat seine Nummer gewechselt, er war nicht in den sozialen Netzwerken, er war ein Geist, obwohl er ein Maler, sogar ein Dozent war und Kurse gab und trotzdem war er unauffindbar. Nicht, dass ich übermäßig nach ihm gesucht hatte, ich war zu stolz dafür. Aber Arianna ließ nichts unversucht und wollte mir anfangs, als alles noch sehr frisch war, Mut machen. Doch auch sie gab die Suche irgendwann auf.

„Das tut mir wirklich leid“, sagte Pierino einfühlsam und streichelte mich am Unterarm. Er lächelte leicht und mit seiner witzigen Brille sah er eigentlich auch irgendwie ganz süß aus.

Wenn er etwas anderes außer seinen guten Kleidungsstil mit seinem Vater gemeinsam hatte, dann war es sein sanftes Herz.

Wir unterhielten uns über unsere Verflossenen und bemerkten dabei sogar, dass wir ein paar Gemeinsamkeiten hatten. Mit der Zeit fühlte ich mich in Pierinos Nähe ganz wohl und es war unterhaltsam, dass er so höflich mit mir sprach. Wenn er schon nicht mit mir schlafen wollte, war dies ja vielleicht der Beginn einer guten Freundschaft …

# V

Pierino hatte sich gerade ein paar Tage freigenommen. Einerseits um auf andere Gedanken zu kommen, andererseits um sich eine neue Wohnung zu suchen, da er seit ein paar Monaten, und wie er beklagte schon eindeutig zu lange, wieder bei seinem Vater wohnte und dort keine Ruhe fand. Was ich mir bei so einer großen Familie, wie der seinen, gut vorstellen konnte. Wie er erzählte, war er ein Bänker, was Sinn machte und auch gut zu ihm passte, da er mit seiner Brille so aussah, als könne er gut mit Zahlen umgehen. Obwohl es ein Klischee war, konnte er es eben tatsächlich. Wir kamen auch auf seinen Vater, den himmlischen Schneider, zu sprechen. Auch Pierino war der Meinung, dass Paolo mehr aus seinen Kleidern hätte machen können und erzählte ganz euphorisch von seinen Plänen für ihn.

„Er hatte immer schon das Zeug dazu, bei den ganz Großen mitzumischen. Auf allen Laufstegen dieser Welt hätten schöne, dürre Models seine Kleider tragen können. Doch er wollte einfach nicht skalieren. Er war so stur. Ich habe alles kalkuliert, einen Businessplan, nein, einen Masterplan erstellt. Mit meinen Bossen habe ich gesprochen, wie wir ihm finanziell Starthilfe hätten geben können … Doch mein Vater wollte immer nur in seiner kleinen Boutique unten am See bleiben, Einzelstücke anfertigen und dabei Peanuts verdienen …"
Es war beeindruckend, wie sehr er an seinen Vater und dessen Talent glaubte und alle Weichen für seinen Durchbruch stellen wollte. Paolo hatte meiner Meinung nach ebenso das Zeug dazu, ein namhafter Designer zu sein.

Trotzdem war es mir lieber, dass Paolo am Boden geblieben ist, denn wäre er berühmt, könnte ich mir vermutlich kein einziges Kleid mehr leisten.

Die Zeit raste an uns vorbei, als wir uns gemütlich unterhielten und das Eis von Minute zu Minute dünner wurde. Nachdem ich Pierino von Vito erzählt hatte, fühlte ich mich nicht mehr so, als müsste ich etwas vor ihm verbergen. Er hat sich kein Urteil gemacht, hat nicht gesagt, es wäre Vitos oder meine Schuld. Er horchte einfach nur zu und war da. Auch Pierino taute dadurch auf. Vielleicht hatte er deshalb Angst mit mir zu sprechen, weil er der Ansicht war, ich wäre verschlossen. Er hatte recht, als wir anfingen zu reden war ich tatsächlich verschlossen, doch mittlerweile fühlte ich mich aufgeschlossen und erleichtert.
So oder so – es tat wirklich gut, von ihm unterhalten zu werden.
Wir gingen im Anschluss spazieren und er begleitete mich zurück zur Autowerkstatt. Als wir auf dem Weg dorthin bei Vittorias Haus vorbeikamen, fuhr sie gerade mit ihrem Wagen in ihre Einfahrt ein. Es war das dritte Mal in so kurzer Zeit, dass wir aufeinandertrafen. Natürlich hatte sie uns gesehen. Sie stieg aus ihrem Auto aus und öffnete die hintere Türe, damit der kleine Alessandro aussteigen konnte um sofort ins Haus zu seiner Nonna zu laufen und schaute verwundert in unsere Richtung.

„Buongiorno, Signora!", rief Pierino freundlich.
Vittoria schaute uns an und sagte kein Wort.
„Seltsam ... In diesem Teil von Cannobio wird normalerweise gegrüßt!", flüsterte Pierino mir naiv zu. Er hatte ja keine Ahnung, wer sie war.
Sie kam uns entgegen und sagte vorsichtig: „Laura-ah!"
Sie hielt sich ihren Bauch fest, bevor sie ihr Gesicht verzog.

Pierino, der Gutmensch, der er eben war, stellte sich an ihre Seite und stützte sie.

„Geht es Ihnen nicht gut?", fragte er besorgt. „Sollen wir einen Krankenwagen rufen?"

Sie atmete langsam ein und aus und sagte: „Alles ok … Es hat mich getreten und springt in meinem Bauch herum, wie auf einem Trampolin."

„Wow, darf ich?", fragte Pierino und langte ihr an den Bauch, um ebenfalls nach dem Baby zu fühlen.
Was war das plötzlich für ein aufdringliches Benehmen?
Wo war seine Schüchternheit?


„Laura … Bitte lass uns reden", sagte Vittoria einfühlsam.
Sie sah mich erwartungsvoll an und in ihren Augen sah ich etwas Verzweifeltes. Etwas Trauriges, weshalb sie mich vielleicht tatsächlich um Vergebung bitten wollte. Auch Pierino sah mich erwartungsvoll an und ich fühlte mich plötzlich von ihren Blicken unter Druck gesetzt.

„Ich weiß nicht, Vittoria. Es ist so viel passiert. Wieso lassen wir es nicht einfach gut sein?", fragte ich vernünftig.

„Weil … ", fing sie an zu erzählen und sah mich verlegen an. Pierino löste seinen Griff von ihrem Bauch, als das Baby vermutlich damit aufgehört hatte, darin Salti zu machen und stellte sich zwischen uns.
Auch er sah Vittoria gespannt an. Er wusste nichts über sie, oder weshalb wir uns kannten, warum ich so wütend auf sie war. Man merkte, wie auch sie nun unter Druck stand. Was wollte sie mir sagen?


„Mamma, Mamma!", rief der kleine Alessandro und fiel ihr wie aus dem Nichts freudig um die Beine. Offenherzig wie er war, rannte er auch um meine und um Pierinos Beine, der sich überdurchschnittlich über die Anwesenheit des kleinen Jungen freute. Ich hatte ihn zwangsläufig nicht für einen solchen Kindernarr gehalten.

Alessandro packte Pierino an der Hand und zog ihn in den Garten, wo er mit ihm Ballspielen wollte. Ich sagte zwar noch, dass wir keine Zeit hatten, doch er hat sich auch gefreut mich zu sehen und nachdem er ungefähr hundertmal mit seiner piepsigen Stimme: „Laura, prego, prego, pregooo!", gesungen hatte, war es auch um mich geschehen. Er war einfach zu süß und er erinnerte mich zu sehr an seinen Vater, Vito.
Alessandro hatte sehr viel von ihm und sah ihm auch sehr ähnlich. Eine kleinere, unschuldigere Version von Vito und ich war mir sicher, dass auch Alessandro seinen Vater unglaublich vermisste. Vielleicht wusste er ja, wo er sich aufhielt. Es war ebenso einer der Gründe, warum ich mich darauf einließ und ihnen folgte. Das offene Gespräch mit Pierino über meinen Abschluss mit Vito wühlte mich auf und ich war mir nicht mehr ganz so sicher, ob ich wirklich ohne ein letztes klärendes Gespräch weitermachen wollte.

Wegen des ungemütlichen Wetters nahmen wir in Vittorias Wohnzimmer Platz, wo Alessandro mit ein paar Autos zu Pierino kam und auf dem Tisch damit herumfuhr. Er hatte längst vergessen, dass er eigentlich Ballspielen wollte. Beneidenswert, wie schnell Kinder vergessen konnten. Nonna brachte allen etwas zu trinken und stellte eine Schale mit Grissini auf den Tisch. Wie die anderen, sah auch ich Alessandro beim Spielen zu und kämpfte vehement mit den Tränen, wenn der kleine grinste oder laut lachte und mich alles an seinem Lachen, obwohl es so kindlich und rein war, an seinen Vater erinnerte.
„Er vermisst seinen Vater … ", sagte Vittoria leise, als sie bemerkte, wie sentimental ich den Kleinen anstarrte.

Ich wischte mir eine Träne unter meinem Auge weg und sah sie schwermütig an.

„Du weißt, dass alles deine Schuld ist?“, fragte ich und schüttelte dabei kritisch meinen Kopf. Wieso hat sie alles aufs Spiel gesetzt? Sogar in Kauf genommen, dass ihr Sohn seinen Vater verliert!

„Ja … “, antwortete sie ernst. „Aber“, fügte sie erklärend hinzu, „ich wusste nicht, dass Vito so überreagiert. Er ist irre. Niemand verschwindet einfach so. Er hat einen Sohn. Bedeutet Alessandro ihm den nichts?“

„Er bedeutet ihm alles“, sagte ich, um Vito in Schutz zu nehmen. Er hatte es vielleicht nicht verdient, von mir verteidigt zu werden, doch er war in meinen Augen ein liebevoller Vater und er hätte alles für seinen Sohn getan, wäre seine Mutter nicht so eine Kuh und würde jedem nur das Schlechteste wollen.

„Er wäre nicht gegangen, wenn du normal wärst!“, sagte ich wütend. „Was stimmt nicht mit dir?“

„Es ist leicht, mir die Schuld an allem zu geben. Es war nicht alles ok, was ich gemacht habe, Laura. Aber du weißt nicht alles“, erzählte sie. „Ich wollte dich wirklich nicht mit hineinziehen, doch du hast deine Finger einfach nicht von Toni gelassen und als ich dich mit dem Schwangerschaftstest sah, dachte ich du bekämst zu allem Überfluss auch noch ein Kind von ihm. Da sind mir die Sicherungen durchgebrannt.“

„Und war es das alles wert, nur um noch ein einziges Mal mit Toni zu schlafen?“, fragte ich boshaft.

„Nein. Und wir haben auch überhaupt nicht miteinander geschlafen. Doch da war noch etwas offen zwischen Toni und mir und ich dachte, dass er auch noch Gefühle für mich hat. Aber er liebte dich wirklich, dieser Bastardo!“, sagte sie eifersüchtig. „Ich habe alles für ihn getan. Alles für ihn geopfert und er ließ mich einfach stehen, um mit seiner Band zu touren und Musik zu machen. Du hast ja keine Ahnung, wie es mir dabei ging. Wir waren jung und verliebt und plötzlich war er fort, obwohl wir für immer zusammen sein wollten. Ich war so traurig darüber und Vito war für mich da, als ich ihn gebraucht habe, deshalb habe ich dann mit ihm geschlafen und wurde sofort schwanger. Denkst du, ich wollte das so? Alles was ich wollte, war mit Toni glücklich zu werden", erzählte sie, während sie heulte wie ein Schlosshund.

Pierino bat Alessandro inzwischen darum, ihm sein Kinderzimmer zu zeigen und brachte ihn somit geschickt aus dem Schussfeld. Er musste nicht mitbekommen, wie seine Mutter weinte oder wie sie über die damalige Schwangerschaft mit ihm dachte.

„Alessandro ist ein toller Junge und ich liebe ihn, glaube mir. Aber ich weiß nicht, was ich alles falsch gemacht habe, dass das Schicksal es so böse mit mir meint …", erzählte sie weiter und schnäuzte ihre triefende Nase aus.

Ich ließ die ganzen schnellen Worte, die sie sprach auf mich wirken. Bis noch vor wenigen Minuten war ich der Ansicht, dass es das Schicksal eigentlich hauptsächlich mit mir schlecht meinte. Es war mir nicht einmal in den Sinn gekommen, dass eine Frau, stolz und anmutig wie Vittoria, so besorgt über die Erlebnisse und Entscheidungen in ihrem Leben war!

„Aber … ", fragte ich nachdenklich, nachdem mir noch immer ein paar Verknüpfungen unklar waren.
„Du bist doch schwanger. Hast du denn nun nicht einen neuen Mann? Einen, den du liebst und der dich auch liebt?"

Vittoria schüttelte ihren Kopf und fing erneut an aus Leibeskräften zu weinen.

Meine einst naiven Gedanken klärten sich und es gab vermutlich nur eine logische Erklärung dafür, weshalb sie so traurig war, weshalb sie unbedingt mit mir reden wollte und weshalb in ihrem Haus nichts darauf hindeutete, dass hier ein Mann wohnte, der älter als sechs Jahre alt war.

„Nein!", schrie ich verblüfft.
Ihre feuchten Augen sahen mich an und flehten um Hilfe.
„Das gibt's nicht!", quietschte ich entsetzt.

Es berührte mich so sehr, Vittorias Worte über ihre Vergangenheit mit Antonio und Vito zu hören und den kleinen Alessandro wiederzusehen.
Ich hätte nicht herkommen sollen, ich hätte vielleicht nicht einmal in Italien sein sollen, doch in jenem Moment war ich wohl genau dort, wo das Schicksal mich und Vittoria zusammenbringen wollte. Mittendrinnen dieser Pierino mit seiner ulkigen Brille und im Hintergrund hörte man Alessandros kindisches Lachen.
Es war so ein bewegender Moment, der auch mich zum Heulen brachte. Vittoria fiel mir in die Arme und wir weinten miteinander. Meine Wut verflüchtigte sich blitzartig. Was blieb war der Trost, den wir durch die ebenbürtige Traurigkeit über Vitos Abwesenheit bekamen und der uns auf eine Ebene brachte, auf der wir miteinander klarkommen konnten. Wir hatten beide etwas auf dem Herzen, was wir nicht länger vor ihm verheimlichen konnten. Es führte kein Weg mehr daran vorbei, Vito aufzuspüren!

# VI

Ich habe schon von vielen seltsamen Begebenheiten gehört, aber ich hätte nie im Leben damit gerechnet, dass Vito der Vater von Vittorias ungeborenem Kind sein würde. Immerhin haben ihre beiden Kinder somit dieselben Eltern, die trotzdem noch nie wirklich eine Beziehung miteinander geführt haben. Es war ein außergewöhnlicher Zufall. Vito war offensichtlich ein sehr potenter Mann, weshalb ich von Glück reden konnte, dass es mich bei den unzähligen Malen, die wir miteinander geschlafen hatten, nie selbst traf. Doch solche Dinge, wie auch so manch andere Schicksalsschläge im Leben, sind wohl oder übel für einen vorherbestimmt. Genau wie die Leute, die einem im Leben begegnen und die Zufälle, die sie zusammenführen.

Deshalb war ich im Moment nicht mehr böse auf Vittoria. Obwohl sie mir auch gestand, dass sie überhaupt nicht mit Toni geschlafen hatte, sondern es ihn einfach nur glauben ließ. Es spielte mittlerweile aber auch keine Rolle mehr für mich, ob mir Toni treu war oder nicht. Da er so betrunken war und sich an nichts mehr erinnerte, hätte potentiell alles passieren können. Zudem war seine Abfuhr damals der Schlüssel für eine neue Annäherung mit Vito, weshalb ich ihm im Nachhinein sogar irgendwie dankbar dafür war, dass er mich verlassen hat. Schon komisch, wie sich das Blatt wenden konnte und Ereignisse, die einen hart treffen und erst wirklich schlimm sind, sich plötzlich als etwas Gutes entpuppen und man sogar froh darüber ist, dass alles so gekommen war.

Wenn sich eine Türe schließt, geht bekanntlich irgendwo eine andere auf.

Pierino übergab den kleinen Alessandro zurück in die Obhut seiner Nonna und setzte sich zu uns. Vittoria und ich hatten uns inzwischen beruhigt und wir versuchten uns gerade zu sammeln und wischten unsere Tränen trocken. Er saß da, schaute uns an und sagte nichts dazu. Pierino war ein cleverer Kerl, weshalb er sicher wusste, dass man Frauen nicht immer verstehen musste. Und schon gar nicht immer verstehen konnte. Manchmal war es das Klügste, keinen Kommentar abzugeben, wenn eine Frau sentimental war. Vittoria machte Kaffee, während ich Pierino kurz darüber aufklärte, wer sie war und weshalb wir weinten. Es war eine sehr abgespeckte Version von allem was passiert war, doch er versuchte meinen Erzählungen zu folgen und nahm die Informationen kommentarlos auf.

„Dieser Vito muss ja ein super Typ sein, wenn er gleich mit euch beiden etwas hatte!“, sagte er sarkastisch, doch wir nahmen das Kompliment an, dass obwohl Vito mit allen Frauen dieser Welt anbandeln konnte, er dennoch etwas für mich und für Vittoria empfand.
„Wie wollt ihr ihn finden?“, fragte er perplex.

Wir wogen unsere Möglichkeiten ab. Irgendjemand musste schließlich wissen wo er war! Es kam eigentlich nur seine Familie in Frage, da wir niemandem aus seinem Freundeskreis kannten. Wahrscheinlich war es gerade schwierig an Toni heranzukommen, da er auf Tour war, doch ich versuchte mein Glück. Ich wählte seine Nummer, schaltete den Lautsprecher ein und legte mein Handy in die Mitte des Tisches. Einem langen Tuten folgte die Ansage seiner Voicemail. Toni war sowieso kein Mensch, der wie es fast schon überall zu sehen war, ständig an seinem Telefon hing, weshalb es gut möglich war, dass er es gar nicht bei sich trug. Deshalb blieb uns nichts anders übrig, als unser Glück im Casa Zarello, bei seiner Schwester Lucia oder bei seinen Eltern zu versuchen.

„Das kannst du übernehmen", sagte ich und schob den Ball zu Vittoria.

„Ich? Wieso denn ich?", fragte sie doof.

„Weil du Grazias Liebling bist … ", sagte ich demütig. Es war kein Geheimnis, wie wenig Vitos Mutter von mir hielt und wäre Lucia nicht zuhause, bestand die Möglichkeit ihr zu begegnen.

„Sie hasst mich bestimmt! Schon wieder bekomme ich ein Kind von ihrem Sohn obwohl wir überhaupt nicht zusammen sind. Sie hält mich bestimmt für eine Puttana! Du weißt wie streng sie ist. Nein, da gehe ich nicht alleine hin!", protestierte sie wild.

„Ich kann mich da nicht mehr sehen lassen. Grazia denkt, ich wäre an allem schuld. Als ich das letzte Mal dort war, um mich nach Toni zu erkundigen, kläffte sie mich an wie ein Wachhund und jagte mich davon", verdeutlichte ich meinen Standpunkt.

Vittoria und ich seufzten unzufrieden und überlegten, wie wir am besten in ihr Haus kämen und blickten erwartungsvoll zu Pierino. Der saß aufrecht auf seinem Stuhl und kaute, von unserer emotionalen Debatte gestresst, an seinen Fingernägeln.

„Pierino …", sagte ich vorsichtig.
Er sah von einer zur anderen und wurde nervös.

„Ich kann euch da nicht helfen. Ihr seid zwei taffe Frauen. Ihr werdet das schon hinbekommen", sagte er und schüttelte den Kopf, um zu verdeutlichen, dass er uns bei diesem Unterfangen nicht behilflich sein wollte. Ich hatte ihn eigentlich für hilfsbereiter gehalten. Doch womöglich war es im aktuellen Stadium unserer platonischen Beziehung unangebracht, ihn mit der Mutter meines Ex zu konfrontieren.

Wir beschlossen, dass es keinen Sinn machte sich eine Taktik zu überlegen, sondern es am einfachsten war und vor allem am schnellsten ginge, wenn wir einfach dorthin fuhren und spontan schauten, wohin uns ein Gespräch bringen würde. Pierino verabschiedete sich und flüchtete damit geschickt aus der Misere.

Kurze Zeit später saß ich gemeinsam mit Vittoria in ihrem Wagen, den sie im Schneckentempo die kurvenreiche Straße hinauf bis zum Anwesen der Zarellos lenkte. Man konnte auch noch einen Meter neben ihr ihre Nervosität an ihrer Kurzatmigkeit wahrnehmen. Ich hoffte, es war nicht zu viel verlangt, immerhin war sie schwanger und ich wollte ihr Kind nicht in Gefahr bringen. Doch keine von uns konnte alleine bei den Zarellos einmarschieren und ich fand, dass Vittoria mit ihren Vermutungen zu Grazias Urteil über ihre Schwangerschaft überreagierte. Denn obgleich sie nicht zusammen waren, war Vito der Vater des Kindes, was es zu einem Enkel von Grazia machte und sie würde sicher keinen ihrer Enkel verstoßen. Für so herzlos hielt nicht einmal ich sie!

Es war das erste Mal, dass ich zum Casa Zarello kam, als das Tor vor der langen Allee, die zum Haus zurückführte, verschlossen war. Vittoria ließ ihre Scheibe nach unten und klingelte vorsichtig.

Direkt nachdem sie die Klingel losgelassen hatte, ertönte eine seelenlose Stimme und sagte: „Pronto?"

Ich zuckte erregt zusammen, obwohl es sich nicht um Grazia handelte. Ihre Stimme war klar und schön und sowieso hatte sie Angestellte, die sich um solche Arbeiten kümmerten.

„Buongiorno. Wir würden gerne mit Signora Lucia sprechen. C'è?", sagte Vittoria nervös.

„Mi dispiace. La Signora ist heute nicht da. Aber sie können mit einer der anderen Signori Zarello sprechen. Wen darf ich melden?", fragte die piepsende Stimme.
Vittoria sah mich fragend an und ich nickte. Was hatten wir für eine Wahl? Wir standen ja schon direkt vor der Türe. Die Antwort auf unsere Frage nach Vitos Aufenthaltsort war zum Greifen nah. Oder immerhin nur mehr ein paar hundert Meter entfernt, wenn man die Länge der Allee realistisch einschätzte.

„Vittoria Umbrelli. Grazie", sagte Vittoria. Ihre Stimme zitterte aufgeregt, wenn sie sprach.


Das Tor öffnete sich und wir passierten die Allee. Sie war noch genau so atemberaubend wie ich sie in Erinnerung hatte. Links und rechts riesig hohe Zypressen und dahinter die Wiesen, Sträucher, Hecken und Bäume, die bis in die letzte Spitze gepflegt waren. Obwohl manche Bäume mittlerweile kahl waren, lag kein einziges Blatt von ihnen auf dem Boden.
Wir stellten das Auto vor der breiten Treppe die zur Haustüre hinaufführte ab. Der Kies knirschte laut, als ich meine Beine daraufstellte. Ebenso zerknirscht war mein Ego, wenn ich an meine bisherigen Begegnungen mit Grazia dachte. Auch deshalb hoffte ich doch irgendwie, dass wir vielleicht in den Genuss kämen, uns mit Riccardo, Vitos Vater, zu unterhalten.
Die Türe ging auf als wir langsam, Stufe für Stufe, hinaufstiegen und Grazia – als hätten wir jemals diesbezüglich mit Glück rechnen können – bereits am Eingang auf uns wartete. Ich dackelte hinter Vittoria her und

war auf Grazias Worte gespannt, wenn sie mich erblicken würde. Sie rechnete wohl kaum mit meinem Dasein, doch ich war eben Vittorias mentale Unterstützung. Womöglich wäre es leichter gewesen, wenn Vittoria jemand anderes dabeigehabt hätte.

„Vittoria, carissima! Es ist eine Ewigkeit her, dass du bei uns warst!", sagte Grazia hoch erfreut über Vittorias Erscheinen.

„Buongiorno Signora. Es freut mich auch!", antwortete Vittoria freundlich und sie begrüßten sich sittenhaft.

„Aber was sehe ich denn da? Hast du zugenommen?", fragte Grazia und schüttelte ihr Haupt angewidert. „Liebes, du kannst dich nicht so gehen lassen! Schau besser auf dich!", sagte sie streng.

Vittoria senkte ihr Haupt und wollte vermutlich gerade ihre Beichte ablegen, als Grazia mich erblickte. Ein Wunder, dass sie mich überhaupt wahrnahm.

„Eh... Comè? Was machst du hier?!", fragte sie verwundert.

„Laura ist mit mir hier", sagte Vittoria eifrig.

Ich pfefferte ein lässiges „Salve" in die Runde und winkte mit meiner Hand. Grazia schüttelte ihren Kopf hochnäsig und türmte sich besitzergreifend auf. Neben ihrem großen Ego war auf der breiten Treppe vor ihrer Haustüre kaum Platz für uns alle.

„Bella. Was machst du für Sachen? Diese Frau ist kein guter Umgang für dich! Du weißt, was sie alles angerichtet hat!", sagte sie streng und würdigte mich keines Blickes mehr.

Wie erwartet erntete ich keine Lorbeeren von der großen Signora Zarello, doch ich machte mir sowieso keine Hoffnungen, dass wir in diesem Leben noch Freunde wurden. Wir waren wegen einer wichtigeren Angelegenheit gekommen.

„Mit Verlaub, liebe Signora, doch Vittoria war diejenige, die alle hintergangen hat. Und trotzdem haben wir unsere Differenzen beseitigt, denn nicht alle leben in ihrer eigenen kleinen Wirklichkeit“, sagte ich frech.

Grazia sah mich schockiert an. Es passte ihr nicht, dass ich in diesem rabiaten Ton mit ihr redete. Dabei hatte ich noch viel mehr bissige Worte auf Lager und ich fühlte mich viel besser, nachdem ich ihr endlich einmal Paroli bieten konnte und nicht höflichkeitshalber zu allem was sie von sich gab ‚Amen‘ sagte.

„Allora. Ihr wollt mit mir sprechen, folgt mir“, seufzte sie und wir begleiteten sie ins Haus hinein.

Ein paar Pagen brachten uns etwas zu trinken und Grazia setzte sich im Foyer in einen pompösen Sessel, indem sie noch anmutiger wirkte, wie sie ohnehin war.

„Allora. Ich habe nicht viel Zeit“, sagte sie streng und sah dabei eingebildet auf ihre goldig funkelnde Armbanduhr.

„Wir sind auf der Suche nach Vito!“, sagte ich direkt, während Vittoria schüchtern neben mir auf einer schmalen Bank platzgenommen hatte, ihren Bauch streichelte und offensichtlich kein Wort herausbrachte.

„Da kann ich euch nicht weiterhelfen!“, sagte Grazia distanziert und sah mich desinteressiert an.

Immerhin sah sie mich mittlerweile wenigstens an, wenn sie mit mir redete.

„Es ist wirklich wichtig“, sagte ich beharrlich.

„Wieso sollte ich gerade dir sagen wo meinen Sohn ist? Was willst du meinem Liebsten dieses Mal Schreckliches antun?“, fragte Grazia erzürnt.

„Ich habe ihm nie etwas Böses getan. Wir müssen mit ihm sprechen, das ist alles“, antwortete ich und versuchte ruhig zu atmen, um ruhig zu bleiben.

„Sie tut ihm nichts Böses und auch ich habe etwas auf dem Herzen, was ich ihm sagen muss", sagte Vittoria und klinkte sich in das Zwiegespräch ein.

„Vittoria, cara. Was willst du mit dieser Clara?", fragte Grazia erneut verwirrt. Es schien ihr keine Ruhe zu lassen, dass wir zusammen da waren.

„Mein Name ist Laura", sagte ich streng.

„Wie auch immer …", entgegnete Grazia und hielt ihre Hand als eine Geste des Schweigens in meine Richtung. „Selbst, wenn ich wüsste wo er ist, würde ich es euch nicht sagen. Dir Vittoria, vielleicht. Doch wenn du mit solchen Leuten in Kontakt stehst, weiß ich nicht, ob du noch zurechnungsfähig bist. Hat sie dir nicht gesagt, dass du mehr Sport treiben sollst? Du warst doch immer so eine grazile Frau und sieh dich nun an. Fett bist du geworden!", sagte sie taktlos.

„Ich bin nicht dick, Signora. Ich bin … ", fing Vittoria an einen Satz zu formulieren, doch auf halber Strecke verließ sie der Mut.

„… schwanger!", vollendete ich ihren Satz ungefragt.

„Oh! Dio! Bellissimo! Sag, was hast du für einen Mann? Bestimmt eine gute Partie!", sagte Grazia entzückt.
Sie konnte ihre Mimik zwar nur undeutlich verändern und sah, egal ob erfreut oder verärgert, immer gleich empfindungslos aus, doch anhand ihrer Stimme konnte man deuten, in wessen Laune sie sich aktuell befand. In diesem Fall freute sie sich womöglich zu früh. Es war doch eindeutig, weshalb wir nach Vito suchten!

„Ich habe keinen Mann, Signora … ", antwortete Vittoria verlegen. Sie war normalerweise eine selbstsichere Frau, die vor Selbstachtung strotzte und sehr einschüchternd sein konnte, aber Grazia gegenüber verhielt sich Vittoria plötzlich wie eine kleine Maus, die um ihr Leben in einem Raum voller hungriger Katzen bangte.

„Sag, wer ist der Vater?", fragte Grazia wieder streng und zog arrogant ihre Augenbrauen hoch.
Vittoria blickte verlegen zu mir. Ich wollte ihr gerade die Bürde abnehmen und Grazia gestehen, wer der Vater war, als plötzlich …
„Nein!", schrie Grazia entsetzt und sprang von ihrem bequemen Sessel auf.
„Vito?", kreischte sie hysterisch, aber noch immer mit unveränderter Miene.
„Si, Signora", antwortete Vittoria vorsichtig.
„Das ist nicht möglich. Nein!", brüllte Grazia entsetzt.
„Du bekommst noch einen Enkel. Das ist doch etwas Schönes", sagte ich in dem Versuch Grazia zu beruhigen.
„Un disastro! Sie sind nicht verheiratet! Schon über das erste Kind haben alle gesprochen. Im ganzen Piemont weiß man, was Vito für ein Donnaiolo ist. Streift seine Marroni auch überall aus ohne an die möglichen Konsequenzen zu denken!", sagte sie empört und blickte bei ihrem letzten, vulgären Kommentar hervorhebend in meine Richtung.
„Signora, prego … ", sagte Vittoria leise.
„Von dir noch gar nicht angefangen. Ich habe dich immer verteidigt, Vittoria, und viel von dir gehalten. Dachte immer du wärst die richtige Frau für meinen Antonio, doch du bist es nicht. Du bist eine Puttana! Und was für eine. Kommst hierher und erwartest dir, ich würde dir sagen, wo mein Sohn ist und bringst dazu diese Frau mit in mein Haus. Was denkst du dir!", schrie Grazia weiter.
Sie randalierte.
Inzwischen hatte sich ihre ausdruckslose Mimik doch verflüchtigt und sie sah nun eindeutig wütend aus. Ihr Haupt war hoch rot, weil sie sich so hineinsteigerte.
„Stopp!", sagte ich laut. „Du weißt ja nicht, was du da redest. Deine beiden Söhne sind fabelhaft, obwohl sie eine Mutter wie dich haben", verteidigte ich – wen auch immer?

Es war unnötig denn meine Bemerkung machte unserem Vorhaben den Garaus. Grazia warf uns in hohem Bogen aus ihrem Haus und wir fuhren erfolglos zurück. Vittoria und ich saßen stumm in ihrem Wagen und sprachen kein Wort. Sie hielt bei der Autowerkstatt, wo mich der ölige Garagista bloß vertröstete, und brachte mich anschließend nach Hause.

„Was sollen wir jetzt nur machen?", fragte Vittoria deprimiert, als sie vor meinem Haus anhielt und ihren Kopf zwischen ihren Händen auf dem Lenkrad ablegte.

„Wir werden ihn finden", sagte ich gewiss. Ich wusste, wir würden ihn irgendwie finden.

„Ich glaube, Grazia weiß sowieso nicht wo er steckt … ", antwortete ich und musste lachen.

„Wieso lachst du?", fragte Vittoria und sah mich verwirrt an.

„Ach. Weißt du … Ich glaube Grazia ist eigentlich gar nicht so grässlich, wie sie immer tut. Sie weiß es vielleicht einfach nicht besser, dass es einem nichts bringt, wenn man in seinem Leben auf die falschen Leute wütend ist!", erklärte ich.

„Wie meinst du das?", erkundigte sich Vittoria.

„Manchmal begegnet man Menschen, von denen man glaubt, sie bringen einem nur Ungunst im Leben. Sie stören dein Energiefeld und deshalb bist du wütend auf sie oder reagierst selbst viel zu emotional auf deren Dasein. Dabei spielen sie in deinem Leben vielleicht sogar eine ganz wichtige Rolle, sei es nur darum, dass sie dir die Augen für eine neue Sichtweise öffnen. Dann bist du ganz umsonst schlecht gelaunt und es ist eigentlich schade um jede einzelne Minute, die wir mit schlechten Gedanken verschwenden. Es könnte so einfach sein, wenn es nicht dermaßen schwierig wäre in einer Art ‚bedingungsloser Liebe‘ zu leben …“

„So eine Liebe empfindet man nur für sein eigenes Kind!“, sagte Vittoria. Dabei kam ihr ein kleines Lächeln über die Lippen.

In meinem Kopf schwirrten so viele Dinge umher. Inspirierende Gedanken, die ich niederschreiben musste. Vielleicht wären sie mir für mein neues Buch noch von Nutzen. Immerhin steckte unser aller Leben nicht nur voller Leidenschaft. Die Lust am Leben, an der Liebe, der Nähe zu anderen Menschen oder auch für unser Talent und unseren Beruf. Das Leben war auch überraschend und barg so viele Ereignisse, unvorhersehbare, gute und schlechte, die uns allen einen individuellen Lebensweg wiesen. All die entscheidenden Wendepunkte, Aufstiege und Rückschläge, die, wenn wir sie bereit waren anzunehmen, unser Leben zu etwas Einzigartigem, Vorzüglichem machten.

Das Wiedersehen mit Grazia war wie erwartet, ein gefühlvolles und ich war wenig überrascht über die harten Worte, die sie aussprach. Doch allerdings hatte ich nicht damit gerechnet, dass ihr Ruf wichtiger für sie war, als die Familie. Als das neue Familienmitglied, das in Vittoria heranwuchs. Wie ich es schon des Öfteren beobachtet habe, war es gerade für ihre Generation viel zu wichtig, was andere Leute von einem halten. Es wird so oder so übermäßig getratscht und vielleicht kommt sie auch noch irgendwann in ihrem Leben zu dem Entschluss, dass es wesentlich stressfreier war, die anderen Leute einfach reden zu lassen.

# VII

„**N**iente! ", seufzte Vittoria entmutigt.
„Wie ist das überhaupt möglich …?", fragte
ich ungläubig.
Ich gab, um die Vollständigkeit des World-Wide-Webs zu
kontrollieren, meinen eigenen Namen in eine Suchmaschine
ein und im Nu erschienen unzählige Einträge in denen mein
Name erwähnt wurde, dazu waren zahlreiche Bilder von
Veranstaltungen, Lesungen und Buchpräsentationen online.

Ich traf mich am folgenden Tag mit Vittoria im Caffè e
Dolce, wo wir gemeinsam an meinem Laptop nach
Hinweisen suchten. Sofia warf mir ein paar seltsame Blicke
zu, mit denen sie mir ihre Verwirrung darüber kundtun
wollte, dass ich mich wie es schien Vittoria annäherte. Wir
verstanden uns im Moment eigentlich ziemlich gut. Sie
erinnerte mich in ihrem Zustand ein wenig an Arianna.
Wobei Vittoria nur halb so klagend unterwegs war. Sie
nahm ihre Schwangerschaft an, wie sie war, mal gut und mal
voll der üblichen Beschwerden.
Wir suchten nach „Vito Zarello" und es erschien kein
einziger Beitrag in dem sein Name vorkam. Es war
unmöglich heutzutage keinen digitalen Fußabdruck zu
haben. Quasi jedes stinknormale Haustier hatte mittlerweile
sein eigenes Profil im Netz.

„Klick einmal die Bilder an!", befahl Vittoria.
Ich war nervös. Was, wenn da tatsächlich ein Bild von ihm
war? Natürlich besaß ich selbst noch einige Bilder von ihm,
doch diese habe ich sicherheitshalber auf einer externen

Festplatte ausgelagert, auf die ich in sentimentalen Ausnahmefällen nicht so leicht zugreifen konnte.

Ängstlich klickte ich auf den dafür vorgesehenen Icon und scrollte durch die Suchergebnisse.

Nach einem Dutzend Bilder von irgendwelchen Männern, die offensichtlich ebenfalls Vito hießen, erschien aber tatsächlich – mein Vito – in seiner vollen Schönheit!

Es gab nur dieses einzige, winzige Bild von ihm. Da der Pfad zu der Website längst nicht mehr bestand, konnte ich es nicht vergrößern. Er lächelte uns entgegen und ich wurde selbst beim Anblick dieses leblosen Fotos rührselig. Ob es sich um ein aktuelles Porträt handelte oder nicht, sein Erscheinungsbild war zeitlos schön …

„Buongiorno ragazze! Seid ihr schon fündig geworden?", fragte Pierino freundlich, als er unerwartet vor unserem Tisch im Caffè e Dolce aufkreuzte.

Wir lösten unsere erstarrten Blicke von Vitos Foto und begrüßten Pierino, der sich nachdem er höflich darum bat, zu uns setzte.

„Leider nein", antwortete Vittoria entmutigt. „Das Treffen mit seiner Mutter war ein Reinfall und auch die Suche im Netz ist aussichtslos … "

Ich war nicht in der Stimmung etwas zu sagen, weshalb ich nochmal einen kurzen Blick auf das Foto warf. Dabei merkte ich wie mir ein Kloß im Hals steckte und ich das eindringliche Gefühl bekam, daran zu ersticken. Es war sein Lachen, das mich erstarren ließ. Es strahlte dieselbe Sorglosigkeit aus, wie ich sie empfand, wenn ich mit ihm zusammen war. Er fehlte mir noch immer wie wahnsinnig. Das Gefühl, das dieses winzige Foto in mir auslöste, war beängstigend.

„Ist er das?", fragte Pierino neugierig und streckte seinen Hals, um einen Blick zu erhaschen. Ich drehte ihm den Bildschirm zu und verschwand wortlos aus dem Café.
Nach ein paar tiefen Zügen frischer, kühler Seeluft fühlte ich mich besser. Das beklemmende Gefühl verschwand, doch das Brennen in meinem Herzen blieb.
In diesem Augenblick erinnerte mich wieder alles, was ich sah so extrem an ihn. Zu oft waren wir hier an der Promenade und haben auf den See hinausgeschaut, saßen auf seiner Terrasse und hielten unsere Füße ins frische Wasser oder sahen uns den Lago aus der Ferne von meinem Haus aus an. Tapfer wischte ich mir eine Träne von meiner Wange und schloss meine Augen. Wieder einmal wurde mir bewusst, dass ich nicht ansatzweise so hart war, wie ich mich oft gab. Da waren einfach noch zu viele Gefühle in mir, die nicht wussten, wohin sie gehen sollten. Sie waren eingekapselt und es gab keinen Schlüssel, keinen Ausgang aus meinem Herzen. Sie waren da. Es war ungewiss, was ich mir von den Gefühlen, die ich noch hatte, erwartete. Es gab nur einen Menschen, der mir Gewissheit verschaffen konnte. Ich musste unbedingt mit ihm sprechen, ihm sagen, was ich von ihm hielt, was ich empfand – nur Großes, nur Schönes! Ungeachtet dessen, dass er vielleicht überhaupt nichts mehr mit mir zu tun haben will. Doch ansonsten würde ich vermutlich nie darüber hinwegkommen.

Als ich zurück ins Caffè e Dolce kam, saß Vittoria gewissermaßen auf Pierinos Schoß, umarmte ihn und jubelte. Pierino, zurückhaltend wie er war, saß etwas steif da und grinste verlegen.
    „Er hat ihn gefunden! Er ist ein Held!", rief mir Vittoria zu und sprang hurtig auf. Sie strich Pierino über die Wange, welche danach vor Scham leicht errötet war und fiel mir freudig um den Hals.

„Was? Wie?", fragte ich verwirrt, als mich bei der Umarmung ihr dicker Bauch zurückschob.

„Was für ein Glück, dass ihr mich kennengelernt habt!", sagte Pierino, der selbst stolz darauf war, ihn gefunden zu haben und führte uns an seinem Handy durch einen kunterbunten Blog.

Es handelte sich um ein Lifestyle-Journal, das von einer rassigen, italienischen Influencerin geführt wurde. Sie war hip und schön und hatte den Bildern zufolge einen abnormalen Lebensstil. Sie trug wunderschöne Kleider, aß delikate Speisen und reiste von einem traumhaften Ort am Ende der Welt zum anderen. Wie für ihren Beruf üblich, fotografierte sie jeglichen Nonsens, der ihr vor die Linse kam. Auf einem Bild, welches sie erst kürzlich gepostet hatte, stand tatsächlich mein Vito an ihrer Seite. Er hatte seinen rechten Arm um ihre Hüfte gelegt, während sie mit ihrem Arm an seiner starken Schulter lehnte. Sie lachte künstlich und zeigte dabei ihre blitzblanken Zähne, während Vito lediglich ein sanftes Lächeln mit geschlossenem Mund an den Tag legte und desinteressiert an der Kamera vorbeischaute. Trotzdem war er es. Tatsächlich.

„Wie hast du ihn gefunden? Noch dazu auf der Seite dieser ‚Alice Esposito' …?", fragte ich bewundernd. Ich krallte mir sein Telefon und suchte nach weiteren Bildern von Vito. Insgeheim hasste ich diese Alice, obwohl ich ihr noch nie in natura begegnet war. Alleine deswegen, weil Vito ihr auf dem Foto so nahestand. Und obwohl er irgendwie aussah, als hätte er keine Lust dort zu sein, war es ausgeschlossen, dass er bei ihr war und nichts mit ihr am Laufen hatte.
Es war keiner seiner erfreulichen Charakterzüge.

„Ich habe da meine Tricks", sagte Pierino, kicherte jungenhaft und schob seine verrutschte Brille wieder vor seine Augen.

Es war mir eigentlich egal, wie er es geschafft hatte. Wir hatten ein Lebenszeichen von Vito und das war im Moment mehr wert, als alle Schätze dieser Welt.

„Wo sind sie? Kannst du das herausfinden?“, fragte ich nervös.

Pierino nahm sein Telefon wieder in die Hand und begann auf seinem Display links, rechts, rauf und runter zu swipen. Ich stellte mich auf eine lange Wartezeit ein, um Vitos aktuellen Aufenthaltsort zu eruieren.

„Verona“, antwortete er nach dreieinhalb Sekunden.

„Woher …?“, fragte ich erstaunt während Vittoria unruhig auf ihrem Stuhl hin und her rutschte und freudig applaudierte.

„Erstaunlich! Pierino, du bist ein Genie!“, sagte sie bevor sie aufsprang und ihm einen dicken Bacione gab. „Du bist wirklich unser Retter!“

Pierinos Wangen färbten sich erneut dezent rosa und man sah einen Abdruck von Vittorias Lippenstift darauf.

„Ihr letzter Eintrag deutet darauf hin. Ich weiß nicht genau wo, aber …“, erzählte er.

„Wir fahren sofort los!“, sagte Vittoria bestimmt und hielt meine und Pierinos Hand fest in ihren.

„Wen meinst du mit ‚wir‘?“, fragte Pierino nervös und sah auf ihre Hand, die seine beständig hielt.

„Pierino, ohne dich werden wir Vito in ganz Verona nicht finden. Du musst uns helfen, prego!“, sagte sie lieb und sah ihn mit einem bezaubernden Blick an.

Er sah verlegen zu mir und auch ich hielt ihn mittlerweile an seiner Hand und sagte bittend: „Aiutaci!“


Zu seiner Linken und Rechten eine schöne Frau, die jeweils eine seiner Hände hielt, ihn mit erwartungsvollen Augen anschaute und um seine Gunst buhlte und es war um Pierino geschehen. Wir waren ohne ihn aufgeschmissen und das stärkte sein Selbstbewusstsein enorm. Er überlegte lange genug, obwohl es eindeutig war, dass es ein unvergesslicher Trip für ihn werden und die lang ersehnte Abwechslung in sein tristes Leben bringen würde. Vielleicht wollte er aber auch nur schauen, wie lange wir es aushielten und ihn mit Komplimenten überhäuften bis er schließlich einlenkte und zusagte.

„Ich fahre“, sagte Pierino bestimmt. „Wir treffen uns morgen früh beim Caffè Centro, von wo aus wir losfahren. Seid pünktlich! Ich hasse Unpünktlichkeit!“

Wie wir es vereinbart hatten, standen Vittoria und ich um Punkt neun Uhr vor dem Caffè Centro, doch kein Pierino war in Sicht. Es hätte mich auch gewundert, wäre er wohl der einzige pünktliche Mann in ganz Italien.

„Hoffentlich hat er es sich nicht anders überlegt!“, sagte Vittoria besorgt.

„Certamente no!“, sagte ich beruhigend und bestellte uns zwei Espressi während wir warteten. Von jedem anderen Italiener hätte man es erwarten können versetzt zu werden, doch nicht von Pierino.

Er kam ein paar Minuten verspätet und wartete auf einen spöttischen Kommentar unsererseits bezüglich seiner überfälligen Ankunft, doch es war uns egal. Alles was zählte war, dass er nun da war und wir unserem Wunsch, Vito noch einmal zu sehen, ein Stück näher waren, als noch einen Tag zuvor.

Wir fuhren am Lago Maggiore entlang und passierten Arona, wo ich Pierino und Vittoria von meinem Abenteuer mit Sofia erzählte. Es war unterhaltsam ihnen davon zu berichten und meine Erzählungen verschönerten uns die Fahrt. Sie staunten über die gehobene Gesellschaft, in der ich mich herumzutreiben schien und freuten sich über ein paar intime Details über gewisse Berühmtheiten, die ich auf der luxuriösen Party kennengelernt hatte. Ich verschwieg ihnen jedoch, wie viel ich tatsächlich von Domenico gesehen habe. Nicht dass es mich gestört hätte, wenn sie mich für ein leichtes Mädchen hielten. Ich hatte sogar das Gefühl, sie hätten gerne eine etwas anzüglichere Geschichte von mir hören wollen, doch ich hatte noch immer im Hinterkopf, dass Vittoria mich in der Vergangenheit hinters Licht geführt hatte und war mir nicht sicher, ob ich ihr diesmal hundertprozentig vertrauen konnte. Wenn sie so etwas vor Vito erzählen würde, wäre ich bei ihm untendurch, egal ob er zwischenzeitlich vermutlich mit einer ganzen Horde Frauen geschlafen hatte oder nicht. Nach Bergamo und Brescia streiften wir den Süden des Gardasees, bevor wir schließlich nach ungefähr drei Stunden in Verona ankamen. Ich war so nervös, denn ein Treffen mit Vito stand nur mehr wenige Augenblicke bevor.

Verona war eine romantische Stadt in der italienischen Region Venetien und in aller Welt speziell als Schauplatz von Shakespeares „Romeo und Julia" bekannt.
Irgendwo in diesen zweihundert Quadratkilometern, unter den rund zweihundertfünfzigtausend Einwohnern und zehntausenden Touristen musste er sein. Jetzt mussten wir ihn nur noch finden.

# VIII

Pierino war nicht nur ein ungewohnt zuvorkommender Mann, er hob sich auch durch seine anständige Art von Seinesgleichen ab. Er war schüchtern, unaufdringlich und außerordentlich aufmerksam. Dazu hatte er einen angenehm duftenden Geruch und war sehr gepflegt. Sein Körper war groß, schmal und drahtig. Obwohl er in seinen schicken Klamotten nicht unbedingt muskulös wirkte, war er aber doch stark.

Da er es für unrealistisch hielt, dass wir Vito noch am selben Tag aufspüren würden, organisierte er uns sicherheitshalber ein Hotel. Unabhängig davon, ob er damit meine Hoffnungen auf ein baldiges Wiedersehen zu Nichte machte.

„Verona ist eine große Stadt. Non sono un Mago!", sagte er, als er mit Vittorias Koffer in der Hand vor einem Zimmer anhielt. Er zog die Hotelkarte durch den vorgesehenen Öffnungsmechanismus und hielt uns die Türe auf.

Das Hotel, in dem wir eincheckten, hatte nur mehr ein einziges freies Zimmer und da wir keine Zeit damit vergeuden wollten, uns ein anderes zu suchen, einigten wir uns darauf, das Zimmer zu teilen. Glücklicherweise waren wir diesbezüglich sehr aufgeschlossen. Offensichtlich konnte sich auch Pierino Schlimmeres vorstellen, als sich ein Zimmer mit zwei Frauen zu teilen, die ihm unendlich dankbar für seine Hilfe waren. Er stellte den schweren Koffer vor dem großen Doppelbett ab, bevor er sich dem kleinen, unbequem wirkenden Zustellbett zuwandte. Da er ein Gentleman war, überließ er uns das behaglichere Bett. Vittoria wirkte erschöpft und legte sich sofort nieder. Sie schüttelte ihre Schuhe ab, die ungleich auf dem Boden aufkamen und schnaubte laut.

„Ich habe ganz vergessen, wie mühsam es ist in meinem Zustand zu verreisen … "
Pierino hob die Schuhe auf, stellte sie ordentlich nebeneinander beiseite und kniete sich vor sie.
Unaufgefordert nahm er einen ihrer Füße und begann sie zu massieren.

„Pierino-oh!", stöhnte sie genüsslich. „Dich schickt der Himmel!"
Er war ein Vorzeigeexemplar eines lebendigen Kavaliers und es war kaum zu glauben, dass seine Ex-Freundin ihn hatte gehen lassen! Wie ich annahm, bekam er seine Gabe, sich um alles zu kümmern, als ältestes von zehn Kindern bereits in die Wiege gelegt.

Mir hatte die Autofahrt nicht weiter zugesetzt. Zudem war ich nicht müde, sondern noch immer etwas nervös, was meinen Energielevel konstant oben hielt. Ich machte mich inzwischen frisch, zog mir ein neues Oberteil an und öffnete meinen Pferdeschwanz. Locker schüttelte ich meine Haare auseinander und so wie sie liegen blieben, gefiel es mir eigentlich ganz gut. Ja, so würde ich vor Vito einen guten Eindruck machen. Tief in mir trug ich noch immer die Hoffnung, ihm vielleicht trotzdem noch zu begegnen. Man wusste ja schließlich nie, was noch alles passieren konnte ...
Als ich zurück ins Zimmer kam, war Vittoria bereits wieder auf den Beinen. Sie trug nur mehr ihr Dessous und stand posierend vor dem großen Koffer, der offen auf dem Bett lag. So entblößt war ihr Bauch groß und prall und ihre Linea nigra wirkte wie ein Wegweiser, dem man von ihrem Bauchnabel hinab bis in ihr Spitzenhöschen folgen konnte.

Obwohl sie so gedunsen aussah, war sie noch immer eine sehr attraktive Frau.

„Dio! Was soll ich bloß anziehen. Pierino? Was würdest du für ein Outfit sehen wollen, wenn dir eine Frau gestehen würde, dass sie ein Kind von dir bekäme?", fragte sie dramatisierend.

Eigentlich spielte es keine Rolle was sie anziehen würde, sie wollte Vito ja nicht verführen, sondern im lediglich beichten, was Sache war. Sie meinte ja, sie empfände nichts für ihn und ich hoffte abermals, dass sie mir diesmal auch wirklich die Wahrheit gesagt hatte.

„Pierino!", rief sie erneut. Doch es kam keine Reaktion von ihm. Er saß stumm da, während ich eine abschätzige, leicht neidische Bemerkung zu Vittorias aktuellem Outfit machte und quer durchs Zimmer auf sie zulief. Im Augenwinkel nahm ich wahr, dass Pierinos Augen wässrig waren, so als würde er jeden Moment anfangen zu weinen.

„Pierino? Tutto a posto?", fragte ich sanft und näherte mich ihm leichtfüßig.

Ich wusste eigentlich nicht viel über ihn, bloß das er Paolos Sohn war, Bänker, Single und überaus hilfsbereit. Er hat mir zwar erzählt, dass sich seine Freundin von ihm getrennt hatte, doch nie, was der Grund dafür war. Ich war ohnehin neugierig und wollte ihn schon früher danach fragen, doch fand ich es zu aufdringlich, gerade deshalb, weil wir uns eben noch sehr wenig kannten. Doch es ließ mir einfach keine Ruhe. Pierino saß weiterhin da, wirkte verletzlich und nahm langsam seine Brille ab. Ohne sie sah er ganz anders aus. Er hatte nette Augen und einen lieben Blick. An seinen unteren Augenlidern befanden sich ein paar dezente, weiche Falten. Sie machten seinen Blick offenherzig und unglücklich zugleich. In dieser Art und Weise waren sie mir bisher nie aufgefallen. Ich kniete mich vor ihn und legte meine Hand mütterlich auf seinen Schenkel.

„Ich weiß wir kennen uns nicht gut, aber ich schätze es sehr, dass du uns hilfst, Pierino. Und vielleicht können wir dir ja auch helfen", sagte ich liebevoll. „Darf ich dich fragen, wieso es mit deiner Ex nicht funktioniert hat?"
Pierino fasste sich ein Herz und erzählte es uns.

„Ich kann keine Kinder zeugen. Wir haben es lange versucht, bis wir gemerkt haben, dass irgendwas nicht stimmen kann. Es ist zwar nicht unmöglich, meinen die Ärzte, doch wenn ich tatsächlich eines zeugen würde, wäre es vermutlich wie ein Lottosechser … "

„… deshalb kann sie dich doch nicht verlassen", sagte ich ungläubig. „Ihr habt euch doch geliebt!"
Da hieß es immer, die Liebe ist stärker als alles andere und dann hörte man wieder von so einer traurigen Sache!

„Manchmal reicht es nicht, sich zu lieben … ", erzählte er schmerzlich weiter.
„Wir hätten auch ein Kind adoptieren können, es würde keine Rolle für mich spielen. Ich liebe Kinder. Wir wären auch so eine Familie geworden … Vielleicht haben wir uns aber auch zu sehr unter Druck gesetzt, denn unsere Beziehung hat angefangen komisch zu werden. Sie war böse auf mich, obwohl sie wusste, dass ich ihr gerne ein Kind geschenkt hätte. Irgendwann wollte sie nicht mehr. Sie konnte nicht mehr, das hat man ihr auch angemerkt. Und da ich wollte, dass sie glücklich ist, habe ich ihre Entscheidung akzeptiert."
Er rieb sich erneut seine Augen. Diesmal, um wahre Tränen zu verstecken. Ich nahm ihn in den Arm und versuchte ihm Trost zu spenden. Seine Geschichte war herzzerreißend und erklärte, warum er neulich so vernarrt in den kleinen Alessandro war.

„Es ist, wie es ist", sagte er und versuchte vor uns stark zu sein. Er türmte sich auf und blinzelte mit seinen Augen, er dachte vermutlich, wir hätten seine Tränen nicht gesehen und wollte vor uns nicht wie ein Weichei dastehen. Dabei imponierte mir seine Offenheit dermaßen, dass ich gerade anfing ihn wirklich gern zu haben.

Ich setzte mich auf dem klapprigen Zustellbett nieder, während auch Vittoria mittlerweile bei uns stand und Pierino in den Arm nahm. Sie trug noch immer nichts weiter als ihre Unterwäsche und weinte ebenfalls.

„Du bist ein toller Mann", sagte sie liebevoll zu ihm und gab ihm ein Küsschen auf seine Wange.

Wieder einmal war ich verblüfft, wie nett Vittoria sein konnte, wenn sie es wollte. Wäre unsere Geschichte eine andere gewesen, hätten wir vielleicht schon viel früher Freunde werden können.


Nachdem sich die Aufregung gelegt hatte und Vittorias Kleiderfrage geklärt war, machten wir uns auf den Weg in Richtung Verona Centro. Der letzte aussagekräftige Hinweis auf dem Blog dieser Alice Esposito deutete darauf hin, dass sie am Nachmittag irgendwo in der Innenstadt unterwegs war. Leider wussten wir nicht, ob Vito überhaupt noch bei ihr war, doch wir folgten dieser kleinen, undeutlichen Spur, als wäre es der sagenumwobene Pfad zur Erleuchtung. Obwohl die Hauptsaison längst vorüber war, schwirrten in Verona massenhaft Menschen umher. Angestrengt schauten wir durch die Horden von Leuten, als wir diverse Plätze passierten, doch es war hoffnungslos. Wir stellten uns das Unterfangen, Vito zu finden, möglicherweise etwas zu einfach vor.

Da Vittorias Beine schon wieder schwer waren und sie nicht länger gehen wollte setzten wir uns an der Piazza Brà in ein lebhaft besuchtes Ristorante. Wir waren ohnehin völlig ausgehungert und bestellten neben ein paar leckeren italienischen Spezialitäten auch eine Flasche deliziösen Vino, den Pierino ausgesucht hatte.

„Ich war lange nicht mehr in Verona", sagte er. „Es ist wirklich nett hier zu sein. Danke, dass ihr mich mitgenommen habt!"

„Wir danken dir", antwortete Vittoria und lächelte ihn lieb an.

„Nein wirklich, ich meine, ihr kennt mich nicht, ich kenne euch nicht, aber wir verstehen uns offensichtlich gut. Es ist wirklich ein Glück für mich. Nach der Trennung von Donella, meiner Ex, dachte ich eigentlich, ich würde nie mehr auf eine Frau treffen, mit der ich mich so ungezwungen unterhalten würde und jetzt habe ich gleich euch beide hier bei mir. Wahnsinn", erzählte er erfreut.
Auch Vittoria und ich freuten uns über sein offenes Kompliment und lächelten zufrieden.
„Eines ist mir noch unklar …", fuhr er fort.

„Was denn?", fragte ich neugierig.

„Ihr hattet offensichtlich beide was mit demselben Mann, diesem Vito, und trotzdem helft ihr euch jetzt gegenseitig ihn zu finden. Das verwirrt mich."

„Manche Dinge sind unerklärlich", antwortete ich und musste laut lachen. Auch Vittoria lächelte und sah mich amüsiert an.
Immerhin bekam sie ein Kind von dem Mann, den ich liebte.
Vitos Vorliebe für Geschlechtsverkehr war markant und Vittoria war eine wunderschöne Frau. Es wäre nicht er, hätte er nicht mit ihr geschlafen, wenn er die Gelegenheit dazu bekam und immerhin waren sie ja für eine kurze Zeit annähernd ein Paar. Ich war damals ja selbst noch in einer intimen Beziehung mit Toni, daher konnte ich nicht wütend

sein, wenn Vito ebenfalls mit jemandem intim war. Sowieso war ich ihm gegenüber so tolerant, wie ich mich normalerweise selbst nicht kannte. Keinem meiner Ex-Freunde hatte ich hinterhergeweint. Es war schon eine verrückte Welt, in der wir lebten. Für mich war die Tatsache, dass ich mich mit Vittoria Umbrelli angefreundet hatte, überhaupt am verrücktesten. Von diesem Wagnis hätte ich mir noch vor einer Woche selbst abgeraten ...

Wir verbrachten einen ganz ungezwungenen Abend miteinander und kamen uns erneut näher. Dazu plauderten wir nett und jeder offenbarte die ein oder andere lustige Geschichte aus seinem Leben. Vittoria nippte nüchtern an ihrem Acqua Minerale, während ich mich Pierinos Wein angeschlossen hatte. Peu à peu legte er seine Schüchternheit ab. Je mehr Vino er trank, umso lockerer wurde er und nachdem er seine Brille beiseitegelegt hatte, war er nochmal eine Nuance charmanter geworden. Auch Vittoria und ich waren extrem locker. So wie sie ihn anlächelte, hätte man glauben können, dass sie sogar ein bisschen mit Pierino flirtete. Sein aktueller Zustand war aber auch sehr einladend. Auf einmal war er wie ausgewechselt. Er machte Späße und lachte freudig darüber. Er trug sein Hemd, das vorher anliegend und bis oben hin zugeknöpft war mittlerweile locker, da die oberen vier Knöpfe offenstanden und ein Teil seiner strammen, ebenfalls sehr gepflegten Brust sichtbar wurde. Sein jungenhaftes Gelächter war ansteckend.
Obwohl es ein komisches Erlebnis war, dass ich mit meinem neuen Bekannten, Pierino, und meiner ehemaligen Kontrahentin, Vittoria, in diesem kleinen Ristorante inmitten von Verona saß, wollte ich gerade an keinem anderen Ort der Welt sein, denn es war entschieden zu lange her, dass ich so unbeschwert gelacht und mich einfach gut gefühlt hatte.

Irgendwann, während der dritten Flasche Vino Rosso, verflüchtigte sich mein Drang Vito zu finden und ich verschob das Vorhaben getrost auf den nächsten Tag.

Als das Ristorante zumachte, spazierte ich zusammen mit Pierino wieder zurück zu unserem Hotel, während Vittoria sich ein Taxi nahm. Sie warf Pierino vor dem Einsteigen noch einen traurigen Blick zu, von dem sie sich erhoffte, dass er sie begleiten würde, doch er brauchte genau wie ich noch ein bisschen frische Luft. Ich hing meinen Arm bei ihm ein und wir liefen entspannt durch diese tolle Stadt, die auch in meinen Augen mehr als romantisch war. Die alten Gebäude leuchteten im Schein der vielen Straßenlaternen und es roch nach feuchten Backsteinen. Mir fielen auch ein paar Bilder auf, die unterhalb von einigen Straßenschildern hingen, doch ich war zu müde, um sie mir genauer anzusehen. Zudem war es schon etwas kalt geworden und ich war viel zu leicht gekleidet.

Als wir in unserem Zimmer ankamen, lag Vittoria bereits fest schlafend in dem großen Bett und schnarchte leise. Ihr Babybauch wanderte bei jedem Atemzug ganz sachte auf und ab. Es war hypnotisierend und einschläfernd zugleich. Ich legte mich zu ihr, während Pierino versuchte so leise wie möglich in das kleine Ersatzbett zu kriechen, das dabei natürlich an allen Ecken quietschte wie ein Gummiboot. Wir kicherten geräuschlos und schliefen ebenso erschöpft ein, wie es Vittoria war. Ich ließ die gesammelten Erinnerungen der heutigen Tour durch Verona in meinem Kopf herumschwirren, bis sie mich sanft ins Land der Träume wogen.


Vittorias innerer Wecker bimmelte in aller Herrgottsfrühe. Sie huschte ins Bad, wo sie sich unter die Dusche stellte. Wir wurden von dem unsanften Aufprallen des Wassers in der Duschwanne unbeabsichtigt geweckt. Da sich Vittoria im

Anschluss die Haare mit dem viel zu lauten Föhn trocknete, blieb jeder Versuch weiterzuschlafen erfolglos.

„Ihr seid ja schon wach! Hervorragend!", sagte sie erfreut, als sie aus dem Bad kam.

Ich lag noch völlig zerknittert auf meiner Seite des großen Doppelbettes, während Pierino in seiner Boxershorts neben seiner Liege stand und nach seinem Toilettenbeutel suchte. Sein Körper war ausgesprochen gut in Form. Ich hatte mir ehrlich gesagt nicht erwartet, dass er so trainiert war.

„Du bist gut in Schuss, Pierino!", sagte Vittoria, die ganz plump zu ihm hinüberschaute, während ich lediglich einen ganz kurzen Blick wagte.

„Ich achte auf mich. Danke", sagte er, wieder aus seiner gewohnten expressiven Distanz.

Ich dachte er wäre am Vorabend aus sich herausgekommen, dabei sprach wohl doch nur der Alkohol aus ihm.

Nachdem wir alle parat waren, setzten wir uns an das üppige Frühstücksbuffet des Hotels und überlegten uns, wo wir unserer Suche starten sollten.

„Diese Alice schreibt in ihrem Blog, dass sie heute auf einer Ausstellung sein wird …", erzählte Pierino, der sich mit einer Hand ein Croissant aus dem Brotkörbchen nahm und mit der anderen an seinem Handy herumspielte.

„Dann suchen wir dort!", sagte Vittoria bestimmend.

„Ich weiß nicht … Vito interessiert sich nicht für solche Sachen", antwortete ich nachdenklich.

„Wo willst du sonst hingehen? Du hast ja gestern gesehen, wie viele Menschen überall sind. Er wird uns wohl kaum auf der Straße über den Weg laufen!", sagte Vittoria streng.

„Trotzdem denke ich, dass er auch wo anders sein könnte. Vielleicht irgendwas mit seiner Kunst …", grübelte ich.

„Selbst, wenn wir nur diese Alice treffen, können wir sie fragen wo er ist“, sagte Vittoria von oben herab.

„Wir können uns ja aufteilen. Du suchst dort und ich suche in der Stadt nach ihm“, entgegnete ich.

„Alleine? Wie stellst du dir das vor? Und wo willst du anfangen? Verona ist riesig!“, sagte sie scharf.

„Pierino kann dich ja begleiten und ich schaue inzwischen, ob ich irgendwo eine Spur finde. Es muss ein spezieller Ort sein. Ich kenne Vito. Vielleicht finde ich ja irgendwas heraus“, sagte ich unnachgiebig.

„Das ist doch ein guter Ansatz“, schaltete sich Pierino in die Sache ein, die ungewöhnlich befehlshaberisch geworden war. „Laura sucht nach Hinweisen, während wir schauen ob wir ihn bei Alice finden. Und wenn ihn jemand gefunden hat, rufen wir den anderen an und …“, schwafelte er weiter. Aber ich hörte längst nicht mehr hin. Ich wollte so oder so ein bisschen für mich alleine sein und mir überlegen, was ich zu ihm sagen könnte, wenn ich ihm tatsächlich irgendwo begegnen würde.

Womit sollte ich beginnen?

Ihm sagen, dass es mir leidtat? Dass ich wütend war, dass er mich einfach hatte stehen lassen?

Oder sollte ich ihm allenfalls gestehen, wie sehr ich ihn tatsächlich vermisste?

Wir teilten uns also auf. Verona war eine große Stadt und es gab unzählige Orte, wo er sich hätte aufhalten können. Ich bummelte einfach blind drauf los, wie ich es immer machte, wenn ich keine Ahnung hatte wo ich war oder wo ich hinwollte. Als ich ungefähr zwei Stunden gelaufen war, ohne auch nur die kleinste Fährte entdeckt zu haben, setzte ich mich ausgelaugt in ein kleines Baretto am Straßenrand.

„Was habe ich mir nur dabei gedacht?“, fragte ich mich enttäuscht, während ich auf eine Bedienung wartete.

Ich streckte meine Hände in die Luft und räkelte meinen Hals, um ihn zu entkrampfen. So verbissen war ich auf der Suche nach ihm, dass jede Faser meines Körpers unter Spannung stand. Ich schaute derweil auf die umliegenden Geschäfte und Häuser, bis mein Blick an einem dieser Bilder hängen blieb, das auf der anderen Straßenseite unterhalb eines Straßenschildes befestigt war. Es war zu weit entfernt, um zu erkennen, was darauf abgebildet war.

„Scusi“, sagte ich zu einer vorbeilaufenden Kellnerin, die noch immer nicht bemerkt hatte, dass ich schon seit ein paar Minuten unbedient in ihrem Lokal saß. „Was ist das für ein Bild, das da drüben hängt?“

„Non ho idea!“, sagte sie und lief eilig weiter, wiederum ohne meine Bestellung aufgenommen zu haben.

Ich stand auf und überquerte die Straße, um einen genaueren Blick auf das Bild zu werfen. Es handelte sich um ein Gemälde von irgendeinem antiken Gebäude. Dazu war es in einen schönen Rahmen eingefasst und wurde durch eine Glasscheibe vom Wetter geschützt. Trotzdem war es etwas blass und verwittert und hing höchstwahrscheinlich schon länger dort. Ich schaute mich um und sah noch ein weiteres Bild ein Stück entfernt an der nächsten Straßenkreuzung hängen. Mit schnellen Schritten lief ich auch zu diesem Gemälde, um es zu inspizieren. Es war eine alte Statue, die auf einem Brunnen vor einem Park stand abgebildet und ähnlich gestaltet, wie das erste. Verwundert folgte ich dem Verlauf der Straße und sah hie und da immer wieder ein solches Bild. Komischerweise war nirgends ein Hinweis angebracht, wer die Bilder aufgehängt hat oder wer der Maler war. Ich passierte die Piazza delle Erbe und auch vor dem Palazzo Maffei hing ein weiteres solches Gemälde. Darauf waren, wie auch an der barocken Fassade des Palastes, griechische Götterstatuen detailgetreu skizziert.

Was für eine Kunstaktion war das? Ich verstand sie nicht, aber ich lief neugierig weiter. Irgendwann kam ich von der großen Hauptstraße ab und bog in eine schmälere Seitengasse ein. Wenn ich mich richtig orientierte, musste ich mich in der Nähe des berühmten Casa di Giulietta aufgehalten haben. Die Gasse endete schließlich vor einer großen, hellgrauen Mauer. Darauf befand sich ein weiteres Kunstwerk.

Diesmal war es aber kein lebloses Gebäude. Es war ein Bild voller Emotionen. Breite, farbenfrohe Striche, die sich links und rechts überlappten und für ein fantasieloses Auge möglicherweise nichts weiter als ein Gesudel darstellte, doch für mich verkörperte es Leidenschaft und Liebe. Wer auch immer der Künstler war, beherrschte sein Handwerk.

Ich stand eine Weile vor der Mauer und starrte sie an, ließ das Kunstwerk auf mich wirken. Obwohl ich nicht wirklich ein Kenner der Szene war, hatte ich das Gefühl dieses eine Bild zu verstehen.

„Gefällt es dir?", sagte plötzlich eine tiefe, leise Stimme. Als ich sie hörte, stellten sich mir sämtliche Haare an meinem Körper auf. Ich traute mich nicht meinen Kopf zu wenden.

„Es ist wunderbar", flüsterte ich und hielt meine Augen geschlossenen.

„Dann habe ich es richtig gemacht. Buona giornata", antwortete die tiefe Stimme. Ich hörte, wie sich die Person hinter mir mit dumpfen Schritten entfernte und öffnete blitzartig meine Augen. In einem Satz drehte ich mich 180 Grad um meine eigene Achse und sah eine kleine Gestalt weglaufen.

„Sind sie der Künstler?", rief ich dem Mann hinterher.

„Si, Signorina!", rief er aus der Ferne zurück.

Ich hätte schwören können, dass es Vito war, der hinter mir stand. Ich halluzinierte offensichtlich.

Es war aber eigentlich nicht seine Art zu malen, zumindest waren die Bilder, die ich von ihm kannte, stilistisch vollkommen anders. Ich knipste mit der Kamera meines Handys schnell ein Erinnerungsfoto und schickte es direkt zu Arianna nach Österreich. Dabei fiel mir ein, dass ich ihr überhaupt nichts davon erzählt hatte. Weder, dass ich in Verona war, noch dass ich tatsächlich nach Vito suchte. Sie würde es vermutlich sowieso nicht verstehen, weshalb ich beschloss es ihr erst im Nachhinein zu offenbaren.

Betrübt rief ich Vittoria an, um herauszufinden, ob ihre Suche erfolgreicher war, als meine. Ich hätte wetten können, dass ich Vito finden würde. Vielleicht kannte ich ihn doch nicht so gut, wie ich dachte. Oder womöglich war Verona einfach eine Nummer zu groß für mich.

„Laura?", sagte Vittoria laut. „Kannst du mich hören?"

„Ja! Wo seid ihr?", fragte ich.

„Hast du ihn gefunden?" Vittoria sprach immer noch viel zu laut. Im Hintergrund war ein lautes Rumoren hörbar.

„Nein", antwortete ich.

„Diese Alice ist wirklich hier. Pierino hat sich an sie rangehängt. Vielleicht kann er etwas aus ihr herauskitzeln", schrie sie.

„Ok. Meldet euch dann …", sagte ich leise und legte auf. Der schüchterne Pierino sollte etwas aus einer angesagten Bloggerin herauskitzeln? Mir fiel keine Methode ein, wie er das schaffen sollte. Außer er hatte vielleicht schon wieder eine Flasche Wein intus.

Immerhin lag ich mit meiner Vermutung richtig, dass Vito sich nicht für solchen Hippster-Kram interessierte.

Es war einsam und still in der schmalen Gasse, in der ich mich aufhielt. Ich lehnte mich an einer kalten Hausmauer an und schloss meine Augen nochmals, um in mich zu kehren. Ich hatte mir den Trip anders vorgestellt. Momentan war ich hauptsächlich deprimiert, schlecht gelaunt und müde. Dazu kam mir der Gedanke, dass auch die Möglichkeit bestand, dass ich Vito möglicherweise nie finden würde. Es wäre zu schön um wahr zu sein, jetzt mit einem liebevollen Partner hier zu sein, anstatt trübsinnig ganz alleine durch die viel zu romantischen Straßen Veronas zu streunen.

Als ich wieder an eine menschenvolle Piazza kam, setzte ich mich in ein nettes, kleines Café und bestellte mir einen Cappucci. Es war zwar nur ein schwacher Trost, aber immerhin besser als nichts. Ich befand mich wieder an der Piazza Brà und das Café lag ganz in der Nähe des Ristorantes, in welchem wir am Vorabend waren. Von meinem Platz aus hatte ich einen grandiosen Ausblick auf das majestätische Amphitheater. Die wunderschönen Bögen der Arena verkörperten für mich die Vollkommenheit der italienischen Baukunst. Obwohl der Kaffee köstlich war, kämpfte ich damit ihn irgendwie hinunter zu bekommen. Ich war einfach zu traurig.
Um auf andere Gedanken zu kommen, lief ich anschließend zum Theater und erkundigte mich über eine Besichtigung. Zu meinem Glück standen keine Touristen an. Niemand wollte das Theater besichtigen, was wie mir der nette Verkäufer an der Kassa erzählte quasi nie der Fall war. Aber ich war sogar zu traurig, um mich darüber zu freuen.
Die Arena war ein Meisterwerk und innerhalb noch atemberaubender, wie von außen. Ich lief durch die alten Gewölbe und kam bis zu dem riesigen Platz in der Mitte der Arena. Beeindruckt blieb ich dort stehen und schaute mir die unzähligen steinernen Tribünen an. Es roch förmlich

nach Historie. Ich glaubte zu hören, wie jemand meinen Namen flüsterte, doch ich reagierte nicht. Womöglich hatte ich zu viel Staub eingeatmet und meine Fantasie spielte mir erneut einen Streich.

Trotzdem merkte ich, wie jemand physisch hinter mir stand und begann, sanft meine Hand zu halten. Wüsste ich es nicht besser, als dass der Kassier zu mir sagte, ich wäre alleine in der Arena, hätte ich schwören können, er war hier.

„Vito …“, flüsterte ich.
Er stand so dicht hinter mir, dass ich seinen Atem in meinem Nacken spüren konnte. Entschlossen hielt er meine Hand fest in seiner und legte seinen anderen Arm um meine Taille.
„Was machst du hier?“, fragte die Gestalt leise.
War er es wirklich?

Ich presste meine Finger fest zusammen und spürte den Gegendruck seiner Hand. Dessen ungeachtet war ich mir nicht sicher, ob ich wach war oder träumte.
„Laura“, sagte er dieses Mal laut, doch ich konnte ihm keine Antwort geben. Ich war wie gelähmt.
Er machte einen großen Schritt und stand schließlich wahrhaftig vor mir. Seine Haare waren länger als früher und er hatte sie mit einem kleinen Band an seinem Hinterkopf zusammengebunden. An seiner Stirn hingen ein paar lose Strähnen heraus, die ihm sanft über die Augen hingen. Sein Bart war stoppelig. Seine Augen leuchteten und sahen mich wieder so eindringlich an. Genau so, wie ich sie in Erinnerung hatte und genau so, wie ich schon zu oft von ihnen träumte.
„Du bist nicht schwanger?“, fragte er ernst und hielt mittlerweile auch meine andere Hand fest.

Ich hatte nicht die Gelegenheit abzuhauen, ich war gefangen. Weniger von seinem Griff, viel mehr von dem Wunsch bei ihm zu sein.

Ich schüttelte meinen Kopf zögernd und sah ihm voll Verlangen in seine wunderschönen, verführerischen Augen. Wie war es möglich, ihn ausgerechnet hier zu finden?

Er löste in einer plötzlichen Bewegung den festen Griff um meine Hände und zog mich stürmisch an sich heran. Er küsste mich fest auf die Lippen. Ich schmolz bei jeder seiner Berührungen. Ich war Wachs in seinen Händen. Seine Zunge tanzte Cha-Cha-Cha mit meiner und es raubte mir den Verstand. Ich wollte, dass es niemals endet, trotzdem musste ich es unterbinden.

„Warte!", sagte ich und schob ihn schroff von mir weg. „Du kannst mich nicht einfach küssen!", sagte ich sentimental und versuchte mich zu sammeln. Mich daran zu erinnern, weshalb ich ihn suchte und was ich ihm sagen wollte. „Wieso hast du mich in Siena einfach stehen lassen?", fragte ich wütend.

„Ich dachte, du bekommst ein Kind von ihm!", antwortete er.

„Ich hätte es dir erklärt. Nur eine Minute später!", sagte ich weinerlich. „Es war nur ein Missverständnis!"

„Mit so etwas scherzt man nicht. Wie sollte ich es wissen? Ausgerechnet von Toni!", antwortete er verletzt. „Nach allem was ich mit Vittoria durchgemacht habe. Nein. Ich konnte nicht."

„Ich bin nicht sie!", sagte ich weinerlich. In meinen Augen stand das Wasser. Meine Gefühle waren völlig durch den Wind. War ich wütend auf ihn oder weinte ich aus Freude, dass ich endlich bei ihm sein konnte?

Er zog mich erneut unsanft an sich heran und umarmte mich. Ich spürte seine Wärme, seinen Herzschlag, seinen

Atem. Ich roch sein Parfum und seinen Schweiß. Ich fühlte sein Verlangen mich nicht loslassen zu wollen. Sehnsüchtig hielt ich ihn ebenso fest, wie er mich hielt.

Die Zeit verging und wir standen regungslos dort, vor dem großen Platz im Inneren des berühmten Amphitheaters in Verona. Keiner von uns ließ locker. Niemand wollte, dass es vorbei war. Vielleicht war es dieses Mal nicht nur ich, die Angst hatte jemanden zu verlieren. Ich wünschte ich hätte ihn nicht so sehnlichst vermissen müssen und trotzdem war er es, der mich erst vor ein paar Monaten verstoßen hatte und mich zutiefst verletzte.

# IX

Es gab Momente, in denen spielte einem sein eigener Verstand einen Streich und man glaubte etwas zu sehen, zu hören oder zu spüren, das gar nicht wirklich existierte. Mein Hirngespinst hat mir in den letzten Monaten schon öfters einen Schrecken eingejagt, es war also gut möglich, dass ich auch dieses Mal einen sehr realistischen Traum von Vito hatte. Um das zu träumen und das zu fühlen, was ich in jenem Moment spürte, musste ich entweder im Koma liegen oder längst tot sein. Jedenfalls nicht mehr in der uns bekannten logischen Welt unterwegs sein.

Ich träumte aber tatsächlich nicht. Vito war wirklich da. Er war bei mir. In einem Großteil von Verona hatte ich nach ihm gesucht oder zumindest darauf gehofft, ein Lebenszeichen von ihm zu finden und dann begegneten wir uns ausgerechnet in dem menschenleeren Amphitheater, dem Aushängeschild dieser Stadt, das normalerweise ein Touristenmagnet war. Und trotzdem waren nur wir beide dort. Es war kein Zufall, dass wir uns trafen. Das war Schicksal. Obwohl mir immer wieder ein paar Tränen in die Augen schossen, war ich eigentlich glücklich. Zumindest glücklicher, als in den letzten Monaten ohne ihn. Ich konnte nicht aufhören ihn anzuschauen, nachzusehen wie er sich verändert hatte.

„Wieso siehst du mich so an?“, fragte er, als ihm auffiel, wie besessen ich ihn musterte.

„Du siehst verändert aus“, sagte ich. Hielt dabei immer noch eine seiner Hände fest in meiner. Würde er dieses Mal flüchten wollen, dann nur mit mir zusammen!

„Du hast auch eine neue Frisur", sagte er und lächelte.
Ich vernahm ein Stechen in meiner Brust. Es fühlte sich
aber dieses Mal nicht unangenehm an. Meine Sinnes-
empfindungen waren durcheinander. Ich war nervös und
ich war komplett vernarrt in sein Lächeln, in seine Art. Es
fühlte sich in jenem Augenblick an, als wäre er nie fort
gewesen.

„Gefällt sie dir?", fragte ich unsicher. Ich hoffte, dass er
mich noch immer attraktiv fand.

„Deine Haare, un disastro", scherzte er und lachte.
„Aber du bist noch genauso schön, wie ich dich in
Erinnerung hatte."
Ich lächelte geschmeichelt.

„Deine Haare sind lang geworden … ", sagte ich und
öffnete seinen Dutt. Er schüttelte seinen Kopf und sie
hingen anschließend durcheinander herunter.
Mir gefielen Männer mit langen Haaren grundsätzlich sehr
gut. Es war nur ungewohnt Vito so zu sehen, da er
ansonsten immer einen strengen Haarschnitt hatte.

„Ich sollte sie dringend schneiden … ", sagte er und blies
Luft aus seinem Mund nach oben um eine lose Strähne aus
seinen Augen zu bringen. Es gelang ihm nicht. Deshalb fuhr
ich mit meinen Fingern ganz zart über seine Augenbraue
und schob die Strähne vorsichtig aus seinem Blickfeld.
Dabei blieb ich an seinen berauschenden Augen
buchstäblich kleben. Sie leuchteten, glühten, blitzten – die
Emotionen darin funkelten wie das Licht in einer
Diskokugel.
Ich hörte auf mein Bauchgefühl, packte ihn intuitiv an der
Hand und zog ihn hinter mir her. Wir stiegen an einer der
zahlreichen Treppen, die an den Tribünen links und rechts
bis ganz nach oben führten, bis ans Ende hinauf. Dort
angekommen packte ich ihn und küsste ihn unaufgefordert.
Er erwiderte meinen hektischen, ungeschickten Kuss. Es

gab so vieles, das wir noch zu klären hatten doch ich konnte neben diesem Mann nicht klar denken und nachdem wir uns so lange nicht gesehen haben schon gar nicht vernünftig sein. Zu sehr vermisste ich seine Nähe, als dass ich mir diese Gelegenheit hätte entgehen lassen.

Unsere Küsse wurden langsamer und intensiver. Der Himmel war wolkenbedeckt und es war kühl, trotzdem glühte ich, als hätten wir Hochsommer und brutzelten unter der heißen Sommersonne. Ich öffnete seinen Gürtel und packte sein Glied. Er war ebenso erregt, wie ich es war. Mir war egal, ob er mit dieser Alice ging oder nicht. Ich wollte ihn spüren, ganz gleich was das für Konsequenzen haben konnte. Auch er fuhr in mein Höschen und als er spürte, wie feucht und gierig ich war, setzte er sich auf die oberste Tribünenbank, schob seine Hose weiter nach unten und wartete auf mich. Sein Glied stand in Startposition und ich sah es an, als gäbe es nichts Schöneres auf dieser Welt, als mich auf ihn zu setzen und uns beiden eine Befriedigung zu verschaffen. Genau das tat ich. Langsam und vorsichtig glitt ich auf ihn. Es fühlte sich an, als würde ich mit ihm verschmelzen, als sein heißes Glied wie ein Feuer in einem Kamin in mir brannte. Es kribbelte an meinem ganzen Körper und machte mich wahnsinnig. Endlich konnte ich es tatsächlich wieder an meinem eigenen Leibe fühlen, wovon ich zu oft in den vergangenen Monaten geträumt hatte. Es gab nur uns zwei. Erneut war ich davon überrascht, wie wenig ich mich um andere Leute scherte und an einem öffentlich zugänglichen Ort mit Vito Sex hatte. Ich nahm an, dass uns niemand zusah und lediglich der hohe Torre dei Lamberti hinter uns posierte und unser Treiben beobachtete.


Obwohl wir ausgemacht hatten, den jeweils anderen zu kontaktieren, sobald wir ein Zeichen von Vito hatten, dachte ich keine Sekunde daran, Vittoria Bescheid zu geben. Auch aus Angst davor, wie Vito auf die frohe Botschaft, die sie ihm überbringen wollte, reagieren würde. Ich war noch nicht bereit dazu ihn mit irgendjemandem zu teilen.

Wir saßen im Anschluss an unser Abenteuer nebeneinander auf einer Mauer und schauten uns denn Sonnenuntergang über der Piazza delle Erbe an. Die Sonne streifte gerade das Dach des Torre dei Lamberti, welcher seelenruhig dastand und offensichtlich kein Problem damit hatte, dass ich nochmals Hals über Kopf mit Vito geschlafen habe. Es bestand allerdings die Möglichkeit, dass uns der ein oder andere Tourist hatte beobachten können, wenn er die rund 370 Stufen bis zur Aussichtsplattform des Turmes gelaufen war und mit einem Fernglas die Arena di Verona genauer unter die Lupe genommen hatte.

Vito streichelte mir über den Rücken, während meine Hand sanft auf einem seiner Schenkel lag und ich mit meinen Fingern kleine Kreise darauf zeichnete. Vito sah zufrieden aus, obwohl er seit seinem Orgasmus kein Wort mehr gesprochen hatte.

„Ich habe dich vermisst", sagte ich um das Schweigen zu beenden.

Er sah weiter zu, wie sich die Sonne verabschiedete und fragte mich in einem ungewöhnlich strengen Ton: „Hast du keinen anderen?"

„Nein", antwortete ich. „Hast du eine Freundin?"

Er sah mich an und gab ein leises „No" von sich.

„Was machst du in Verona?", fragte er. Er betonte die Worte, die er wählte, sehr nachdrücklich.

„Ich wollte dich finden", sagte ich. Von seiner distanzierten Art eingeschüchtert, verhielt ich mich plötzlich etwas zurückhaltend. Aber ich sah ihn trotzdem verliebt an.

„Mich finden?“, fragte er komisch. „Du hast nach mir gesucht? Warum?“
Da wir gerade miteinander geschlafen hatten und es einfach überwältigend war, war es eine sehr komische Frage! Außer er hatte es eventuell nicht so empfunden, wie ich …

„Ich konnte dir in Siena nichts erklären, nicht einmal Lebewohl sagen. Das hat mich die letzten Monate beschäftigt“, antwortete ich.
„Toni ist wieder auf Tour und datet eine Neue!“, wechselte er das Thema, obwohl es mich nicht die Bohne interessierte was Toni machte und schon gar nicht mit wem er es machte.
„Schön?“, antwortete ich verwirrt.
„Schade, oder?“, fragte er boshaft.
„Nein“, sagte ich erstaunt. „Toni interessiert mich nicht!“
„Jetzt wo er weg ist …“, sagte Vito zickig.
„Wieso verhältst du dich so komisch? Wir haben gerade miteinander geschlafen!“, fragte ich verwirrt und lockerte meine Hand an seinem Bein. Wieso war er plötzlich so aggressiv? Nicht körperlich, sondern verbal!
„Ich habe mich für dich entschieden und du hast mich einfach stehen lassen. Wenn jemand das Recht hat wütend zu sein, bin ich das“, sagte ich genervt und ließ ihn ganz los. Er fuhr sich mit beiden Händen durch sein Haar und atmete mühsam aus. Was war los?

„Du hast mir wirklich gefehlt“, sagte ich leise.
Er senkte seine Hände wieder und sah mich kritisch an.
„Wieso siehst du mich so an?“, fragte ich unsicher.
„Ich weiß nicht … Es ist kompliziert“, sagte er genervt.
„Dann erklär es mir!“, forderte ich.

„Vielleicht soll es einfach nicht sein mit uns beiden",
sagte er leise.

Wie kommt er jetzt darauf? War es für ihn etwa alltäglich
eine Frau zu lieben, die er ein halbes Jahr lang nicht gesehen
hatte, um ihr im Anschluss an den grandiosen Sex erneut
eine Abfuhr zu erteilen. Ich konnte es nicht fassen!
Es war unverschämt.

„Ich war nie schwanger. Ich wollte einfach nur eine
schöne Zeit mit dir in Siena verbringen. Schließlich war es
deine Idee, mich dorthin mitzunehmen und dann gehst du
mit mir ausgerechnet in ein Ristorante, das an einem Platz
liegt, wo Toni mit seiner Band einen Auftritt hat. Das ein
Wiedersehen mit ihm zu einer Eskalation führen würde, war
logisch. Es war deine Schuld. Nicht meine!", sagte ich
wütend.
„Siehst du. Complicato … ", sagte er gestresst und setzte
einen desinteressierten Blick auf.

Hat er vollkommen den Verstand verloren? Ich hatte es mir
doch nicht nur eingebildet, wie er mich angesehen hat, wie
er mich umarmte, als wir uns nach einer so langen Zeit der
Funkstille in diesem Theater trafen. Er hat mich geküsst wie
früher, als er mir sagte, dass er sich in mich verliebt hatte.
Ich verstand die Welt nicht mehr, offensichtlich sprach hier
niemand klare Worte aus, oder ich verstand nur halb so
wenig Italienisch, wie ich einst dachte.

„Eigentlich ist es ganz einfach", sagte ich nun streng.
„Wenn du mich liebst, gibt es kein kompliziert. Wenn du
mich liebst, dann gibt es nur ein ‚ich habe dich auch
vermisst' oder ein ‚es tut mir leid'. Etwas anderes erklärt nur
deine Abneigung für mich …"

„Was weiß ich …“, antwortete er bockig.

„Du hast gerade mit mir geschlafen …?!“, sagte ich verbittert und verschränkte meine Hände vor meiner Brust, um eine schützende Mauer zwischen uns zu errichten. Die Unterhaltung gefiel mir ganz und gar nicht. Sie ging in eine Richtung, in die ich eigentlich nicht gehen wollte.

„Ich schlafe mit vielen Frauen …“, sagte er und sah mich längst nicht mehr an.

„Wenn es dir nichts bedeutet hat, dann gehe ich“, drohte ich.

Er überlegte.

Was gab es da bitteschön zu überlegen?

Schon wieder war ich auf seine schönen Augen hereingefallen. Es war unfassbar! Wie konnte ich bloß schon wieder so eine blöde Kuh sein?

Ich war wütend auf ihn und hasste mich in jenem Augenblick selber. Immerhin brauchte ich deshalb nun nicht mehr zu weinen.


„Schön“, sagte ich abschließend. „Ich wollte dich eigentlich nur finden, um dieses Kapitel endlich abzuschließen. Zwischen uns ist so viel Leidenschaft und ich weiß, dass wir uns lieben, aber wenn du lieber weiter deine Spielchen spielst und dein Dongiovanni-Leben führst, ist das deine Sache. Ich kann dich nicht ändern und das will ich auch nicht. Ich finde es allerdings schade, dass du uns keine Chance gibst. Auch in Siena hast du uns keine faire Chance gegeben, sonst wärst du nicht einfach kommentarlos verschwunden. Das wir gerade miteinander geschlafen haben tut mir im Moment eigentlich leid. Aber vielleicht hat es mir auch geholfen, dass ich jetzt endlich über dich hinwegkommen kann. Es sind viele Monate vergangen, in denen ich von dir geträumt habe, in denen es für mich nichts Besseres gab, als an deiner Seite zu sein. Ich habe dich immer in Ehren gehalten, obwohl du es nicht verdient hast. Ich habe wirklich versucht, ohne dich weiterzumachen, doch als ich Alessandro sah und er mich so dermaßen an dich erinnerte, kam ich nicht mehr umhin dich zu finden …"

Vito saß da und starrte noch immer auf den großen Turm, der in der Ferne lag. Die Sonne war untergegangen und die Glocken läuteten zur vollen Stunde.

„Ich wünsche dir trotzdem ein schönes Leben. Auch wenn ich darin nicht vorkomme. Leb wohl", sagte ich und stand auf um zu gehen.

Er blieb regungslos sitzen. Ich war schockiert über sein jetziges Verhalten, doch auch stark, weil ich ihm endlich meine Meinung sagen konnte.

Mit eiligen Schritten stürmte ich aus der Arena hinaus, die ohnehin gerade schließen wollte. Vito eilte mir hinterher, ich hörte es erst, als ich wieder auf der Piazza Brà stand und die Glocken verstummten. Er packte mich am Arm, bis ich stehen blieb.

„Wann hast du Alessandro gesehen?", fragte er angriffslustig.

„Vor ein paar Tagen", antwortete ich. „Und er freut sich bestimmt, wenn ich ihm erzähle, dass sein Vater noch lebt." Seine Augen funkelten zwar noch immer, doch wie ich es diesmal interpretierte aus Wut.

„Ich wollte für ihn da sein!", sagte er aggressiv. „Che merda!", fluchte er. „Es ist wie im Kindergarten mit euch Frauen!"

„Du bist einfach abgehauen und untergetaucht und hast dich nie bei deinem Sohn gemeldet. Wie erwachsen ist das denn?", antwortete ich wütend.

„Vittoria wird das schon machen. Sie weiß es eh besser. Ich verachte sie", sagte er wütend.

114

„Um mit ihr Liebe zu machen hat es anscheinend gereicht …“, sagte ich aggressiv.

„Wovon redest du?“, fragte er.

Es war nicht meine Aufgabe, ihm von seinem ungeborenen Kind zu erzählen, doch der Kommentar rutschte mir im Eifer des Gefechts einfach so heraus. Trotzdem hielt ich mich mit weiteren Details zurück und schüttelte lediglich meinen Kopf.

„Spielt jetzt eh keine Rolle mehr …“, sagte ich eingeschnappt. Hoffentlich verstand er die Zweideutigkeit meiner Aussage. Nämlich, dass ich wusste, dass er mit Vittoria Sex hatte.

„Vielleicht habe ich einmal mit ihr geschlafen, aber glaube mir, es war keine Liebe!“, erklärte er.

„Ein Wunder, dass du dich bei den vielen Frauen überhaupt noch an ein paar Einzelne erinnern kannst …“, sagte ich wütend und machte kehrt. „Vittoria sucht dich ebenfalls. Sie muss mit dir sprechen“, fügte ich hinzu und holte einen Zettel aus meiner Tasche. Ich kritzelte hastig ihre Nummer darauf.

„Vittoria. Wie kommst du darauf? Was hast du mit ihr zu tun?“, fragte er verwirrt.

„Sie ist auch in Verona. Wir haben zusammen nach dir gesucht“, sagte ich.

„Ich verstehe nicht … Wieso sucht sie mich?“, fragte er neugierig weiter.

Da ich nicht länger von ihm angeschnauzt werden wollte, drückte ich ihm den Zettel in die Hand und sagte: „Ruf sie an. Ihr müsst etwas klären.“

„Ich wüsste nicht, was wir klären sollten“, sagte er streng.

„Leb dein Leben. Genieß es!“, sagte ich locker. „Aber du hast auch noch einen Sohn. Vergiss ihn nicht.“

Mit diesen Worten machte ich kehrt und ging wirklich.

# X

Nach dem Streit mit Vito fühlte ich mich emotionslos und leer. Wer hätte gedacht, dass unser Wiedersehen so enden würde? Die Wahrscheinlichkeit, dass wir uns näherkommen oder sogar Sex haben konnten war im Gegensatz dazu relativ hoch. Nicht nur weil ich wusste, wie sagenhaft es war mit ihm zu schlafen, es war auch einfach viel zu lange her, dass ich einen Orgasmus hatte. Sex mit dem Ex soll ja gewissermaßen etwas Befreiendes haben und ebenfalls dazu beitragen über genannten Ex hinwegzukommen. Möglicherweise war diese Form der Erlösung, mit Vito zu schlafen, auch einfacher, als wie mir einen Neuen zu suchen und diesen nur für Sex zu benutzen. Es war definitiv besser für mein Karma! Dafür sollte nicht einmal Pierino herhalten, vor allem nicht, nachdem er mir von der traurigen Geschichte mit seiner Donella erzählt hatte. Er verdiente es, eine Frau zu finden, die ihn trotzdem liebte und mit ihm eine Familie haben wollte, auch wenn die Kinder nicht seine leiblichen wären.

Von der Debatte mit Vito aufgeladen, lief ich schweren Herzens zu unserem Hotel zurück. Als ich in unserem Zimmer eintraf, standen Pierino und Vittoria sehr dicht beieinander und umarmten sich. Sie sahen mich und gingen abrupt ein paar Schritte auseinander und überspielten die offensichtliche Verlegenheit wegen meines unerwarteten Eintreffens.

„Oh, Laura! Wir sind auch gerade zur Türe hereingekommen!", sagte Vittoria und setzte sich aufs Bett, um dort ihren Babybauch zu streicheln. „Wir haben diese

Alice kennengelernt. Oder besser gesagt, Pierino hat mit ihr Bekanntschaft geschlossen."

„Ich bin gespannt was ihr zu erzählen habt …", sagte ich und legte mich neben ihr auf dem Rücken nieder. Von dem langen Spaziergang zu unserem Hotel zurück war mir kalt geworden, aber als ich so dalag merkte ich, wie es in meiner Scham noch immer lustvoll brannte.

„Alice ist nicht seine Freundin. Sie hat mir erzählt, dass sie zusammenarbeiten", erzählte Pierino erfreut.

„Tut mir leid, wenn ich das so direkt frage, aber du wirkst so schüchtern. Ich kann mir dich beim besten Willen nicht als Aufreißer vorstellen! Wie hast du das herausgefunden?", sagte ich und kicherte. Alleine die Vorstellung fand ich wahnwitzig. Da wäre ich eigentlich gerne dabei gewesen, es hätte vermutlich wenigstens etwas zu lachen gegeben in einer Folge von Pierino als Donnaiolo!

Meine Gedanken aber drifteten dahin, als ich auf der weichen Matratze lag und mich aufwärmte. Ich war aufgelöst. Es war so undeutlich, was ich über das Wiedersehen mit Vito fühlte. Es begann wunderschön. Wie er mich küsste. Wie er mich wollte. Wie er mich einfach nahm, ohne zu zweifeln, dass ich wütend auf ihn sein könnte. Ich war mir sicher er spürte wie gerne ich ihn mochte. Hatte ich etwas übersehen weswegen er auf einmal so distanziert wurde? Schließlich war er es, der zu mir kam. Er hätte ebenso kehrt machen können, als er mich in der Arena sah, aber er blieb dort. Das hatte doch etwas zu bedeuten? Er war nicht darauf angewiesen mit mir zu schlafen oder mich zu küssen, mich zu halten. Ich wusste, dass da noch etwas zwischen uns war. Er musste auch etwas für mich empfinden. Es gab keine andere Erklärung. Wieso blockte er dann aber noch immer so ab? Er wusste jetzt ja Bescheid darüber, dass ich nie schwanger war …

„Laura?“, fragte Pierino während Vittoria mir einen Stoß gab. Ich schaute beide fragend an.

„Was sagst du dazu?“, fragte Pierino.

„Wozu?“, fragte ich desinteressiert.

„Hast du mir nicht zugehört? Wir haben seine Nummer!“, sagte er erfreut.

„Oh …“, sagte ich und versuchte einigermaßen erfreut zu gucken.

„Das ist alles? Ein ‚Oh‘? Wir haben stundenlang gewartet, um endlich an sie heranzukommen und dann hat sich Pierino so ins Zeug gelegt, um sie zu knacken und dann sagst du ‚oh‘ dazu?“, sagte Vittoria schnippisch.

„Nein. Das ist natürlich super. Es war sicher nicht leicht …“, entschuldigte ich mich.

„Ich habe dir ja gesagt, dass wir auf der Messe weiterkommen, als blind durch die Stadt zu laufen“, fügte sie boshaft hinzu.

Ich starrte verlegen auf die unsauber verputzte Decke unseres Hotelzimmers.

„Wieso freust du dich nicht? Deswegen sind wir doch hier, um Vito zu finden!“, fragte sie nochmals eindringlich und warf mir ihr Kissen aufs Gesicht.

Ich zog es langsam herunter und sagte so leise, dass die Worte kaum hörbar waren: „Ich habe ihn gefunden.“

„Prego? Du hast ihn gefunden?“, wiederholte Pierino deutlich.

„Wieso hast du uns nicht informiert? Wir haben doch ausgemacht …“, schnippte Vittoria erzürnt.

„Entschuldigt. Es war ein sehr überraschender Moment“, erklärte ich.

„Das gibt’s nicht. Ich dachte wir ziehen am selben Strang! Ich habe dir vertraut!“, kreischte Vittoria übertrieben emotional. Aber in ihrem Zustand verwunderte es mich kaum, dass sie mich schon wieder in dieser Weise anfuhr.

„Ich habe ihm deine Nummer gegeben und gesagt er soll sich bei dir melden. Ihr hättet etwas zu klären, auch bezüglich Alessandro …“, sagte ich schlichtend. „Ich hätte ihn sowieso nicht solange festhalten können, bis ihr gekommen wärt.“
Vittoria schüttelte noch immer erregt ihren Kopf und lief im Zimmer in einer Achterschleife umher. Sie brabbelte irgendwelches Zeug vor sich hin. Es interessierte mich nicht sonderlich, ob sie nun wütend auf mich war. Vielmehr beschäftigte es mich, ob ich Vito genug gesagt hatte. Ob das Gespräch, das wir geführt haben ausreichend war, um endlich wieder ein glückliches Leben führen zu können.
Das war alles, was ich wollte, wenn ich schon nicht mit ihm zusammen sein konnte.

Pierino setzte sich inzwischen zu mir und fragte nach, wie es bei mir gelaufen war.
Ich wollte ihnen nicht erzählen, dass ich mit ihm geschlafen habe oder dass wir anfangs so einen schönen Moment miteinander teilten, als wir uns in den Armen hielten und einfach nur froh darüber waren uns gegenseitig nach all der Zeit zu spüren. Der Augenblick gehörte nur uns und mir wurde warm ums Herz, wenn ich mich daran erinnerte.
„Wir haben uns gestritten“, sagte ich also schließlich.
„Hast du ihm gesagt, dass du ihn liebst?“, fragte er.
„Ich habe vieles gesagt …“, antwortete ich.
„Weswegen habt ihr gestritten?“, bohrte er weiter in meiner Wunde herum.
„Ich weiß eigentlich gar nicht weswegen es dermaßen eskalierte. Es war wunderschön ihn wiederzusehen und ich hatte das Gefühl, ihm ginge es genauso. Als er plötzlich sagte, dass mit mir alles zu kompliziert wäre und keinen Sinn hätte …“, erklärte ich verwundert.

Als ich den Streit so zusammenfasste und laut aussprach, verwirrte es mich erneut. Worum ging es eigentlich bei unserer Diskussion?

„Das heißt er hat darüber nachgedacht, ob er euch noch eine Chance geben soll?", suchte Pierino nach irgendeiner verborgenen Logik.

„Nein. Vielleicht? Meinst du?", antwortete ich durcheinander.

„Wie habt ihr euch denn getroffen? Tut mir leid, ich glaube ich sitze auf der Leitung!", sondierte er weiter. Vielleicht konnte mir Pierino erneut behilflich sein. Vor allem dabei, eine logische Erklärung für Vitos übertrieben aggressive Reaktion zu finden. Deshalb erzählte ich ihnen also doch eine etwas detaillierte Geschichte über unser Treffen in der menschenleeren Arena und ließ lediglich die Details mit dem Geschlechtsverkehr weg. Es reichte ja, dass wir uns geküsst haben. Die Gefühle, die dabei flossen, während wir uns ganz am Anfang umarmten, waren weitaus intimer, als jene Nähe, die wir teilten, als sein Penis in mir steckte. Letzteres diente lediglich zur Befriedigung unserer natürlichen Triebe. Und trotzdem spürte ich es noch, wenn ich das Geschehen gedanklich rekonstruierte, wie angenehm sich sein Glied anfühlte und wie unvergleichlich der Orgasmus war. Diesbezüglich passten wir zusammen wie die Faust aufs Auge.

„Offensichtlich weiß er nicht was er will …", schlussfolgerte Pierino. Sein Fazit war überhaupt nicht hilfreich. Es war eindeutig, dass Vito nicht wusste was er wollte. Ich kannte niemanden, der so ein anarchistisches Leben führte wie er.


„Was soll ich jetzt machen?", fragte Vittoria mit einer aufgesetzten, hohen Stimme. Ihr Blick war eifersüchtig, wobei sie längst wusste, was ich noch immer für Vito empfand. „Soll ich ihn anrufen oder warten bis sich der werte Signore von selbst meldet?!"

„Warte", sagte Pierino.

„Ruf ihn an", kam zeitgleich von mir.
Sie rollte mit den Augen und verschwand widerwillig im Badezimmer.

„Wenn sie wartet, besteht die Möglichkeit, dass er sich nie meldet und was hat sie schon zu verlieren? Schlimmstenfalls nimmt er das Gespräch nicht entgegen und dann kann sie immer noch warten …", erklärte ich.

„Was meinst du, was das für deine Beziehung zu Vito bedeutet, wenn er erfährt, dass er nochmals Vater wird? Offensichtlich ist er nicht gut auf Vittoria zu sprechen …", fragte er.
Er war ein kluger Mann und ich schätzte Pierino für seine Offenheit. Er war für uns da, als wären wir schon seit einer Ewigkeit befreundet. Doch was steckte hinter seiner Motivation uns zu helfen?
Wollte er einfach nur freundlich sein, oder hatte er eventuell auch noch andere Hintergedanken?
Immerhin lag sein letzter Sex vermutlich annähernd so lange in der Vergangenheit, wie meiner. Und so lange keinen Sex zu haben konnte nach der gerade erfahrenen Befriedigung wirklich alles andere als gesund sein!

„Bist du immer so … hilfsbereit?", fragte ich verlegen.

„Ich komme aus einer Großfamilie, schon vergessen?", sagte er und lachte lustig. Er legte seinen Arm um meine Schulter und ich lächelte ebenfalls.

Ich erinnerte mich daran, was Arianna erst unlängst zu mir gesagt hatte:
Nicht alle Männer sind so wie Vito!

# XI

Es klingelte einmal, zweimal, dreimal … unzählige Male, bis schließlich eine tiefe Stimme am Apparat war und ein griesgrämiges „Pronto?" von sich gab.

Vittoria hatte eine Nacht darüber geschlafen und sich dafür entschieden Vito direkt am nächsten Morgen anzurufen. Wir hatten es mit Sicherheit meinem Kommentar bezüglich Alessandro zu verdanken, dass Vito den Anruf von Vittoria überhaupt annahm. Jetzt musste sie ihm nur noch sagen, was Sache war. Aber wie ich sie einschätzte und wie ich es auch für richtig hielt würde sie bestimmt ein Treffen arrangieren, um es ihm persönlich zu sagen. Was auch immer sie vor hatte, es war ihre Entscheidung und ich sah es nicht als eine meiner Aufgaben sie dabei in irgendeiner Weise zu unterstützen.

Vittoria saß wie versteinert da und sagte nichts.
„Vittoria?", brummte Vitos Stimme durch den Lautsprecher ihres Handys.
Pierino gab ihr einen aufrüttelnden Stoß wonach sie endlich zu sprechen begann.
„Vito … Si", antwortete sie wie ein kleines Mädchen. Ihr Blick war entzweit. Sie hatte ganz offensichtlich panische Angst davor mit ihm zu sprechen.
Nachdem er einen lauten Seufzer abgesetzt hatte fragte er: „Wie geht es Alessandro?"
„Gut. Er fragt oft nach dir …", antwortete sie mit einer weinerlichen Stimme. Sie kämpfte vehement mit den Tränen. Alessandro war unverkennbar auch ihr wunder Punkt.

Pierino saß neben ihr und streichelte ihr bestärkend über den Rücken. Ich saß derweil auf dem klapprigen Zustellbett und bekam eine Gänsehaut, bei jedem Wort, das ich von Vito hörte und war gleichermaßen angespannt und aufgeregt.

„Ich vermisse ihn …“, sagte Vito lieb.
Vittoria nahm ihren Mut zusammen und fragte so selbstsicher, wie es in jenem Moment möglich war, ob sie sich treffen könnten.

„Ich weiß nicht …“, antwortete Vito kühl.

„Kommst du jemals zurück?“, fragte sie angespannt. Sie saß ganz stramm da und versuchte nicht zu emotional zu klingen. Weniger wegen uns, mehr um Vito nicht zu verwirren. Er wusste ja noch nicht was los war.

„Ich weiß nicht …“, sagte er erneut zögernd.
„Ist sie bei dir?“
Vittoria warf mir einen erschrockenen Blick zu während ich lediglich nervös mit den Schultern zuckte.
Erkundigte er sich tatsächlich nach mir?

„Laura …?“, fragte er deutlicher.

„Si?“, antwortete sie fragend.

„Ich dachte du kannst sie nicht leiden?“, fragte er belustigend und man konnte hören wie ihm ein spöttisches „Ha“ herausrutschte.

„Die Dinge ändern sich …“, sagte sie gestresst und sah bezüglich der gehässigen Bemerkung zu mir. Ich nickte feinfühlig mit dem Kopf, denn ich konnte sie ja noch bis vor Kurzem ebenfalls nicht besonders leiden.
Sie setzten ihr äußerst schwerfälliges Telefonat fort.

„Können wir uns heute treffen? Es ist wichtig“, sagte sie, um endlich auf den Punkt zu kommen.
Vito blieb leise.
„Ich bin nicht lange in der Stadt. Ich muss zurück zu Alessandro“, fügte sie hinzu und tippte mit einem Finger auf

dem mittlerweile schwarzen Display ihres Handys, um sich zu vergewissern, dass Vito nicht schon längst aufgelegt hatte.

„… wo?“, sagte er widerwillig.

„Um 16 Uhr an der Piazza Brà?“, schlug sie vor.
Im Anschluss an ihren Vorschlag hatte Vito tatsächlich aufgelegt. Ob das nun eine Zusage war oder nicht, würde sie erst zur besagten Zeit am besagten Ort erfahren.
Doch ich hatte ein gutes Gefühl. Immerhin ging es seiner Vermutung nach um Alessandro, womit Vittoria wenigstens ein Druckmittel hatte, um ihn anzulocken.


„Ist er immer so griesgrämig?“, fragte Pierino neugierig. Vittoria legte ihr Telefon beiseite und wandte sich Pierino zu. Der sah sie lieb an und streichelte sie noch immer ermutigend.

„Das wird schon“, sagte er einfühlsam, während bei Vittoria schon wieder ein paar Tränen flossen und sie sich an seiner fürsorglichen Schulter ausweinte.
Ihre verletzliche, sprunghafte Art war äußerst verwirrend, weshalb ich es nicht einschätzen konnte, ob sie nur Trost brauchte oder ob sie vielleicht sogar wirklich etwas für Pierino übrighatte.
Auch seine Absichten waren nur schwer abschätzbar, da ich eigentlich der Meinung war, dass er hin und wieder mit mir flirtete. Hatte er etwa auch noch Interesse an Vittoria, oder war er einfach nur übertrieben fürsorglich, weil sie ein Kind bekam und er sich schon lange eines wünschte?


Später an diesem Tag, lagen Pierino und ich auf dem großen Doppelbett und erzählten uns ein paar Witze, während sich Vittoria bereits seit mehreren Stunden im Bad eingesperrt hatte und sich darin zurechtmachte. Der Dauer ihres Aufenthaltes entsprechend, hätte sie sich ebenso gut einer

Ganzkörper-Laser-Haarentfernung unterziehen können. Hoffentlich hatte sie keine kalten Füße bekommen!

Pierino war wie bereits erwähnt ein sehr großer Mann. Er lag mit seinem Kopf auf den beiden großen Kissen und seine Beine reichten trotzdem bis ans Ende des Bettes. Wir hatten schon so viel lachen müssen, dass ich meine Position von parallel an seiner Seite bis in die Horizontale gewechselt hatte. Wenn ich lachte war mein ganzer Körper in Bewegung, weshalb ich mittlerweile quer im Bett und mit meinem Kopf auf Pierinos Bauch lag. Sein Atem war ganz entspannt und es beruhigte mich, zu spüren wie sein Bauch bei jedem Atemzug sanft auf und ab ging. Seine Brille lag auf dem Nachtkästchen und wenn er lachte, bekam er ein paar zusätzliche Lachfalten unter seinen Augen, was wirklich lieb aussah.

„Du bist lustig", sagte er und rieb sich mit seiner rechten Hand über seine Brust. Im Laufe der Zeit hatte er wieder ein paar seiner Knöpfe geöffnet und ein Teil seiner strammen Brust kam zum Vorschein.

„Danke. Gleichfalls", sagte ich und hielt seine linke Hand mit meiner fest. Er hatte Spaß. Er war locker. Dazu waren wir beide diesmal nüchtern. Wir flirteten definitiv!

Ein leises Klicken verdeutlichte uns, dass Vittoria gerade die Türe zum Badezimmer aufgesperrt hatte. Sie ging langsam auf. Vittoria schlich anschließend auf leisen Sohlen heraus. Sie trug ein wunderschönes roséfarbenes Herbstkleid. Und entweder ihr Bauch hatte über Nacht an Umfang zugenommen, oder er wirkte in dem flotten Kleid noch ein Stückchen praller. Sie trug ihre schönen langen Haare offen und war dezent geschminkt. Ihr Gesicht hingegen stand völlig im Kontrast zu ihrem sonst so hübschen

Erscheinungsbild. Es war blass und sie sah aus, als fühlte sie sich unwohl.

„Ist dir übel?", fragte ich bissig.

Sie nickte einmal mit dem Kopf, bevor sie sich an die Stirn langte. Pierino stand sofort auf, egal ob ich gerade bequem auf ihm lag und ihn sanft am Arm streichelte, dabei herunterfiel und alleine im Bett liegen blieb. Selbstredend eilte er ihr zur Hilfe.

„Setz dich, du siehst erschöpft aus …", sagte er und leitete sie zu einem Stuhl, der vor einer Kommode stand.

„Ist mit dem Kind alles gut? Oder soll ich einen Arzt rufen?", fragte er besorgt und schenkte ihr ein Glas Wasser ein.

Ich verfolgte ihren Akt kritisch. Es war womöglich ihre einzige Chance auf ein Gespräch mit Vito. Sie konnte jetzt nicht kneifen, nicht einmal wenn ihr speiübel war!

„Er wird es nicht verstehen …", seufzte sie und versuchte nicht gleich wieder zu weinen.

„Niemand versteht es. È incredibile! Accidenti a me!", fluchte sie traurig.

„Es ist wirklich unglaublich. Doch er wird es verstehen. Vielleicht nicht schon heute, doch irgendwann wird er begreifen, was für ein unglaubliches Glück er hat, dass er nicht nur eins sondern gleich zwei Kinder auf diese Welt gesetzt hat und mit dir als Mutter werden es tolle Kinder sein, auch ohne seine Hilfe!", sagte er fest überzeugt und drückte sie in eine enge Umarmung.

Bei Vittoria flossen erneut unzählige Tränen, während mir ebenfalls dezent übel wurde. Jedoch davon, dass sie sich so liebevoll umarmten, während ich ganz alleine dalag und niemanden hatte, der sich so ins Zeug legte, um mir nahe zu sein.

„Kommst du mit?", fragte Vittoria und schaute mit ihren von Mascara verschmierten Augen zu mir.

„No!", sagte ich deutlich.

„Prego!", flehte sie mich an und brach erneut in Tränen aus.

„Ich glaube nicht, dass es die Situation einfacher macht, wenn ich dabei bin", sagte ich sachlich.

„Du musst nicht neben mir stehen. Aber ihr müsst in der Nähe auf mich warten. Ihr könnt euch verstecken. Ich weiß nicht was passieren wird. Ich brauche euch. Bitte, Laura!", flehte sie.

„Natürlich unterstützen wir dich. Klar!", sagte Pierino und warf mir einen bösen Blick zu. „Schließlich sind wir alle zusammen hergekommen, um euer Dilemma gemeinsam zu entwirren. Sonst hätte ja jeder für sich alleine kämpfen können!", sagte er logisch und traf somit auch meine Entscheidung.

Folglich hatte er ja recht. Es hätte sich ja wirklich niemand auf diesen Trip einlassen müssen. Ich war wahrscheinlich einfach noch immer angefressen wegen der Abfuhr, die ich von Vito kassierte, nachdem ich so leidenschaftlich auf ihm geritten war.

Wir standen um Punkt vier Uhr nachmittags mitten auf der großen Piazza Brà. Vittoria wartete angespannt und trug einen dicken Mantel über ihrem Kleid. Es war auf den ersten Blick nicht erkennbar, dass sie schwanger war. Pierino und ich versteckten uns derweil und warteten gespannt hinter einer Statue auf Vitos Auftritt.

„Da vorne! Ist er das?", flüsterte Pierino mir zu und zog mich dich an sich, um mich besser zu verstecken. Sie waren aber eigentlich weit genug entfernt, um uns nicht zu sehen. Pierinos Parfum roch wahnsinnig gut und so dicht an seiner Seite war es angenehm warm, weshalb ich nichts dagegen hatte, mich so nahe zu ihm zu stellen. Während ich hinter der Statue hervorblinzelte, hielt mich Pierino mit seinen Händen an meinen Hüften fest.

Vito war wirklich gekommen.
Er trug dieselben Chucks, die er, seit ich ihn kannte, schon immer anhatte und passend zu einer legeren Jeans seine alte Lederjacke. Sie war schon derart durchgetragen, dass das Leder schon ganz weich war und viele Einrisse hatte. Ich liebte es, wenn er diese Jacke trug. Seine Haare waren noch immer lang und an seinem Hinterkopf zusammengebunden. Mein Bauch fühlte sich komisch an, als ich ihn so beobachtete, doch ich redete mir ein, dass ich höchstwahrscheinlich einfach nur hungrig war. Ich war nicht mehr bis über beide Ohren verliebt in ihn, ich war über ihn hinweg! Vielleicht war das ein neuer Glaubenssatz an dem ich arbeiten sollte?
Er blieb einen guten Meter vor Vittoria stehen. Seine beiden Hände steckten in seinen Jackentaschen. Er umarmte sie nicht, hielt ihr nicht die Hand hin und von ein paar sittenhaften Küsschen waren sie Meilen entfernt. Ich legte meine Hände auf Pierinos und verfolgte die Szene nervös. Wir konnten nicht verstehen, was sie redeten. Vittorias Gesicht war noch immer farblos. Vito sah hauptsächlich auf den Boden oder in die Menschenmenge, die die Piazza Brà stürmte und versuchte so wenig Blickkontakt wie möglich mit ihr zu haben. Plötzlich langte sie nach seiner Hand. Er sah sie erschrocken an, aber löste den Griff nicht sofort. Ich presste meine Hände angespannt zusammen und quetschte dabei Pierinos Finger ein. Ich war so aufgeregt! Obwohl sich ihre Lippen sehr langsam bewegten, konnte ich nicht entschlüsseln, was gesprochen wurde. In jenem Moment hätte ich alles dafür gegeben, von den Lippen lesen zu können. Sie machte einen großen Schritt auf ihn zu und umarmte ihn. Er stoppte die Intimität sofort, entfernte sich

wieder einen Schritt und gestikulierte wild mit seinen Händen. Seine Stimme war mittlerweile leicht hörbar, doch das Sumsen der vielen anderen Leute rundherum war, als stünde man mitten in einem Bienenschwarm. Sie öffnete ihren Mantel, sodass man ihren Bauch sehen konnte.

Vito warf seine Hände über seinen Kopf, wo sie hörbar zusammenklatschten. Anschließend hielt er sich die Augen zu und ging in die Hocke. Er blieb dort sitzen, während Vittoria aufgeregt auf ihn einredete und schon wieder ein mit Tränen überströmtes Gesicht hatte.

Wenn ich an ihrer Stelle gewesen wäre, hätte ich das Thema an einem etwas abgelegeneren Ort angesprochen. Irgendwo, wo man in Ruhe hätte reden können. Aber sie trugen ihre Aussprache tatsächlich in mitten der überlaufenen Piazza aus. Schon einmal hatte ich sie erlebt, wie sie am Lido in Cannobio miteinander gestritten haben und auch dieses Mal scherten sie sich einen Dreck um die Anwesenheit anderer Leute oder die öffentliche Zurschaustellung von Gefühlen.

Vito saß noch immer knapp über dem Boden, während Vittoria versuchte stark zu sein und nicht mehr zu weinen. Sie streckte ihm ihre Hand entgegen, um ihm aufzuhelfen. Vor lauter Aufregung hatte ich Pierino mittlerweile so dicht hinter mich gezerrt, dass kaum Platz für ihn übrig war, um zu atmen. Meine Hände waren feucht und ich schwitzte am ganzen Körper. Es war auf eine ganz asexuelle Art und Weise angenehm Pierinos trainierten Körper hinter mir zu spüren. Auch er verfolgte das Schauspiel von Vito und Vittoria genauso gespannt wie ich. Wobei es für ihn wahrscheinlich weniger packend war, da er ihre Vorgeschichte nicht kannte.

Vito schlug ihre Hilfe aus und stand von selbst wieder auf. Er verschränkte eine Hand um seinen Bauch, legte den anderen Ellenbogen darauf ab und hielt sich mit dieser

Hand die Augen zu. Er sagte irgendwas zu ihr und schüttelte seinen Kopf verneinend. Sie standen mittlerweile etwas näher beieinander. Ringsum drängten sich Leute an ihnen vorbei.

„Oddio! Was reden sie? Ich halte es nicht aus! Es ist wie in einem Stummfilm!", flüsterte mir Pierino von hinten ins Ohr. Da er ein ganzes Stück größer war als ich, konnte er über mich drüber schauen.

Ich drehte meinen Kopf zu ihm und bemerkte, wie fest ich ihn an mich gezerrt hatte und wie nahe wir tatsächlich beieinanderstanden. Er sah mich genießerisch an. Es schien ihn nicht weiter zu stören, dass ich seinen Körper so beanspruchte. Er warf nochmals einen flüchtigen Blick zu Vittoria und Vito hinüber bevor er mich in einer Bewegung umdrehte und wir Bauch an Bauch standen.

„Pierino?", fragte ich verwirrt. „Was wird das?"
Wir schauten uns in die Augen. Unsere Gesichter kamen sich von Sekunde zu Sekunde näher bis unsere Lippen kurz vor einem Kuss standen. Ich konnte seinen Atem in meinem Gesicht spüren. Also hatte ich doch recht und wir haben tatsächlich schon miteinander geflirtet!
Doch ich konnte ihn jetzt nicht küssen. Ich wollte wissen, wie die Geschichte zwischen Vito und Vittoria weiterging und obwohl ich mir dezidiert einredete, dass ich Vito vergessen sollte, wühlte es mich auf, ihn zu sehen und nicht bei ihm sein zu können. Ich mochte Pierino wirklich gerne, aber nicht auf diese Weise. Nicht so. Nicht jetzt.
Ich wollte mich gerade wieder umdrehen und aus der misslichen Lage entfliehen, als Pierino mir einen Schmatzer auf den Mund drückte. Er stellte sich ganz tollpatschig dabei an und unsere Lippen harmonierten so gar nicht miteinander. Da wir uns anstellten wie zwei Teenies, die gerade das Küssen für sich entdeckten, löste ich unseren

Kuss und fing an zu lachen. Plötzlich hörte ich einen Schrei, der klang, als würde er von Vittoria kommen. Binnen weniger Sekunden wurde Pierino von mir weggezerrt und Vito drückte ihn mit dem Rücken an die Statue hinter der wir uns versteckten. Obwohl Vito viel kleiner war als Pierino, war er eindeutig der Stärkere. Pierino hatte keine Chance zu entkommen. Vito sah ihn mit einem aggressiven Blick an, bevor er ihn losließ und zur Seite warf.

Er wandte sich mir zu und fragte wütend: „Was soll das? Was machst du mit ihm?"

„Nichts", sagte ich, obwohl er offensichtlich gesehen hatte, was geschehen war.

„Es ist erst einen Tag her, dass wir miteinander geschlafen haben und schon küsst du einen anderen! Was soll das?", fragte er verbissen.
Er stand ganz dicht vor mir. Ich konnte seine Wut fühlen. Er war gelb vor Eifersucht!

„Wieso bist du wütend? Du hast mich doch stehen lassen und mir gesagt es hätte keinen Sinn mit mir …", erklärte ich empört.
Vito langte entschlossen nach mir. Während ich erschrocken zusammenzuckte, zog er mich an meinem Nacken zu sich und küsste mich leidenschaftlich. Vittoria half Pierino inzwischen auf die Beine und stellte sich mit ihm in eine sichere Entfernung, während sie Vito und mir dabei zusahen, wie wir uns in aller Öffentlichkeit küssten, als stünden wir kurz vor unserer nächsten intimen Aktion. Seine Lippen waren heiß, seine Zunge stimulierend. Ihn zu spüren wirbelte alles in mir durcheinander.

Genau so und nicht anders sollte ein Kuss sein!

# XII

Etwa eine Stunde später traf ich Pierino zusammen mit Vittoria in einem Café an der Piazza delle Erbe an.

„Tut mir leid", sagte Pierino und sah mich betreten an.

„Mir tut es leid. Geht's dir gut?", fragte ich und setzte mich unaufgefordert zu ihnen. Vittoria sah mich abgeneigt an.

„Du kannst ja nichts dafür. Dieser Vito ist ziemlich rabiat. Wo ist er denn?", fragte er und sah sich geduckt um. Offensichtlich war er nicht böse wegen des Vorfalls mit Vito und auch nicht verlegen wegen unseres peinlichen Kussversuches. Pierino war wie immer eine gewohnte Mischung aus Zurückhaltung und Lockerheit.

„Er musste noch etwas erledigen. Wir treffen uns danach …", erzählte ich und versuchte nicht allzu besessen zu grinsen.

„Wie ist es gelaufen?", fragte ich Vittoria neugierig. Noch immer hatte ich keine Ahnung wie Vito die Nachricht aufgenommen hatte. Wir waren zu sehr mit uns beschäftigt, als dass wir über die Tatsache hätten sprechen wollen, dass Vittoria ein Kind von ihm erwartet. Nachdem wir ganz piano piano aufhörten uns so hektisch zu küssen, genossen wir es noch eine Zeit lang, die Nähe des anderen zu spüren. Er entschuldigte sich für seinen doofen Kommentar in der Arena und sagte, er habe es nicht so gemeint. Er wäre einfach aufgeregt gewesen mich zu treffen und war selbst überwältigt, wie gefühlvoll unser Wiedersehen tatsächlich war. Dass wir miteinander geschlafen hatten, brachte ihn ebenso aus dem Konzept wie mich. Weil es sich ehrlich anhörte, glaubte ich ihm. Wieder einmal hatte mir dieser Mann mit dem minimalsten Aufwand gründlich den Kopf verdreht und ich erinnerte mich schon nicht mehr daran, weswegen ich gerade erst noch böse auf ihn war.

„Er glaubt mir nicht, dass es von ihm ist", sagte Vittoria so passiv, als wäre die Aussage nicht vollkommen beleidigend.

„Wieso glaubt er, dass du das nur erfindest?", sagte ich und lächelte erfreut.

Obwohl das Thema ernst war, war ich einfach zu glücklich. Ich konnte meine Mundwinkel kaum in eine normale Position bringen, so fixiert waren sie an meinen Wangen.

Eigentlich lag auf der Hand, wieso Vito ihr nicht glaubte. Zu oft hatte sie schon ihre bösen Spiele mit ihm gespielt, doch ich traute es ihr dieses Mal nicht zu, dass sie ihn belügt. So dreist war sie nicht.

„Was weiß ich …", sagte sie und betrachtete ihre Fingernägel.

Ich schaute verwirrt zu Pierino. Der zuckte ebenfalls nur mit den Schultern.

„Kommt er zurück nach Cannobio?", fragte ich weiter.

„Frag ihn doch am besten selbst …", fuhr sie mich an.

„Wieso bist du wütend auf mich?", fragte ich verwirrt.

„Oh! Bitte entschuldigt, Signora. Ein Wunder, dass dir jemand nicht sofort zu Füßen liegt", sagte sie überheblich, oder eigentlich genau in jenem Tonfall, den ich von ihr aus der Vergangenheit kannte.

„Was redest du da? Was hat das mit mir zu tun? Vielleicht braucht er einfach ein bisschen Zeit, um die Nachricht zu verarbeiten", sagte ich enthusiastisch.

„Weißt du, wonach er mich als erstes gefragt hat? Wo du steckst! Ich weiß nicht, was er an dir findet, oder was die anderen Männer an dir finden. Non sei italiana! Du kommst hierher und reißt einfach alles an dich!", schimpfte sie.

Sie warf auch Pierino einen wütenden Blick zu und stand auf um zu gehen.

„Vittoria, warte …", sagte ich feinfühlig, obwohl ich mich von ihrer Aussage gekränkt fühlte.

„Lass mich! Du hast schon genug angerichtet", sagte sie weinerlich und verschwand aus dem Café.
Ich hob meine Hände in die Luft und klatschte sie über meinem Kopf zusammen. Da versteh einmal jemand die italienischen Frauen. Einmal mehr war ich froh darüber, keine von ihnen zu sein.

„Was war das?", fragte ich Pierino verwundert.

„Frauen!", sagte er selbsterklärend.

„Hat sie dir erzählt wie es genau gelaufen ist?", fragte ich ihn aus.

„Sie hat erzählt, dass er sich nicht gefreut hat und ihr unterstellte, dass das Kind nicht von ihm sei. Anschließend erkundigte er sich gleich nach dir und das hat sie offensichtlich verletzt und wütend gemacht. Dass du ihm wichtiger warst, als wie die Information, dass er ein Kind bekommt …", erzählte er schlussfolgernd.

„Hat sie sich wirklich erwartet, dass Vito alles, was passiert war, vergessen und ihr einfach so verzeihen würde …? Und viel wichtiger, du willst sagen, Vittoria ist eifersüchtig? Auf mich!?"
Ich erlebte gerade einen einleuchtenden AHA-Moment. Es war zwar absurd, dass Vittoria eifersüchtig auf mich sein konnte, aber es erklärte so ziemlich jede bissige Bemerkung, die sie mir gegenüber bisher geäußert hatte.

„Es ist lächerlich", sagte ich aufsässig. „Ich habe es ja noch verstanden, dass es sie gestört hat, als ich mit Toni zusammen war. Aber wir haben uns schließlich dafür entschieden gemeinsam nach Vito zu suchen, damit sie ihm sagen konnte was Sache war und damit auch ich mich mit ihm aussprechen konnte. Sie weiß ja was ich für Vito empfinde …"

„Das geht mich nichts an. Offensichtlich hat dieser Vito ein paar goldene Eier …", sagte Pierino neckisch.
Er wollte sich nicht weiter um unser kindisches Theater scheren und bestellte sich einen Espresso. Ich orderte mir ebenso einen und musste jetzt nur noch herausfinden, was es mit dem unbeholfenen Kuss auf sich hatte.

„Wieso hast du mich geküsst?", fragte ich scheu.
Pierino grinste befangen und sagte locker: „Du bist eine interessante Frau. Ich dachte, ich versuche es einmal."

„Du bist mir einer, Pierino. Mal bist du zurückhaltend, mal sehr sonderlich, dann wieder voller Tatendrang und nimmst dir was du willst. Un tipo strano!", sagte ich belustigend. „Es war, wie soll ich sagen …"

„Komisch?!", sagte er und lachte.
Auch ich musste lachen und stand auf um ihn zu umarmen. Ich war froh, dass er es mir nicht übelnahm, was passiert war, dass es zwischen uns nicht komisch wurde und dass wir noch immer so locker miteinander umgehen konnten.

„Ich glaube Vittoria mag dich", sagte ich, nachdem wir die Situation zwischen uns entschärft hatten.

„Meinst du?", fragte er wieder schüchtern.

„Ihre Emotionen fahren zwar gerade Karussell, aber ja, doch, ich glaube schon …", sagte ich positiv.

„Und du und dieser Vito. Es hat nicht den Anschein gemacht, als hätte er dich schon ad acta gelegt. Er meinte ja, ihr hättet miteinander geschlafen? Das hast du überhaupt nicht erwähnt …", fragte er wissbegierig und schmunzelte.
„Oh ja, das. Wie soll ich sagen …", antwortete ich und lächelte verträumt.

„Und das beim ersten Wiedersehen! Signorina, tanto di cappello! Das mit euch, das wird schon noch!", redete er mir gut zu.

Pierino machte sich auf die Suche nach Vittoria, während ich mich weiter in Verona umsah und auf Vitos Anruf wartete. Ich durchlief eine große Einkaufspassage und bummelte ziellos durch die Läden. Als ich endlich eine Nachricht von Vito bekam, freute ich mich voreilig, denn er schrieb mir nur, dass es später werden würde, weil er etwas Geschäftliches zu erledigen hatte.

Deshalb ging ich nochmals zum Hotel zurück, um mich vor unserem Treffen frisch zu machen. Immerhin hatte ich bereits einen Schweißausbruch hinter mir und es bestand eventuell ja die Möglichkeit, Vito an diesem Abend nochmals näher zu kommen. Als ich in unser Zimmer kam, waren Vittoria und Pierino noch nicht da. Ich hoffte, sie hätte keinen Unsinn angestellt und es ginge ihr gut. Trotzdem sie mich so abschätzig behandelte, hatte ich noch immer Mitgefühl für ihre Situation.

Ich verzog mich ins Bad und als ich gerade patschnass aus der Dusche stieg hörte ich ein paar Stimmen sprechen. Pierino und Vittoria mussten gerade gekommen sein. Ich wickelte mich leise in ein Handtuch ein und näherte mich der Badezimmertüre, als die Stimmen plötzlich verstummten und von schmatzenden Lauten ersetzt wurden. Ganz langsam presste ich die Türklinke nach unten und öffnete einen kleinen Spalt, durch den ich vorsichtig hindurchschauen konnte.

Pierino hatte kein Hemd mehr an und küsste hektisch mit Vittoria. Offensichtlich schienen die beiden diesbezüglich kompatibler zu sein. Ich hatte mir ja schon gedacht, dass Pierino auch Gefallen an Vittoria gefunden hatte. Es freute mich zu sehen, dass er in die Offensive ging, auch wenn er jetzt sie küsste, wo er noch vor wenigen Stunden mich geküsst hat. Er zog Vittorias Kleid nach oben und stülpte es über ihren Kopf. Es sah zärtlich aus, wie er ihren prallen Bauch berührte. Obwohl es auch irgendwie komisch war,

dass er trotz ihres Zustandes dermaßen geil auf sie war. Ich habe von den Gelüsten und Bedürfnissen einer Schwangeren zwar bisher nur von Ariannas gehört, doch was sie anbelangte, hielten sich ihre sexuellen Begehrlichkeiten während ihrer Gravidität sehr in Grenzen. Als Arianna und Marco mich einmal in meinem Haus besuchten, habe ich ihnen aus Versehen dabei zugesehen, wie sie es miteinander machten. Da hatte Arianna gerade erfahren, dass sie schwanger war. Ich wollte eigentlich nicht so unverschämt spannen, doch er besorgte es ihr ausgerechnet in dem kleinen Zimmer in meiner Dachgaube, das Vito für mich bemalt und eingerichtet hatte. Sie kann von Glück reden, dass sie meine beste Freundin ist, ansonsten hätte ich sie sicher nicht diesen für mich heiligen Ort besudeln lassen. Doch der Raum hatte in der Tat etwas Magisches, denn auch mein erstes Mal mit Vito war dort, auf dem alten, wackeligen Tisch, den er hineingestellt hatte, damit ich dort schreiben konnte.
Womöglich sollte ich mich mal wieder dorthin setzten und schauen, ob mich die Inspiration packt. Ich war in den letzten Monaten so sauer auf Vito, dass ich keinen Fuß in das Zimmer gesetzt habe.

Ich befand mich in der Zwickmühle. Sollte ich ihnen Bescheid geben, dass ich im Badezimmer war? Ich würde meinen, dass sie sicher Hemmungen davor hatten, so miteinander zu knutschen, wenn sie wüssten, dass ich alles mitbekäme. Aber würde ich mich bemerkbar machen, könnte es auch bedeuten, dass sie ganz damit aufhören, was auch immer sie tun wollten. Wie ich sie einschätzte, hatten sie ein bisschen Zärtlichkeit bitter nötig. Ich überlegte hin und her und blinzelte dabei weiter durch die kleine Türöffnung. Eigentlich sah ich mich nicht als Voyeur, aber ich war neugierig, was Pierino auf dem Kasten hatte. Gemäß seiner Sprunghaftigkeit konnte er von einem toten Fisch bis zu einem wilden Hengst jede erdenkliche Art von Liebhaber sein.

Sie entblößten sich weiter. Pierino hatte mittlerweile auch Vittorias BH ausgezogen und ihre prallen Brüste sprangen einem wortwörtlich ins Gesicht. Ich hätte schwören können, dass sie einen Push-Up trug, dabei waren ihre Brüste wirklich dermaßen geladen. Das war wohl auch einer der Vorteile schwanger zu sein. Sie räkelte sich genüsslich, während Pierino sie umschlang. Nachdem er sich einmal rundum ihre Brüste geleckt hatte, begann auch Vittoria ihn auszuziehen. Wie ich es kommen sah, würde mehr zwischen den beiden laufen, als eine einfache Schmeichelei. Seinen Oberkörper hatten wir ja bereits gesehen. Er glänzte und sah unheimlich stark aus. Auch Vittoria war eine große Frau, doch neben Pierino wirkte sie winzig. Sie öffnete seinen Gürtel und die Knöpfe seiner Hose. Er half ihr dabei, schlüpfte gerade heraus und faltete die Hose zusammen, bevor er sie an einen sicheren Platz legte. Er konnte eben doch nicht gänzlich aus seiner Haut. Ich verkniff mir ein Kichern, damit ich in meinem Versteck unbemerkt blieb. Vittoria hatte nur mehr ihr Spitzenhöschen an und Pierino seine enganliegende Boxershorts. Sein Glied warf eine mächtige Beule darin. Ich hatte voreilig vermutet, dass er weniger gut bestückt war. Das resultierte ich aus seiner Vorgeschichte unfruchtbar zu sein. Sie zog ihm seine Unterhose aus und stimulierte sein hartes Glied zusätzlich mit ihrer Hand, während sie weiter verdorben knutschten. In mir kribbelte es lustgeladen und mir wurde heiß vor Spannung. Ich hätte es bevorzugt an ihrer Stelle zu sein, aber eben mit Vito. Gerade als ich die Türe schließen wollte, stoppten sie ihre Liebkosungen und sahen sich lüstern in die Augen. Pierino lief rundum Vittoria herum und setzte sich auf dem großen Doppelbett nieder. Er hatte eine Latte, an der man einen ganzen Zaun hätte befestigen können. Sie drehte sich unsicher um und wollte sich gerade über ihn beugen, als er sie wieder umkehrte und auf seinen Schoß setzte. Vittoria neigte ihren Kopf zur Seite und Pierino küsste sie an ihrem Hals. Er hielt sie mit einer Hand fest, während er mit der anderen zuerst über ihre Brüste, dann über ihren prallen Bauch und schließlich direkt in ihr Spitzenhöschen fuhr. Sie wand sich lustvoll und stöhnte dabei genüsslich. Er stimulierte sie mit den Fingern, während sie ihre Rückseite an ihm rieb.

Das ging einige Minuten so, bis sie es schließlich nicht mehr länger hinauszögern wollte und aus ihrem Höschen schlüpfte. Sie setzte sich auf ihn. Beide stöhnten so eindringlich, als läge ihre letzte sexuelle Begegnung wirklich viel zu weit in der Vergangenheit. Es konnte fürwahr nicht gesund sein, zu lange keinen Sex zu haben. Er hämmerte erst wie wild in sie hinein, bis sie ihn stoppte und die Führung übernahm. Er saß dann ganz genüsslich da und ließ Vittoria arbeiten. Sie ritt auf ihm, langsam und leidenschaftlich. Sie küssten sich hie und da. Ihre Körper passten perfekt zusammen. Sogar ihr Stöhnen war harmonisch. Ich hatte den Überblick über die Zeit verloren, weshalb ich keine Ahnung hatte wie lange sie es miteinander trieben, bis sie gemeinsam zum Höhepunkt kamen, sich ausgelaugt auf dem Bett niederlegten und sich aneinanderschmiegten. Pierinos einst so beeindruckender Durello lag quer über seiner Hüfte und war sogar im erschlafften Zustand von beachtlicher Größe.


Nachdem ich die Türe wieder ganz leise zugemacht hatte, wartete ich noch immer in mein Handtuch eingewickelt im Bad. Womöglich hatte ich die Sache nicht ausreichend durchdacht. Schließlich befand ich mich noch immer in dem Bad unseres Hotelzimmers, von wo aus es keinen

Fluchtweg gab, der nicht durchs Zimmer führte. Die Chance, dass sie sich anziehen und kommentarlos aus dem Zimmer gehen würden war verschwindend klein. Es blieb mir nichts anderes übrig als abzuwarten. Ich versuchte mich inzwischen so leise wie möglich anzuziehen. Dabei hörte ich, wie sich Vittoria und Pierino unterhielten.

„Du bist umwerfend", sagte Pierino.

„Grazie! Ich hatte es wirklich bitter nötig wieder einmal befriedigt zu werden", sagte Vittoria.

„Nicht nur der Sex. Du bist im Allgemeinen eine unglaubliche Frau. Wunderschön, intelligent …", listete er unzählige Komplimente auf.

„Ach was, ich bin fett. Kann von Glück reden, dass du dich nicht angeekelt fühlst", sagte sie plump.

„Was redest du da. Dein Bauch ist sehr sexy!", sagte er.

„Wie auch immer …", entgegnete Vittoria gleichgültig.

„Gefalle ich dir auch?", fragte Pierino mutig.

„Du bist gut in Form und dein Penis ist unglaublich. Damit kann ich arbeiten!", antwortete sie und lachte amüsiert.

„… außer meinem Körper gefällt dir nichts?", fragte er unsicher.

„Pierino … wieso bist du so ernst?", fragte sie verwirrt.

„Ich will nicht verletzt werden …", antwortete er.

„Wir hatten Sex. Da brauchst du nicht verletzt zu sein. Ich war geil, du warst geil. Das wars …", sagte sie. Ihre Stimme wurde während sie sprach immer lauter.

Cazzo! Sie näherte sich dem Badezimmer!
Nervös machte ich ein paar Schritte zurück und stand mit meinem Hintern am Waschbecken an. Weiter konnte ich nicht. Ich war gefangen!

Als Vittoria das Bad erreichte, drückte sie den Türgriff nach unten und merkte, dass abgeschlossen war. Wenigstens war ich so klug, vorher noch leise zuzusperren während sie redeten, doch es änderte nichts an der Tatsache, dass ich in der Patsche saß.

„Wieso ist das Bad abgesperrt?“, fragte sie verwirrt, während sie heftig an der Türe rüttelte.

„Abgesperrt?!“, fragte Pierino überrascht und kam zu ihr. Auch er rüttelte hartnäckig an der Türe.

„Ist jemand da drinnen? Hallo?“, rief er.

Ich konnte immer noch so tun, als hätte ich nichts mitbekommen. Es gab keinen Ausweg. Zumindest viel mir keiner ein. Deshalb öffnete ich die Türe und sagte ganz zwanglos:

„Oh hallo! Ihr seid schon da?“

Die beiden standen in ihrer Unterwäsche vor mir und starrten mich konfus an, während ich sie verdutzt anglotzte, um meine Verwunderung über ihr Outfit zu demonstrieren. Ich hoffte insgeheim auf einen Geistesblitz, der die Situation weniger peinlich machte.

„Wie lange bist du schon da drinnen?“, fragte Vittoria aufgeregt.

„Ich war in der Dusche und habe euch gar nicht kommen gehört …“, sagte ich intuitiv, „Müsst ihr euch ebenfalls waschen?“ Ich musterte sie nochmals aufdringlich von Kopf bis Fuß, bis ihnen auffiel, wie wenig sie anhatten. „Zusammen?“, fragte ich und grinste.

„Nein. Wir gehen sicher nicht zusammen unter die Dusche! Wie kommst du darauf? Geh mir aus dem Weg!“, sagte Vittoria wütend und schob mich zur Seite um sich Zutritt zum Bad zu verschaffen. Sie knallte die Türe hinter sich zu und sperrte ab.

Pierino schaute mich derweil verwundert an.

„Ist alles ok? Wieso schaust du so?“, fragte ich mich blödstellend.

„Hast du nichts mitbekommen?“, fragte er stutzig.

„Was denn mitbekommen?“, fragte ich und schaute dabei auf die unübersehbare Ausbeulung in seinen Shorts. „Überhaupt nichts habe ich mitbekommen …“
Mit diesen Worten stolzierte ich meiner Reisetasche entgegen und wühlte darin herum, obwohl ich überhaupt nichts suchte. Aber ich hielt es für das Beste so zu tun, als wäre ich beschäftigt. Sie wären verrückt, würden sie mir allen Ernstes abkaufen, dass ich vom Bad aus nichts hatte hören können. Ich sprach aber auch extra leise, für den Fall das Vittoria vom Bad aus genauer hinhörte.
Meine Handtasche lag neben dem Bett und hätten sie besser aufgepasst, hätten sie gleich bemerkt, dass ich längst schon im Zimmer war. Doch sie waren zu sehr damit beschäftigt sich alle möglichen Körperstellen abzulecken. Eigentlich waren sie ja selbst schuld, dass ich ihr kleines Abenteuer mitbekommen habe.
Pierino setzte sich nachdenklich auf sein Bett und zog sich ein T-Shirt über. Es war das erste Mal, dass ich ihn in einem stinknormalen Shirt sah. Es stand ihm gut. Er sah darin weniger wie ein Spießer aus.

„Wolltest du dich nicht mit Vito treffen?“, fragte er leise. Genau das wollte ich. Ich zog mir frische Klamotten an und holte geschwind mein Telefon aus meiner Tasche, um meine Nachrichten zu checken. Vito schrieb mir, dass er gegen sechs Uhr an der Ponte Pietra sein würde, wo ich ihn treffen solle. Es war inzwischen schon viertel nach, weshalb ich ihn anrief und sofort seine Voicemail dran hatte.

„Ich muss los!“, sagte ich gestresst, packte die wichtigsten Utensilien in meine Tasche und stürmte aus dem Hotel.
Wehe ihm, er würde wieder nicht auf mich warten!

# XIII

Als ich an der touristisch gut besuchten Brücke ankam, hielt ich Ausschau nach Vito. Es tummelten sich massenhaft Menschen dort und wollten alle einen Blick auf den tollen Dom Santa Maria Matricolare erhaschen. Ich konnte Vito nirgends sehen und vermutete sofort das Allerschlimmste! Er hatte mich wieder sitzen lassen.

Gut, ich war unpünktlich, doch bloß, weil ich nicht aus dem Bad herauskonnte, da Vittoria und Pierino Sex hatten. Mir blitzten ein paar Erinnerungen an ihre Intimität vor die Linsen und ich versuchte sie zu ignorieren. Sie waren mir im Moment nicht wirklich hilfreich. Ich rieb mir verzweifelt mit einer Hand den Nacken und fragte mich, wieso ich Vito überhaupt aus den Augen gelassen hatte. Es wäre womöglich das Beste, ihn mit Handschellen an mich zu ketten, doch so besitzergreifend wollte ich auch wieder nicht sein …

„Da bist du ja!", hörte ich ihn plötzlich rufen, während er hinter ein paar Touristen herlief und mir aus der Distanz zuwinkte.

Ich atmete erleichtert auf.

Als er vor mir stand, umarmte ich ihn so fest ich konnte und küsste ihn lieb. Er duftete unbeschreiblich. Es roch förmlich nach Sex und Leidenschaft. Würde es dafür einen speziellen Geruch geben, war es definitiv seiner.

„Hast du mich denn so sehr vermisst?", fragte er belustigend. Es schien ihn zu irritieren, dass ich ihn so umarmte, als wären wir nie voneinander getrennt gewesen.

Ich nickte scheu und drückte mich trotzdem nochmals eng an ihn.

„Was hast du gemacht?“, fragte ich neugierig.

„Ich musste mich noch mit jemandem treffen. Etwas Berufliches …“, erklärte er eilig.

„Nein ich meine eigentlich in den letzten sechs Monaten. Warst du die ganze Zeit hier in Verona?“, fragte ich und sah ihn mit einem erwartungsvollen Blick an.

„In den letzten Monaten war ich überall. Mal hier, mal dort …“, sagte er, als wäre es völlig irrelevant, dass er so lange untergetaucht war.

Offensichtlich wollte er nicht über seine Abwesenheit sprechen. Mir hingegen schossen tausende Fragen durch meine Gedanken und ich wollte ihm zudem eigentlich alles über meine sechs Monate ohne ihn erzählen. Aber ich wollte nicht zu aufdringlich erscheinen, weshalb ich mich zurückhielt.

Wir liefen zusammen durch die Gegend und hielten dabei Händchen, als wären wir längst wieder ein Paar. Mir war am ganzen Körper so warm, dass ich nichts von der vorherrschenden Kälte mitbekam. Wir erreichten zuerst den Arco dei Gavi, einen Triumphbogen, bevor wir am bezaubernden Castelvecchio am Fluss eintrafen. Es lag am Fuß der Brücke Ponte Scaligero, wo auch ein schön angelegter Kiesstrand war. Dort tummelten sich bereits viele Menschen und genossen eine romantische Zeit miteinander. Genauso wie ich es noch mit Vito vorgesehen hatte.

Er nahm am Boden Platz. Ich setzte mich vor ihm nieder, sodass er mich von hinten mit seinen Armen festhalten konnte.

„Hast du mich denn überhaupt nicht vermisst?“, fragte ich schüchtern.

„Was glaubst du denn?", antwortete er und lächelte sanft.

Diesen Ausdruck in seinem Gesicht kannte ich nur all zu gut. Schon als wir uns kennengelernt hatten und versehentlich mitten in Cannobio zusammenstießen, hatte er diese ungezwungene, völlig gelassene Mimik. Es machte ihn besonders interessant, weil man nie wusste, was er gerade dachte. Ich fand das aufregend!

„Du hast mir gefehlt!", sagte ich, während ich meine Augen schloss. Ich versuchte krampfhaft den Augenblick zu genießen, aber in meinem Kopf schwirrten so viele unbeantwortete Fragen herum, dass es kaum möglich war abzuschalten.

„Warst du während der ganzen Zeit überhaupt nie in Cannobio?", fragte ich weiter. Ich konnte einfach nicht ruhig sein.

„Ist das jetzt noch wichtig?", fragte er genervt und lockerte seine Umarmung, „Können wir nicht einfach die Zeit genießen?"

Meine Augen gingen blitzartig wieder auf.

Während der letzten Monate hatte ich ausreichend Zeit um nachzudenken. Ich hätte es natürlich bevorzugt, ein Leben ohne schlechte Gedanken zu führen. Eines, ohne ständig an diesen Mann zu denken. Trotzdem musste ich über die Trennung und das Verschwinden von Vito nachdenken, um es zu verarbeiten. In dieser Zeit wurde ich klüger, oder ich dachte allenfalls, dass ich an Intelligenz gewonnen habe. Deshalb konnte ich jetzt nicht einfach die Augen verschließen und die Zeit mit ihm genießen. Klar war es einfacher so, doch es löste keines unserer Probleme. Es erklärte keine seiner Handlungen. Mir ging es nicht darum, ihm die Schuld zu geben. Ich wollte ihn einfach nur verstehen. Ihn besser kennenlernen. Ich akzeptierte ihn schließlich so wie er war, doch hatte ich das Gefühl, dass diese Akzeptanz nicht bis zu ihm durchdrang und er glaubte ich wolle ihn möglicherweise kontrollieren oder sogar ändern.

„Für mich ist es wichtig. Ich mag dich. Darum will ich doch wissen, was du so machst und wie dein Leben ist … Interessiert dich nicht, was ich so gemacht habe?“, sagte ich lieb, nachdem ich mich zu ihm umgedreht hatte und ihn sanft an seiner Hand streichelte.

„Was hast du gemacht?“, fragte er sogleich.

„Naja … Ich habe ein weiteres Buch veröffentlicht und suche gerade nach einer Geschichte für ein neues. Sonst ist eigentlich nicht viel passiert …“, sagte ich nachdenklich. Würde es verzweifelt klingen, wenn ich ihm erzählen würde wie oft ich von ihm geträumt habe? Ich entschied dieses Thema erst später zur Sprache zu bringen. Wenn ich wusste, ob es ihm ähnlich ergangen war.

„Siehst du. Ich habe auch gearbeitet. Sonst nichts …“, antwortete er locker. Ich lachte darüber als wäre es ein lustiger Scherz.

„Das glaub ich dir nicht. Hast du niemanden kennengelernt oder … woher kennst du diese Alice Esposito beispielsweise?“, fragte ich verbissen weiter. Diesmal würde er mir nicht so leicht entkommen. Vito sah mir in die Augen und ignorierte meine Fragerei. Er näherte sich mir und begann mit mir zu knutschen. Ich erwiderte seine Liebkosung natürlich, aber nach ein paar sanften Küssen hörte ich auf und sah ihn wieder gespannt an.

„Können wir nicht einfach die Zeit, die wir jetzt miteinander haben, genießen?“, klagte er erneut.

„Zu gerne würde ich das, Amore mio. Aber ich will mehr als nur eine schöne Zeit mit dir haben oder eine

schnelle Nummer schieben. Weißt du noch, es waren doch deine eigenen Worte, nachdem wir auf deinem Boot miteinander geschlafen haben und du mir gesagt hast, dass …“, erzählte ich und stoppte kurz vor dem Ende.
Er hatte mir damals seine Liebe gestanden. Aber ich wollte es jetzt nicht aussprechen, wenn dann war er es, der es sagen sollte. Ich wollte es von ihm hören!

„Vielleicht bin ich einfach nicht der Typ für etwas Festes …“, sagte er unbeschwert.

„Wenn ich mich recht besinne, wolltest du damals mit mir zusammen sein?“, fragte ich verwundert.

„Ich liebe Frauen!“, sagte er und grinste selbstzufrieden. Es war nicht wirklich die Art von Liebeserklärung, die ich hören wollte.
Ich sah enttäuscht auf den groben Kies in dem wir saßen und auf welchem es langsam aber doch ziemlich ungemütlich wurde. Nicht nur wegen seiner blöden Art, auf meine Fragen zu antworten, auch weil mich die Steine in den Hintern piekten.

„Du kannst auch was mit diesem Typen haben, der da bei euch ist, oder mit sonst jedem Mann, der dir über den Weg läuft. Genieß dein Leben!“, sagte er ganz zwanglos.
Offensichtlich hatte er bereits vergessen wie eifersüchtig er noch vor ein paar Stunden reagierte und Pierino grob von mir weggezerrt hat. Wieso war er jetzt schon wieder so distanziert?

„Wieso verschließt du dich so vor mir?“, fragte ich einfühlsam.

„Ist der Typ, der mit euch reist, so ein Softie? Besser du klärst solchen Gefühlskram mit ihm …“, sagte er provokant.

„Sein Name ist Pietro und er ist wirklich nett … Wir sind nur Freunde“, sagte ich verteidigend.

„Wie auch immer …“, sagte er eingeschnappt.

„Dass er mich geküsst hat, war blöd von ihm und wir haben das bereits geklärt. Er steht auf Vittoria!", erklärte ich.

„Ist sie jetzt deine neue beste Freundin?", fragte er gehässig.

Von seiner schnippischen Art angewidert, schüttelte ich meinen Kopf und wollte mich gerade wegdrehen, als er mich wieder packte und mich hektisch küsste.

Was war bloß los mit ihm? War es eine dieser Hasslieben, die er für mich empfand? Er mochte mich nicht, aber wollte mich gerade deshalb umso mehr? Ich verstand ihn nicht. Zudem war ich der Meinung, dass ich es nach allem was passiert war verdient habe, dass er respektvoller mit mir redete. Ich war schließlich kein kleines Kind, obwohl ich mir bei seinem momentanen Verhalten da bei ihm gar nicht so sicher war.


„Hör auf mich zu küssen!", sagte ich wütend.

„Ich will dich!", sagte er und fasste mir entschlossen zwischen die Beine.

„So geht das nicht. Vito!", schrie ich, „Hör auf!"

Er stoppte.

Immerhin war er vernünftig genug mich nicht in aller Öffentlichkeit gegen meinen Willen weiter zu bedrängen.

„Ich liebe dich, Idiota!", sagte ich streng. „Aber ich will mit dir zusammen sein und wenn du das nicht willst, dann müssen wir einen endgültigen Schlussstrich ziehen!"

Er sah mich mit einem kritischen Blick an. Seine Augen waren fixiert auf meine und ich versuchte währenddessen er mich so anstarrte nicht zu blinzeln.

„Du glaubst mir nicht, oder?", fragte ich ängstlich, doch er reagierte nicht. „Wieso glaubst du mir nicht? Ich habe dich nie angelogen. Es gibt keinen Grund, wieso du mir nicht vertrauen solltest!", sagte ich desolat. „Bloß, weil Vittoria dich belogen hat, muss das nicht heißen …"

„Ich glaube dir schon", unterbrach er mein verzweifeltes Gebrabbel und sah mich traurig an.

„Liebst du mich?", fragte ich nervös. In meinem ganzen Körper vibrierte es und ich hoffte es war kein Anzeichen für einen unerwarteten Herzinfarkt. So schnell wie mein Herz gerade schlug, war ein Infarkt nicht auszuschließen.

Vito gab mir keine Antwort.

Beleidigt wandte ich meinen Blick von ihm ab. Überall saßen diese glücklichen Paare, die offensichtlich keine derartigen Problemstellungen zu klären hatten. Sie ekelten mich an. Vielleicht konnten wir wirklich nicht zusammen sein. Es sollte nicht so schwierig sein ein normales Gespräch miteinander zu führen. Womöglich verwechselte ich den grandiosen Sex mit ihm ja mit Liebe?

Obwohl jede Faser meines Körpers bei ihm sein wollte, selbst wenn wir nicht miteinander intim waren. Es war seine Energie, die mich anzog wie die Erdanziehungskraft und mich weit tiefer berührte, als jede körperliche Intimität, die wir je hatten …


„Ich weiß nicht ob ich zurückkomme, hier läuft es beruflich gerade sehr gut …", sagte er distanziert.

„Was ist mit Alessandro? Oder mit deinem zweiten Kind?", fragte ich, obwohl ich mich aus Vittorias Angelegenheiten ja eigentlich heraushalten wollte.

„Das Kind kann von jedem kommen …", sagte er eingeschnappt.

„Vittoria und ich hatten keinen guten Start und glaub mir, nach allem was ich von ihr weiß, bin ich auch jetzt noch skeptisch. Aber trotzdem glaube ich nicht, dass sie dich diesbezüglich belügt", sagte ich nüchtern.

Er sah mich ablehnend an.

„Wieso willst du unbedingt mit mir zusammen sein? Du weißt wie ich bin. Ich will leben, genießen. Hier ein Kind, da ein Kind. Das ist doch keiner zum Heiraten …“, sagte er reserviert.

Er hatte offensichtlich über sich selbst keine allzu gute Meinung.

„Du bist nicht so oberflächlich wie du dich oft gibst. Ich weiß, dass du auch lieb sein kannst. Du bist ehrlich, hast ein gutes Herz und bist leidenschaftlich. Ich mag dich gerade deshalb, weil du so bist, wie du bist. Ich will dich nicht ändern, Vito. Aber das mit uns hat nur einen Sinn, wenn du das auch für mich empfindest. Wenn du dasselbe willst. Und wenn du noch immer überall deine Marroni ausstreifen willst, bitte tu das! Dann aber nicht mehr bei mir“, erklärte ich und dachte dabei an Grazias Kommentar bezüglich Vitos Eiern.

„Weißt du mit wie vielen Frauen ich seit Siena geschlafen habe?“, fragte er und zählte dabei in seinem Kopf die Liste durch.

„Mit Keiner?“, antwortete ich naiv und im Gedanken daran, dass er unzählige schlaflose Nächte meinetwegen hatte.

„Mit siebenundvierzig …“, antwortete er.

Ich machte einen beeindruckten Gesichtsausdruck. Wie war es möglich? Das bedeutete, dass er mindestens jeden dritten Tag mit einer anderen schlief, oder möglicherweise auch mit mehreren Frauen am selben Tag, oder auch mehrere Freundinnen parallel hatte …

„Stört dich das nicht?“, fragte er provokant.

„Wir waren ja nicht zusammen …“, antwortete ich nachdenklich. Ich zog es vor, ihm nichts von meinem missglückten Flirt mit diesem Thorsten zu erzählen. Um ihn eifersüchtig zu machen, musste ich mindestens mit einer Story, wie der von Domenico herausrücken.

Doch das war ja kein Wettstreit.

„Du bist besser dran, mit einem Mann wie Toni, glaub mir …“, sagte er gelassen.

„Zuerst hat es dich so gestört, dass Toni etwas von mir wollte und nun wäre es besser, ich wäre bei ihm? Ich versteh dich offensichtlich doch nicht Vito. Es ist besser, wenn ich gehe …“, sagte ich verletzt und stellte mich auf die Beine. In meinem Hintern spürte ich tausende kleine Dellen von den spitzen Steinen. Doch immerhin merkte ich so nicht ausschließlich den Schmerz in meinem Herzen, der schon wieder begann mich innerlich zu zerreißen.

Vito blieb sitzen und ich noch kurz stehen, um ihm eine letzte Frage zu stellen.

„Hast du mich eigentlich jemals gerngehabt? Oder war das alles nur gespielt, weil du deinem Bruder eines auswischen wolltest?“
Vito sah sich um. Auch er sah die vielen glücklichen Paare rundum uns herum sitzen, wie sie sich alle küssten und eine schöne Zeit miteinander hatten.
Dann blickte er zu mir.
Seine Augen waren wirklich wunderschön. Ich würde sogar sagen, er hatte das schönste und ehrlichste paar Augen, das ich je gesehen habe.

„Gib mir Zeit“, flüsterte er.
Ich sah betrübt auf den Boden und drehte mich um, um den romantischen Platz endgültig zu verlassen. Es war nicht die Antwort, die ich von ihm hören wollte.
Wie viel Zeit brauchte er denn noch?
Und was noch viel wichtiger war, wofür brauchte er mehr Zeit?

Während ich alleine zurück zum Hotel lief, weinte ich. Es war mir egal, was die ganzen fremden Menschen in Verona von mir dachten. Ich war völlig durcheinander. Wenn ich Vito küsste, ihn berührte oder bei ihm war spürte ich, dass auch etwas von seiner Seite kam. Ich nahm an, dass er mich doch auch gernhatte. Dass ich mir das womöglich bloß einbildete, quälte mich restlos.

Später traf ich Pierino und Vittoria zufällig vor unserem Hotel wieder. Sie stiegen gerade aus einem Taxi und warteten vor dem Eingang auf mich, unterdessen mich meine müden Beine schwerfällig dorthin trugen. Es war nicht zu übersehen, dass ich geweint habe und völlig aufgequollen aussah, weshalb sie mich beide mit einer engen Umarmung trösteten.

# XIV

„Willst du darüber reden?“, fragte Sofia zeitgleich, als sie mir einen Cappuccino zusammen mit ein paar Süßigkeiten aus der Pasticceria von nebenan servierte.

Ich saß ein paar Tage später als erster und gegenwärtig einziger Gast bei ihr im Caffè e Dolce.

Wir hatten Verona hinter uns gelassen. Vittoria versuchte weiterhin das Beste aus ihrer misslichen Lage zu machen, was wohl war, einfach eine gute Mutter für Alessandro zu sein und darauf zu hoffen, irgendwann einen Mann zu finden, der sich ihr und der beiden Kinder annehmen würde. Soweit ich weiß lief zwischen ihr und Pierino offiziell nichts. Sie wussten nicht, was ich wusste und ich sprach sie nicht darauf an, ob zwischen ihnen etwas gelaufen ist. Sie spielten die Distanzierten. Es war auch deren Angelegenheit und nicht meine. Mir war es ohnehin lieber so, denn wahrscheinlich wäre ich noch deprimierter von Verona zurückgekehrt, wenn die beiden ihr Glück gefunden hätten, während meines mit Vito wohl endgültig Geschichte war.

„Hast du ihn gefunden?“, fragte Sofia und klopfte mit ihren Fingerknöcheln auf den Tresen, um mich aufzuwecken.

Ich hatte ihr nicht erzählt, dass wir in Verona waren. Sie lief einmal um ihre Bar herum und drehte das Schild, das an ihrem Eingang hing auf ‚Chiuso‘, bevor sie sich zu mir setzte und mich mütterlich anblickte. Sofia war eine Draufgängerin und sprach nur selten über emotionalen Kram. Es war deshalb ungewohnt, sie in einer Rolle zu sehen, in der sie sich tatsächlich um die Gefühle anderer Menschen scherte. In diesem Fall um meine enttäuschten Empfindungen.

„Willst du mir erzählen was da vor sich geht mit dir, diesem Pierino und Vittoria? Das Letzte, was ich von dir weiß ist, dass ihr zusammen in meinem Caffè nach Vito gesucht habt und am nächsten Tag warst du weg. Wart ihr wenigstes erfolgreich?", fragte sie und kippte ihren Espresso in einem Schluck hinunter.

„Was soll ich sagen …", fing ich an einen Satz zu formulieren, doch eigentlich wollte ich nicht mehr über ihn reden. „Können wir heute ausgehen?"

„Claro! Ich weiß auch schon wohin. Sei um zehn Uhr abholbereit."

„… Aber versprich mir, dass wir irgendwohin gehen, wo du nicht arbeiten musst", befahl ich ausdrücklich.

Noch am selben Abend stand ich wie versprochen mit Sofia in einem Club in Locarno, auf der schweizerischen Seite des Lago Maggiores.
Mir war egal ob der Eintritt in den schickimicki Club sechzig Franken pro Person kostete. Ich wollte dieses Mal wirklich auf andere Gedanken kommen und ich hatte an jenem Abend seit Langem das Gefühl, dass es funktionieren könnte. Ich hatte meine heiß ersehnte Aussprache mit Vito. Besser gesagt konnte ich immerhin meinen Standpunkt klarstellen, dass ich mit ihm zusammen sein wollte. Er hatte mich gehen lassen. Wir reisten am nächsten Tag ab und er hatte mich nicht angerufen oder mir eine Nachricht geschickt. Hätte er gewollt, dass ich bei ihm bliebe, hätte er mir zumindest eine SMS schicken können. Schließlich besaß ich keine Antennen für den Empfang von Telepathie. Was blieb mir also anderes übrig als davon auszugehen, dass er mich einfach nicht wollte?

„Kaum zu glauben wie voll es hier ist! Hast du die Preise auf der Getränkekarte gesehen?“, brüllte Sofia.

Die Musik, die der DJ auflegte, war überdurchschnittlich laut. Sie hatte auch recht was die Besucherzahl anbelangte, denn der Club platzte partout aus allen Nähten. Was wirklich ein Wunder war, denn nur ein paar Kilometer weiter war man in Italien, wo alles knapp ein Fünftel der hiesigen Preise kostete. Doch in der Schweiz waren Stutz, wie sie ihr Geld nannten, offensichtlich keine Mangelware. Damit sich Sofia aber auch wieder einmal unbeschwert amüsieren konnte, mussten wir selbsterklärend wo anders feiern, als in ihrem eigenen Club.

An diesem Abend zog ich alle meine Register. Obwohl es draußen bitterkalt war, trug ich ein provozierendes, schwarzes Minikleid. Wenn ich diesen Club alleine verlassen würde, dann bliebe mir wirklich nur mehr die Möglichkeit mich bei den Ladies umzusehen. Doch diese Eventualität hielt ich eigentlich für ausgeschlossen.

Wir tanzten ausgelassen zu der hippen Elektromusik und es dauerte nur ein paar Minuten, bis sich uns die ersten Männer annäherten. Sie tanzten ganz anständig hinter uns und überlegten wohl gerade, welche von uns sie sich aussuchen sollten, als ich mir einfach ungefragt einen von ihnen krallte. Ich war an diesem Abend nicht wählerisch.

Sein Name war Gabriel und er war Schweizer, achtunddreißig, braune Augen, braunes Haar und da ich hohe Schuhe anhatte, war er sogar ein bisschen kleiner als ich. Normalerweise machte ich mir nichts aus Männern, die so kleinwüchsig waren. Ich mochte mich gerne geborgen fühlen und bei diesem Gabriel hatte ich eher das Gefühl, als tanzte ich mit einem Bengel. Zudem hatte er, obwohl er mir versicherte Schweizer zu sein, einen sehr dunklen Teint und auch seine Aussprache klang, als käme er nicht wirklich aus der Gegend. Aber wir hatten Spaß miteinander und das war eigentlich alles, was ich aktuell haben wollte. Wenn Vito sein Leben genießen und mit hundert Frauen schlafen konnte, dann konnte ich mich auch mit diesem Gabriel amüsieren. Auch Sofia war locker und gelassen. Sie genoss den wahrscheinlich ersten freien Abend seit unserem Trip nach Arona. Also seit einer Ewigkeit. Sie hatte Spaß und flirtete ein wenig, was ja nicht verboten war, auch wenn sie einen Freund hatte. Sie hielt sich aber insofern zurück, als dass ich an jenem Abend wirklich im Mittelpunkt der Aufmerksamkeit von vielen Männern stehen konnte. Gabriel gehörte zu einer ganzen Gruppe von Schweizern, die wie sie erzählten, immer in diesem Club unterwegs waren. Alleine deshalb ging ich davon aus, dass sie genügend Stutz auf der Kante hatten, um uns auf ihre Kosten mit Getränken zu versorgen. Wir setzten uns nach einer ausgiebigen Tanzrunde in eine der privaten Lounges und stießen mit Champagner an. Es war wirklich entschieden zu lange her, dass ich mich so begehrt fühlte. Es machte mir nicht mal etwas aus, dass auch die Kollegen von Gabriel mir gelegentlich mal an den Oberschenkel oder an den Po grabschten. Schließlich hatte ich bisher nur mit ihm getanzt und mich noch nicht festgelegt, mit wem ich vielleicht sonst noch meinen Spaß haben konnte.

Nach ein paar Flaschen Champagner, den wir tranken als wäre es Mineralwasser, musste ich mich ganz dringend mal erleichtern. Sofia begleitete mich zu den Toiletten, wo wir ebenfalls dafür bezahlen mussten, um unsere Notdurft zu verrichten. Die schweizerische Wirtschaft boomte sogar auf den Frauenklos. Aber immerhin waren die Klobrillen so sauber, dass man davon eine Line hätte ziehen können, was ich bisher noch von keiner Toilette eines Nachtclubs behaupten konnte. Obwohl man soweit ich es aus Filmen kannte, nicht direkt auf Klobrillen kokste. Da bewegte ich mich gedanklich auf mir unbekanntem Terrain. Ich war längst fertig, während Sofia mir befahl vor der Türe auf sie zu warten. Sie musste kurz telefonieren. Ganz libero war man als Geschäftsführerin wohl nie.

Es vergingen ein paar Minuten. Und ein paar weitere, bis ich schließlich nicht mehr warten wollte. Ich wollte keine Zeit damit verschwenden blöd herumzustehen. Ich war besessen von dem Wunsch Spaß zu haben.

Also lief ich weiter durch den Club. Wo kamen plötzlich die ganzen attraktiven Männer her?

Ich erinnerte mich an meinen letzten Ausgehversuch im Beachclub als ich Pierino kennenlernte. Kein einziger Mann war dort, denn ich mit nach Hause genommen hätte und hier stand quasi ein Leckerbissen hinter dem nächsten. Oder lag das vielleicht am Rausch des Champagners?

Ich zwängte mich durch die völlig überlaufene Tanzfläche, um wieder ans andere Ende der Diskothek zu kommen, wo sich auch die Lounges befanden. Als mich meine neuesten Bekannten kommen sahen, riefen sie mir schon aus der Ferne zu, ich solle mich sofort wieder zu ihnen setzen. Es fühlte sich herrlich an so umworben zu werden. Ich hoffte, der Abend würde nie enden!

Nachdem ich die wenigen Stufen, die zu den Lounges hinaufführten, auf meinen High Heels sicher passiert hatte, hielt mich plötzlich jemand von einem anderen Divano an der Hand fest. Ein breites Grinsen überzog mein Gesicht als ich ihn sah. Entweder sprudelte mir der viele Champagner meine schlechten Gedanken sonst wohin oder ich litt augenscheinlich an einer geistigen Verwirrung, denn ich war absolut nicht mehr böse. Ich spürte nicht den kleinsten Funken Wut in mir. Ich war einfach total relaxed.


„Toni!", sagte ich euphorisch und umarmte ihn, als er gerade aufstand und mich ebenso lieb umklammerte.

„Laura. Wow, du siehst toll aus. Geht's dir gut?", fragte er charmant.

Seine langen Haare hingen ihm über die Stirn und verdeckten einen Teil seiner Augen, aber er strich sie sich gleich wieder aus dem Gesicht und lächelte mich an. Ich streichelte ihm über seine linke Wange, an der die niedlichen Lachfalten nahe seinem Munde zu sehen waren.

„Mir geht es ausgezeichnet!", sagte ich beschwipst.

Dabei fiel mir auf, dass mich seit einer Ewigkeit niemand nach meinem Wohlbefinden gefragt hatte. War es denn heutzutage völlig egal, ob es jemandem gut oder schlecht ging oder fragte man schon von vornherein nicht mehr danach, um sich nicht zu viele persönliche Dinge anhören zu müssen?

„Du siehst auch gut aus. Wo ist diese Schauspielerin, mit der du dich angeblich triffst?", fragte ich und schnappte mir sein Glas mit was-auch-immer er gerade trank. „Ach, nein sie ist ja Musikerin!", fügte ich angeheitert hinzu und kicherte.

„Ach, die Zeitungen schreiben viel …", sagte er und lächelte sachte.

Dabei sah er zu einer der unzähligen Frauen, die an seinem Tisch saßen. Sie waren nicht alle so wunderschön, wie ich sie mir an einer Tavola von Rockstar Antonio Zarello vorgestellt hatte, aber es waren sicherlich ganz nette Mädchen. Vielleicht war es überheblich von mir, aber ich fand, dass ich an diesem Abend außer Konkurrenz stand!

„Wie läuft die Tour?", fragte ich, packte ihn an der Hand und setzte mich unaufgefordert mit ihm auf ein freies Sofa.

„Anstrengend. Wir machen gerade eine kurze Pause. Demnächst geht es weiter durch Spanien …", erzählte er.

Seine Augen waren noch immer so verzaubernd, wie ich sie in Erinnerung hatte und seine Art zu sprechen und dabei mit den Händen zu gestikulieren war zum Dahinschmelzen.

„Laura! Laura!", riefen mir meine neuen Freunde aus der Schweiz zu, „Komm wieder zu uns. Wir haben noch mehr Champagner!"
Ich lachte cool und winkte ihnen ganz piano piano zu. An diesem Abend buhlten alle einmal um mich. Es war frisch, es war herrlich, es war genau das Leben, das ich in Erwägung zog künftig zu führen.

Zudem freute ich mich wirklich Toni wiederzusehen. Wir hatten eine ganz zwanglose, lustige Unterhaltung und niemand war wütend auf den anderen.

„Vittoria ist schwanger!", sagte ich und lachte sarkastisch. Es war doch irgendwie ganz amüsant mit der Nachricht herauszurücken, nachdem sie ja genau selbiges noch vor ein paar Monaten von mir behauptete.

„Was?!", fragte Toni und schaute mich schockiert an während er mir mein leeres Glas auffüllte.

„Keine Sorge Toni! Sie hat mir erzählt, dass sie gar nicht mit dir geschlafen hat. Es ist also nicht von dir …", sagte ich lässig und tätschelte ihn freundschaftlich an der Schulter.

„Hä? Was? Wow!", sagte er verblüfft und hielt mir sein Glas entgegen um anzustoßen. „Ich weiß nicht, was mit ihr nicht stimmt. Sie hat es mir nie verziehen, dass ich nicht der Mann ihrer Träume war und unsere Geschichte nicht mit einem Happy End à la ‚glücklich bis ans Lebensende' ausging", sagte er und nahm einen großen Schluck.

„Cin cin!", erwiderte ich und trank ebenfalls.

„Wie wäre wohl alles gelaufen, hätte sie sich nicht eingemischt? Vielleicht wären wir noch zusammen!", sagte er und kraulte mich sanft an meinem Oberschenkel.

Es war nicht zu übersehen, dass ich inzwischen definitiv zu viel getrunken hatte und ich bekam sukzessiv das Gefühl, das Toni mit mir flirtete.

„Vito meinte eh, ich wäre mit dir besser dran!", sagte ich und vernahm wieder dieses komische Gefühl, als ich seinen Namen laut aussprach.

„Er wollte dich doch unbedingt von mir weglocken?", fragte Toni verwundert.

„Versteh einer deinen Bruder …!", sagte ich erregt und zuckte mit den Schultern.

„Wann hast du ihn getroffen?", erkundigte er sich weiter.

„Vor ein paar Tagen …", antwortete ich und atmete ruhig. Ich versuchte zu vermeiden, mich zu übergeben. Weniger wegen des Alkohols, vielmehr wegen der Gedanken an den Mann, über den wir gerade sprachen.

„Ich verstehe nicht, wieso ihr nicht zusammen seid!", sagte er und stocherte weiter in meiner offenen Wunde herum.

„Es ist eine lange Geschichte wie es zu allem kam und jetzt spielt es eh keine Rolle mehr. Wieso bist du hier und nicht im Beachclub?", fragte ich um das Thema zu wechseln.
Natürlich wollte Toni wissen, wie es seinem Bruder ging. Er hatte unabwendbar nur einen sehr schlechten Kontakt zu Vito und wie ich feststellte, war er über jedes Lebenszeichen, das es von ihm gab, froh.

„Francesco ist sauer auf mich, weil ich alle Termine bei ihm so kurzfristig abgesagt habe und ich glaube ich kann nicht nach Cannobio gehen, ohne bei meinen Eltern vorbeizuschauen …", plauderte er und fuhr sich durch seine wilde Mähne, „Aber ich werde sie noch besuchen ..."
Toni lächelte mich erneut charmant an. Er flirtete definitiv mit mir!

„Bei mir bist du jederzeit willkommen!", sagte ich und lächelte ihn freundlich an.

„Das ist schön. Wirklich. Schön, dass wir uns noch verstehen …", sagte er nachdenklich und legte seinen Arm um meine Schulter.

Mir wurde ganz unerwartet heiß und ich bekam das Gefühl, nicht mehr ruhig sitzen zu können.

„Willst du tanzen?", fragte ich und versuchte damit wieder mehr Raum zwischen uns zu schaffen.

Plötzlich standen ein paar meiner neuen Freunde vor uns und begrüßten mich mit einem Konzert aus Freudenrufen.

„Laura, komm wieder mit an unseren Tisch! Wir kümmern uns um dich. Champagner, Braulio – du bekommst alles was du willst!"

Gabriel langte nach meiner Hand und versuchte mich zum Mitkommen zu überreden. Doch wo war eigentlich Sofia? Ich konnte sie nirgends mehr sehen. Womöglich hing sie noch immer auf der Toilette fest und ich hoffte für sie, dass man für einen so langen Aufenthalt dort nicht Länge mal Breite berappen musste!

„Ist Sofia bei euch?", fragte ich und sah mich in den Lounges um.

„Deine Freundin musste los. Sie hatte einen Notfall. Aber du sollst dir keine Sorgen machen hat sie gesagt. Gabriel passt auf dich auf und bringt dich sicher nach Hause!", sagte Gabriel, der mit seinem immer mehr gebrochen klingendem Akzent indessen in der dritten Person über sich selbst sprach.

„Ich kümmere mich schon um sie!", sagte Toni und türmte sich vor den Schweizern auf, um seinen Standpunkt zu verdeutlichen. Er war wesentlich größer und auch viel muskulöser als sie, weshalb sie friedvoll davonhuschten.

Obwohl ich versuchte nicht allzu beeindruckt zu schauen, sah ich Toni möglicherweise genauso schmachtend an, wie alle anderen Frauen, die an seinem Tisch schon sehnlichst auf seine Rückkehr warteten. Er lächelte mich aber wieder an und sah selbstzufrieden und stolz aus, weil er die aufdringlichen Männer mit seinem bloßen Antlitz vertrieben hatte. Sein Blick war sexy. Jede andere hier anwesende Frau hätte wahrscheinlich sofort ihr Höschen nach ihm geschmissen, doch ich versuchte ihm eigentlich auszuweichen. Toni und ich – das ging ja auch nicht gut!

Wir drängten uns also auf die Tanzfläche und als wir uns dort noch näher waren als gerade eben auf der Couch fiel mir wieder ein, wie überlaufen die ganze Disko war. Die Musik war aber eigentlich ziemlich cool und genau richtig, um sich gehen zu lassen. Der DJ legte die ganzen vergangenen Sommerhits auf und mit dem knappen Kleid, das ich anhatte, der Hitze auf der Tanzfläche, dem Geruch von Schweiß und der Tatsache das ich eng aneinander mit einem Traummann wie Toni tanzte – fühlte es sich nach genau dem Sommer an, den ich eigentlich in meiner neuen Heimat erleben wollte, anstatt mich, wie ich es getan hatte, in Selbstmitleid wegen der Abfuhr von Vito zu suhlen. Zu schade war es um die Zeit und viel zu schade war es um mich!

# XV

Wiederholt hatte ich unnötig viel Alkohol konsumiert, aber trotzdem wachte ich am nächsten Morgen ganz ohne Kater auf. Ich räkelte mich ausgeschlafen und öffnete langsam meine Augen. Es war hell in dem Zimmer und mein Kleid lag platt auf dem Boden. Wie so oft war ich zu faul um meine Fensterläden zu schließen, doch es störte mich nicht. So wachte ich wenigstens früh genug auf, um noch etwas vom Tag zu haben, wenn ich am Vorabend schon dermaßen über die Stränge schlug und zu einer sicherlich sehr unchristlichen Zeit zu Bett ging. Ich erinnerte mich trotzdem nicht mehr genau daran, wie ich zurückgekommen war. Immerhin lag weder dieser Gabriel, noch einer seiner Freunde bei mir im Bett, deshalb ging ich davon aus, dass Toni den restlichen Abend ein Auge auf mich geworfen hatte und womöglich hat er es irgendwie eingefädelt, dass ich sicher nach Hause kam. Ich war unversehrt, angezogen, und in meinen eigenen vier Wänden, weshalb ich eigentlich keinen Grund zur Sorge hatte.

Mein Bett war zweifelsohne das bequemste der ganzen Welt, weshalb ich meinen Kopf nochmal fest auf mein Kissen presste und entschied noch für ein paar weitere Minuten zu dösen. Plötzlich hörte ich ein paar knirschende Geräusche. Es hörte sich an, als würde jemand gehen. Als würde irgendwer die Treppe heraufkommen. War da etwa jemand in meinem Haus? Habe ich die Türe offen gelassen? Mein Haus lag ja etwas abgelegen, weshalb es womöglich umso interessanter für Einbrecher war. Die Klinke meiner

Türe quietschte laut als sie von irgendwem nach unten gedrückt wurde. Ich zuckte von dem schrillen Geräusch überrascht zusammen und setzte mich ruckartig in meinem Bett auf.

„Buongiorno Principessa!", begrüßte mich Toni, als er in mein Zimmer eintrat und mich herzlich anlächelte.
Was machte er hier? Ich hatte doch nicht etwa …?

„Was ist? Ist dir übel?", fragte er verwundert, als er sah wie bekümmert ich ihn ansah.

„Ich dachte du wärst …", fing ich an meine Vermutung zu formulieren. „Haben wir …?", fragte ich aber stattdessen und sah ihn schamhaft an.
Toni lachte ganz ungezwungen und lief mit einem Tablett in der Hand auf dem zwei Tassen standen zu mir ans Bett und setzte sich nieder.
Er sah noch immer so gut aus, wie ich ihn von der Diskothek in Erinnerung hatte. Wenn nicht sogar ein bisschen besser. Ich hatte keine Ahnung wie ich gerade aussah, doch ich nahm an, dass meine Schminke verschmiert war, meine Haare zerzaust, mein Pyjama aussah wie der von einer Dreizehnjährigen und es war gut möglich, dass ich einen Abdruck meines Kissens oder von sonst irgendetwas, das in meinem Bett herumlag, im Gesicht hatte.
Toni sah mich aber so geachtet an, wie er mich eigentlich immer angesehen hatte, als wir noch zusammen waren. Ich nahm mir eine der Tassen und trank. Danach presste ich meine Lippen zu einem schmalen Streifen zusammen und wartete beschämt auf Tonis Antwort.
Er lachte lediglich und rieb sich mit seinen Händen über sein Gesicht. Sein wunderschönes Gesicht, dass auch nach einer viel zu langen Nacht noch immer ebenso sexy aussah. Seine Haare waren durcheinander, seine Falten sehr markant. Seine Bartstoppeln warfen einen leicht dunklen Schein in

sein Gesicht und sein Parfum roch noch immer unbeschreiblich gut. Sein Erscheinungsbild passte eben genau zu seiner Attitüde. Er führte das Leben eines Rockstars. Und trotzdem war er hier. Bei mir. In meinem Haus in Cannobio. Obwohl wir schon seit einem halben Jahr getrennt waren und uns seit Arona nicht mehr gesehen haben.

„Nein …“, antwortete er verlegen. „Ich habe dich nach Hause gebracht. Ich dachte mir, besser mach ich es, sonst hätte dich mit Sicherheit mindestens einer der Schweizer begleitet, glaub mir!“
Wie fürsorglich von ihm. Doch eigentlich wäre eine Nacht voll hemmungslosem, wildem Sex vermutlich noch die Krönung des ohnehin genialen Abends gewesen. Ich fühlte mich einfach gut und auch jetzt fühlte ich mich noch immer so. Ich fühlte mich frei.
Mit einem weiteren Kissen polsterte ich mir eine Rückenlehne zurecht und legte mich wieder entspannt nieder. Ich hätte mir schlimmeres vorstellen können, als eine Nacht mit Toni zu verbringen. Doch möglicherweise war auch er klüger geworden und hat erkannt, dass uns eine gewisse Distanz auch nicht schadet.

„Aber wenn ich ehrlich sein soll, habe ich schon mit dem Gedanken gespielt, dich zu küssen und bei dir zu schlafen. Oder mit dir …“, sagte er und schlürfte ganz entspannt seinen eigenen Kaffee.

„Wieso hast du nicht …?“, fragte ich in einem möglichst verruchten Ton und lächelte ihn verführerisch an.

„Erinnerst du dich daran, was ich dir in Arona gesagt habe?“, fragte er.
Da ich davon ausging, dass er seine Liebeserklärung ansprach, nickte ich brav.

„Gut. Und ich mag dich wirklich. Noch immer. Als ich dich gestern gesehen habe hast du mich wieder umgehauen, mit deiner ungezwungenen, offenen Art. Du bist eine unglaubliche Frau, Laura. Und ich hätte auch gerne mit dir geschlafen, alleine deshalb, weil ich ganz genau weiß, wie leidenschaftlich du bist und wie du dich hingibst. Das habe ich in dieser Form noch mit keiner anderen Frau erlebt", erzählte er.

Meine Wangen wurden von den ganzen netten Worten rot. Wer hätte gedacht, dass Toni – nach dem ganzen Viavai, was wir hinter uns haben – noch einmal so vor mir sitzen und mir solche Komplimente machen würde?


„Es lohnt sich um ihn zu kämpfen!", sagte er und legte seine Hand auf die Decke unter der meine Oberschenkel lagen.

„Um wen? Um dich?", fragte ich verwirrt.
Was meinte er?

„Um Vito!", antwortete er und rollte mit seinen Augen. Wie um alles in der Welt kam er jetzt auf seinen Bruder zu sprechen? Ich hatte eher damit gerechnet, dass er mir den Vorschlag unterbreiten würde, sich ihm nochmals ungestüm hinzugeben.

„Wie kommst du darauf? Das mit Vito ist vorbei. Er will mich nicht und ich kann auch ohne ihn ein tolles Leben haben. Das hast du gestern ja gesehen!", sagte ich und verschränkte meine Arme demonstrativ vor meiner Brust, nachdem ich die leere Tasse auf meinem Bett abgestellt hatte.

„Als ich dich gestern nach Hause gefahren habe, hast du mir unaufhörlich von ihm erzählt. Wie umwerfend er ist und was er alles für dich getan hat. Glaub mir, ich kann mir seine Vorzüge jetzt sogar bildlich vorstellen. Also erzähl mir nicht, dass du nicht mit ihm zusammen sein willst!", sagte er streng, aber lachte dennoch unterhalten.

„Ich habe ihm bereits gesagt was ich empfinde und er will nichts von mir. Wie soll ich daran etwas ändern? Diese Entscheidung kann ich nicht für ihn treffen", sagte ich und wurde traurig.

Es schien noch immer kein einziger Tag zu vergehen, an dem ich nicht mit Vito konfrontiert wurde.

„Wenn er sagt er braucht Zeit, gib ihm Zeit …", sagte er weise.

„Ich weiß nicht, was das bedeutet!", sagte ich zornig. Ich wusste es ja tatsächlich nicht. Was erwartete sich Vito von mir? Sollte ich ihm jetzt jeden Tag eine Liebeserklärung machen und darauf hoffen, dass eines Tages die passende für den werten Herren dabei wäre? Musste es eine ausgefallene sein? Oder sollte ich womöglich weiterhin herumsitzen und Trübsal blasen und darauf warten, dass er genug Zeit hatte, um sich auszuleben und dann irgendwann doch noch zu mir zurückkommt?

Wie lange kann das gehen? Ich werde auch nicht jünger! Zudem meinte er ja, dass er sowieso nicht zurück an den Lago kommen will …

„Er ist ein Idiot!", sagte ich wütend und verkniff mir ein paar Tränen, doch Toni sah natürlich, dass ich knapp davor war überzulaufen wie eine Espressotasse, in die man versuchte einen Cappuccino einzufüllen. Irgendwann war das Fass einfach voll.

„Das ist er. Aber du hast gestern von ihm gesprochen so als … So als ob er deine große Liebe ist. Nachdem was du mir alles erzählt hast muss ich gestehen, dass ich meinen Bruder anscheinend überhaupt nicht kenne. So wie du ihn beschrieben hast, muss er ein toller Kerl sein. Und wenn ich schon nicht mit dir zusammen sein kann, dann würde ich es dir doch gönnen, dass du wenigstens mit ihm dein Glück findest. Es tut mir wirklich leid, dass ich mit meiner blöden Aktion in Siena alles zerstört habe. Aber ich dachte eben du

bekämst ein Kind von mir und ich hätte alles kaputt gemacht, weil ich auf Vittoria hereingefallen war …“, erzählte er viel zu schnell und fuchtelte dabei wild herum.
Der Vorfall schien in wirklich zu beschäftigen. Wenn, dann hatte er es ja eigentlich am Einfachsten von uns allen, einen Haken an die Sache zu machen und einfach sein glamouröses Leben weiterzuführen. Trotzdem war er hier und kümmerte sich um mich. Offensichtlich hatte er wirklich ein schlechtes Gewissen, weil es doch auch seine Schuld war, dass Vito nichts mehr von seinem vorherigen Leben hier in Cannobio wissen wollte.

„Er glaubt Vittoria nicht einmal, dass das Kind von ihm ist“, sagte ich traurig. Es war auch noch so eine Sache, die mir keine Ruhe ließ. Ich wollte nicht, dass das Kind ohne seinen Vater aufwachsen musste. Schon gar nicht, wenn ich wusste, dass es so einen tollen Vater wie ihn hatte.

„Glaubst du ihr denn?“, fragte Toni.

„Si!“, antwortete ich entschlossen. Obwohl mir kein einziges schlüssiges Argument einfiel, worauf sich mein ganzes Vertrauen diesbezüglich stützte.
Ich war einfach ein gutgläubiger Mensch, das musste ausreichen!


„Manchmal lohnt es sich zu kämpfen“, sagte Toni eindringlich. „Das habe ich von dir gelernt …“

# XVI

Die meisten Weisheiten, die ich in meinem Leben bisher brauchen konnte, stammten aus meinem eigenen Mund, oder sie waren eine Folge meiner eigenen Taten. Ich säte Gutes und wollte dafür auch Gutes ernten. Nach dem aufschlussreichen Gespräch mit Toni setzten wir uns wie früher an meinen Esstisch und frühstückten zusammen. Er hatte mir zwar einen Kaffee ans Bett gebracht, aber in der Küche hatte er meinen Kühlschrank geplündert und sich zudem die Mühe gemacht uns den Tisch zu decken. Er wusste, wie gerne ich frühstückte oder wie gerne ich ganz im Allgemeinen aß. Ich war der Ansicht, dass Essen die Menschen zusammenbrachte. Jede andere Frau auf dieser Welt träumte womöglich genau von diesem Augenblick, einmal ganz alleine mit Antonio Zarello zu frühstücken.

„Kannst du mir einen Gefallen tun?", fragte Toni, als er sah wie entzückt ich war. Er schaute mich geradezu beängstigend erwartungsvoll an.

„Nachdem was du mir heute alles schon für nette Dinge erzählt hast erfülle ich dir jeden Wunsch!", sagte ich und lachte gut gelaunt.

Er hatte mir gut zugeredet, obwohl er es nicht hätte tun müssen, weshalb ich momentan der Meinung war, dass ich früher oder später einen Einfall bekäme, der mir wie aus Geisterhand eine Lösung für den Schlamassel mit Vito bereiten würde. Ich musste eben nur darauf warten, oder besser gesagt: Mir Zeit lassen.

„Kannst du mit mir zu meinen Eltern fahren?", fragte Toni und steckte sich ein Brot mit feinster Marmellata di Fichi und Formaggio di Capra in den Mund.
Mir blieb, als ich seine Frage hörte, ein Stück Brot im Hals stecken und ich hustete wild, um es irgendwie wieder herauszubekommen.

„Ist das dein Ernst? Ich? Bei deinen Eltern?", fragte ich entsetzt. „Habe ich dir nicht erzählt, wie Vittoria und ich bei deiner Mutter waren und herausfinden wollten, wo Vito steckt?", fragte ich und klopfte mir noch immer mit der Faust auf meinen Brustkorb, um zu Luft zu gelangen.

„Du sagtest, du erfüllst mir jeden Wunsch!", konterte er.

„Hätte ich geahnt, dass du mich in die Hölle schicken willst, hätte ich wohl überlegt abgelehnt …", sagte ich und trank ein ganzes Glas Wasser auf Ex.
Wie kam ich eigentlich zu der Ehre, dass alle ausgerechnet mich dabeihaben wollten, wenn sie auf Grazia trafen?

„Meine Mutter hält eigentlich sehr viel von dir. Sie ist es nur nicht gewohnt, dass man vor ihr keinen Kniefall macht …", sagte er und lachte lustig.

„Ich war ihr gegenüber doch immer freundlich?", fragte ich verwirrt.
Mir fiel kein Anlass ein, an dem ich unhöflich zu ihr war. Bis auf meinen letzten Besuch, an dem ich endlich einmal selbstbewusst Widerstand geleistet hatte. Es fühlte sich auch rückwirkend noch immer sehr befreiend an.

„Die italienischen Frauen sind trotzdem anders. Oder besser gesagt bist du anders, wie sie. Ich finde das sehr erfrischend!", sagte er und streichelte mich sanft am Arm.

„Sollen wir nicht einfach unsere Koffer packen und irgendwohin durchbrennen? Nur du und ich?", fragte ich mit einer verstellten Stimme und versuchte ironisch zu klingen.

„Oh bella, solange du einen anderen liebst, nein danke. Wir werden deinen Konflikt mit Vito schon noch lösen, aber zuerst begleitest du mich. Dann sehen wir weiter …!“, sagte Toni bestimmend.

Ich lenkte schließlich ein. Welche andere Möglichkeit blieb mir denn schon? Immerhin kam ich so erneut zu einer Ablenkung von meiner Denkarbeit an Vito.

Nachdem ich mich geduscht und frech angezogen hatte, begleitete ich Toni also wirklich zu seinen Eltern. Vielleicht hatte ich ja dieses Mal Glück und Grazia wäre gerade beim Einkaufen oder auf einer Kreuzfahrt durch die Karibik. Wo auch immer – bloß nicht zuhause!

Auch Toni stellte sich zuerst noch bei mir unter die Dusche, da er seine Mutter kannte und wusste, dass sie sich einen gepflegten Auftritt ihres Jungen erwartete. Obwohl ich selbst keinen Schimmer von Kindererziehung hatte, war ich trotzdem verblüfft darüber, dass Grazia ihre beiden Söhne eigentlich ganz gut erzogen hatte. Vielleicht war da irgendwo unter ihrer steinharten Schale ja tatsächlich ein weniger abgestumpfter Kern. Ich schüttelte inzwischen mein Bettzeug auf und räumte meine Schmutzwäsche zusammen, obwohl ich wusste, dass Toni das Chaos nicht wirklich interessierte. Er hatte bereits mit mir zusammengewohnt und wusste, wie es bei mir aussah, wenn ich nicht gerade einen Putzanfall bekam und das ganze Haus von oben bis unten durchschrubbte. Es gehörte aber nicht zu meinen alltäglichen Arbeiten, ich putzte eher, um mich abzureagieren oder mich abzulenken. Und in den letzten Monaten als Single hatte ich eindeutig zu viel Zeit damit verbracht, mein Haus zu putzen.

Toni kam aus dem Bad heraus und trug lediglich ein Handtuch um seine Hüften. Seine Haare waren noch nass und tropften auf seinen definierten, tätowierten Körper.

Obwohl ich nichts mehr von ihm wollte, machte mich der Anblick natürlich scharf. Immerhin war ich eine lebendige Frau, mit einer sehr lebhaften Fantasie!

„Da werden Erinnerungen in mir wach!“, sagte ich und feixte ihn frech an.

„Hoffentlich nur schöne!“, antwortete er und grinste ebenfalls. Er war kein bisschen verlegen. Ganz im Gegenteil. Er genoss es, dass ich ihn anstarrte als wäre er eine deliziöse Hähnchenbrust, die sich gerade auf dem Rotisserie-Grill vor mir drehte und mir bei dem Anblick das Wasser im Mund zusammenlief.

Er näherte sich mir, stoppte aber kurz bevor wir aufeinandertrafen.

„Nur die besten Erinnerungen …“, sagte ich leise, als er ganz dicht vor mir stand. Wieder einmal hatte er mein Duschbad benutzt und obwohl er nach Kokos und Guave roch, nahm ich seinen unglaublich männlichen Duft war. Kein Shampoo dieser Welt konnte seinen betörenden Geruch überdecken. Er machte mich nervös.

Wir schauten uns in die Augen und er lächelte sanft. Er legte seine Arme um mich und drückte mich in eine innige Umarmung. Ich erwiderte sie und legte meine Hände um seine Hüften und schmiegte mein Gesicht an seine feuchte Brust. Irgendwie war es komisch, dass wir uns jetzt so gut verstanden. Ich war bisher keinem meiner Ex-Freunde auf diese Art und Weise wieder begegnet.

Vito ausgeschlossen.

Im besten Falle winkte ich einem Verflossenen zu, wenn ich einen davon unverhofft auf der anderen Straßenseite erkannte und selbst dann nahm ich meine Füße in die Hände und suchte sofort das Weite. Mit keinem wollte ich nach einer Trennung mehr in Kontakt stehen, von einem Gespräch, wie ich es heute früh bereits mit Toni hatte, geschweige denn von einer Umarmung wie der jetzigen gar nicht angefangen zu träumen!

„Du weißt, ich würde sofort mit dir schlafen, carissima", hauchte er mir ins Haar, „aber du gehörst einem anderen …"
Er drückte mich nochmals fest und ich konnte spüren, wie gerne er mich mochte und auch, dass ihn unsere Umarmung ein wenig betörte. Obwohl mich unser Wiedersehen verwirrte, brachte es mich auf wundersame Weise wieder zurück in die Spur.

Als Toni sich umgezogen hatte, stiegen wir also gemeinsam in seinen Wagen und fuhren zu ihm nach Hause. Ich hatte gar nicht erst danach gefragt, wie er seiner Mutter erklären wollte, dass ich schon wieder bei ihr zuhause aufkreuzte. Ich hielt es für das Beste, mich einfach erneut überraschen zu lassen.
Das Tor war zwar geschlossen, doch Toni brauchte nur einen Knopf in seinem Wagen zu drücken und es ging wie von Zauberhand auf. Wenn mir eines an dem riesengroßen Anwesen der Zarellos am imposantesten schien, dann war es definitiv diese beeindruckende Zypressenallee, die das ganze Jahr über satt grün war und die endlos hohen Bäume majestätisch posierten, wenn man hindurch fuhr. Toni parkte seinen Wagen neben dem großen Brunnen und lief mir voran zum Eingang. Er drehte seinen Schlüssel ein paarmal im Schloss um und nachdem es ,klick' gemacht hatte, konnte er die Türe öffnen. Es war kein Geräusch zu hören und sogar mein Atem schien ein Echo in dem großen Eingangsbereich zu erzeugen.

„Du brauchst nicht nervös zu sein …", sagte Toni und drückte meine Hand liebevoll.

„Na … meine leichteste Übung", erwiderte ich frech und drückte seine freundschaftlich zurück.

Er lächelte wieder. Es war beeindruckend, wie oft ich ihn noch immer zum Lachen animieren konnte und ich fragte mich, ob es seine Groupies auch schafften, ihm dermaßen zu imponieren, oder ob ich vielleicht tatsächlich etwas Besonderes für Toni war.

Wir liefen Seite an Seite an der großen Küche vorbei, bis wir in das Wohnzimmer seiner Eltern kamen. Dort saß gerade sein Vater, Riccardo, auf der Couch und las gemütlich ein Buch.

„Babbo, ciao!", rief ihm Antonio entgegen.

Riccardo senkte das Buch auf seine hochgelegten Beine und schielte über den Rand seiner Lesebrille zu uns herüber. Als er sah, dass sein wenig präsenter Sohn zu Besuch war, stand er sofort auf um ihn in die Arme zu schließen und mit unzähligen väterlichen Küssen zu übersäen.

„Antonio, so schön dich zu sehen. Geht es dir gut mein Junge?", fragte er lieb und leitete ihn zur Couch.

„Signorina Peroni, schön Sie wiederzusehen!", sagte er und umarmte und küsste mich ebenfalls sittenhaft.

Es faszinierte mich noch immer, dass Riccardo das genaue Gegenteil von seiner Ehefrau war.

Wir ließen uns auf seiner Couch nieder und Riccardo holte sofort ein paar Weingläser und öffnete einen Vino Bianco für uns. Als er gerade die Gläser auffüllte, fiel meine Aufmerksamkeit auf das Buch, dass er gerade gelesen und auf den Couchtisch gelegt hatte.

Der Titel stach mir direkt ins Auge. Es war eines meiner Bücher!

„Riccardo, du liest ein Buch von mir? Wie geht das?!", fragte ich verblüfft.

„Wegen meiner vielen Arbeit von früher im Verkauf unseres Weines spreche ich viele Sprachen, meine Liebe. Zwar verstehe ich nicht alles, aber es ist wirklich sehr unterhaltsam wie du schreibst. Geschichten aus dem wahren Leben mit viel versteckter Weisheit. Es gefällt mir …“, erzählte er besonnen. Ich war hin und weg!
Riccardo Zarello las doch tatsächlich meine Bücher. Damit, dass jemand aus dieser Familie Deutsch sprach, hatte ich überhaupt nicht gerechnet. Ansonsten hätte ich ihm die Bücher doch geschenkt.

„Das freut mich sehr, Riccardo. Unglaublich …“, sagte ich staunend.

„Sie waren ein Geschenk von meiner Grazia. Sie spricht die Sprache leider nicht und wollte, dass ich ihr erzähle, worum es in deinen Büchern geht“, erzählte Riccardo weiter.
Meine Augen wurden größer und größer als er sprach und ich setzte ein volles Weinglas, das ich mir ungefragt vom Tisch genommen hatte an den Mund und begann einen ernüchternden Schluck davon zu nehmen. Die Geschichte wurde ja immer besser. Nicht nur, dass er mein Buch las, es interessierte ausgerechnet Grazia wovon ich schrieb.

„Und gefallen sie ihr?“, kam mir Toni mit der Frage aller Fragen zuvor.
Er nahm sich auch ein Glas vom Tisch und sah mich mit einem Blick an, mit dem er mir mitteilen wollte, dass ‚er es mir ja gesagt habe‘.

„Grazia ist ganz begeistert. Schon das erste Buch habe ich gelesen, kurz nachdem Toni dich uns vorgestellt hat und sie hat überall von der tollen Frau erzählt, die jetzt an Antonios Seite ist. Oh cara, sie war sehr traurig, als sie erfahren hat, dass ihr euch getrennt habt. Aber ihr seid jetzt ja wieder zusammen hier. Habt ihr wieder zueinander gefunden?“, fragte Riccardo und sah uns mit seinen lieben

Augen an. Toni gab seinem Vater das dritte und letzte Glas, das noch am Tisch stand und hielt seines in unsere Mitte um auf diese wundervolle Ansprache seines Vaters anzustoßen. Ich kam aus dem Staunen gar nicht mehr heraus und hoffte, dass ich meine Augenbrauen früher oder später wieder von meiner Stirn herunterziehen könnte. Ich war völlig baff.
Das bedeutete, dass Grazia meine Bücher ja schon längst kannte und sie gab vor ihren Freunden sogar mit mir an. Das hätte ich mir nie erwartet. Wie denn auch?
Wieso war sie dann mir gegenüber immer dermaßen streng und gab mir das Gefühl, dass Vittoria die Bessere für ihren Toni gewesen wäre? Es ergab in meinem Kopf alles keinen Sinn. Dies war mit Abstand die verrückteste Familie, die ich je kennenlernte!

Toni unterhielt sich weiter mit seinem Vater, der alles über seine aktuelle Tour wissen wollte, während ich mich auf dem bequemen Divano zurücklehnte und nachdachte. Mir kamen so viele Sachen ins Gedächtnis, die Grazia je zu mir gesagt hatte. Keines davon war nett, einiges neutral aber vieles zynisch.
Mochte sie mich womöglich doch und inszenierte mir gegenüber nur die böse Schwiegermutter? Aber weshalb?
Hatte sie etwas gegen Ausländer? Oder war sie womöglich einfach sauer auf die Frauen ganz allgemein, weil ihre beiden Söhne ein etwas konfuses Verhältnis zu ihnen pflegten?
Toni war zwar ziemlich human, wobei ich wahrscheinlich nicht mal annähernd über seine vielen Abenteuer in seiner Welt Bescheid wusste. Womöglich führte er außerhalb meiner Reichweite ja tatsächlich das berüchtigte gottlose Leben eines Rockers. Um Vito hatte sich Grazia sicher mehr zu sorgen, da er die Demütigung von Vittoria damals nur schwer wegstecken konnte. Möglichweise arbeitet er noch immer daran, die Geschichte von damals zu verdauen. Aber

wie sollte er auch, da war ja Alessandro, sein eigenes Fleisch und Blut, dass ihn an genau jenen Schmerz Tag ein Tag aus erinnerte. Als er sich mit Vittoria nach unserem Versöhnungskonzert ausgesprochen hatte, konnte er den Kleinen so oft sehen wie er wollte und er hatte sich auch wirklich die Zeit genommen den Racker kennenzulernen. Vielleicht ging es Vito ja besser dabei, wenn er nicht hier war und nicht die Möglichkeit hatte seinen Sohn zu sehen. Es klang in seinen Augen wahrscheinlich incredibile, dass er nun von besagter Frau, die er früher einmal geliebt hatte und die seine Liebe nicht erwiderte, jetzt nochmal ein Kind bekam. Es hörte sich ja wirklich verrückt an. Aber so ist das Leben. Es schreibt oft die verrücktesten Geschichten …

Wir verbrachten einen ungezwungenen Nachmittag mit Riccardo und auch Lucia hatte kurz Zeit und schaute auf ein Glas Vino vorbei. Auch sie freute sich Antonio zu sehen und war auch mir gegenüber sehr freundlich. Aber mit ihr kam ich eigentlich schon immer gut aus. Grazia ließ sich den ganzen Tag nicht blicken und ich fragte erst gar nicht nach, wo sie steckte. Es war womöglich wirklich einer meiner Glückstage und Grazia war tatsächlich auf einer Karibikkreuzfahrt.
Im Anschluss fuhr Toni mit mir noch zur Autowerkstatt in Traffiume, wo mich ein anderer Garagista in Empfang nahm und mir die glorreiche Nachricht überbrachte, dass sie meinen alten BMW retten konnten. Ich war überglücklich und fiel dem armen Mann um den Hals. Dabei bekleckerte mich sein schmutziger Overall mit Öl, doch es war mir egal. So viele tolle Nachrichten an nur einem Tag – es war wohl wirklich mein Giorno Fortunato!
Nachdem wir mein Auto wieder sicher in meiner Garage untergestellt hatten, schrieb ich eine Nachricht an Sofia, dass ich zu ihr in den Club kommen würde und sie mich und

zwei Begleitungen auf die Gästeliste schreiben solle. Anschließend rief ich Pierino an und teilte ihm mit, dass wir ihn um neun Uhr abholen kämen. Ich war gespannt, ob er noch immer so spontan war!
Er sagte lediglich „Ok" und gab mir seine Adresse durch. Womöglich hatte er noch immer keine neue Wohnung gefunden und ihm fiel zuhause auch einfach die Decke auf den Kopf.

Ich erzählte Toni von Pierino und wie ich ihn kennengelernt hatte und auch, dass er mich und Vittoria nach Verona begleitete.
„Scheint ein netter Kerl zu sein. Aber er hat dir sicher nur geholfen, weil er etwas von dir will …", antwortete Toni.
Natürlich dachte auch er, wie alle Männer, immer nur an das Eine. Da ich von ihm und Vittoria wusste, Toni aber nichts davon erzählte, dachte ich mir einfach meinen Teil dazu und nickte zustimmend. Toni war zufriedengestellt und ich musste nicht erklären, wieso ich den beiden beim Sex zugesehen habe.
Nachdem ich ein paar leckere Conchiglie con Zucca e Ricotta für Toni und mich gekocht hatte und wir erneut mit einem feinen Glas Rotwein auf unser gelungenes Wiedersehen angestoßen hatten, machten wir uns auf den Weg in den Club. Pierino wartete schon vor der genannten Adresse und stieg verwundert in Tonis Wagen ein. Ich hatte ihm nicht erzählt, dass er uns begleiten würde, doch dafür hatte ich bei der Hinfahrt noch ausreichend Zeit.

„Wow, du bist tatsächlich der Sänger von Jacopo?!", sagte er völlig überfordert. „Du hättest mir ruhig sagen können, wer dein Ex ist …"

„Hier ein Rocker, da ein Künstler und zwischendurch ein Schauspieler … ich wollte dich nicht unnötig unter Druck setzen", sagte ich draufgängerisch und wir lachten alle amüsiert.
Ich fühlte mich ganz unbeschwert und meine Gedanken hingen nicht mehr nur bei Vito. Natürlich dachte ich an ihn, ich brachte ihn ja nicht aus meinem Herzen hinaus, aber ich hatte kein beklemmendes Gefühl mehr dabei.
Irgendetwas in mir hat sich losgelöst.

Sofia begrüßte uns erfreut und als Francesco sah, dass Toni meine Begleitung war kam er direkt zu ihm und umarmte ihn freundschaftlich. Er war ihm nicht mehr böse wegen der Absage, da hatte sich Toni ganz umsonst gesorgt. Francesco lud uns alle ein, den Abend auf seine Kosten zu trinken. Wir nahmen das Angebot gerne an und verbrachten eine unglaubliche Zeit miteinander. Pierino und Toni verstanden sich ausgezeichnet. Er wollte alles von ihm wissen und Toni genoss die Aufmerksamkeit, obwohl sie ausnahmsweise einmal von einem Mann kam. Nicht das er Pierino gefiel, aber wie oft im Leben traf man denn schon jemanden, der wirklich berühmt war? Offensichtlich hatte sich auch Pierinos Leben drastisch verändert, seit er mich kannte.
Ich beobachtete die beiden zufrieden und war ganz entspannt. Klar fand ich es damals toll, die Freundin von Toni zu sein, aber es spielte für mich nie eine Rolle, ob er erfolgreich, bekannt oder wie ich vermutete wahrscheinlich stinkreich war. Ich mochte Toni einfach, weil er ein wirklich sympathischer Mensch war und sich mir gegenüber immer sehr lieb verhielt. Zudem war er dermaßen sexy, dass es überhaupt nicht von Bedeutung war, womit er sein Geld verdiente.

Als Sofia wieder einmal hektisch an mir vorbeihuschte packte ich sie am Arm und bestellte ihr einen Drink an der Bar.

„Du machst jetzt mal fünf Minuten Pause!“, befahl ich ihr streng.

„Nein, ich muss noch hier und dort auch noch …“, brabbelte sie überanstrengt.

„Du musst jetzt Pause machen“, sagte ich und setzte sie gegen ihren Willen auf einen Barhocker, bevor ich ihr einen Tequilashot in die Hand drückte.
Es gab wohl nichts Ekligeres, als diesen mexikanischen Agavenbrand, aber manchmal brauchte man genau das, um herunterzukommen.

„Was hattest du denn gestern für einen Notfall?“, fragte ich.

„Notfall? Was denn für ein Notfall?“, fragte sie verwundert.

„Dieser Gabriel sagte mir du hattest einen Notfall und er würde mich dafür sicher nach Hause bringen …“, erzählte ich.
Sofia lachte darüber als berichtete ich ihr von ein paar Marsmenschen die den Hula-Hoop tanzten.

„Dieser Gabriel wollte dich wahrscheinlich auch gerne nach Hause ins Bett bringen. Aber mal ehrlich, er war sicher kein Schweizer und er war definitiv zu klein …“, sagte sie und lachte noch immer wegen der Erinnerungen an die vergangene Nacht.

„Aber er war ganz lustig und nett …“, sagte ich und versuchte mir erneut sein Gesicht vor mein inneres Auge zu rufen, doch ich hatte längst vergessen wie er aussah.

„Wo warst du denn?“, fragte ich erneut.

„Ich habe gesehen, dass du Antonio getroffen hast und ich wollte nicht das dritte Rad am Wagen sein. Zudem brauchte Francesco dringend meine Hilfe hier im Club und da du dich ohnehin so gut unterhalten hast, dachte ich, ich störe dich nicht. Ich kenne dich, du wärst sicher mit mir gegangen und dabei wolltest du doch unbedingt einen tollen Abend haben. Ich hoffe das hattest du auch …“, erzählte Sofia geschwind.

„Das hatte ich wirklich!“, sagte ich und drückte sie lieb. Sofia war meine italienische Arianna.

Da fiel mir plötzlich ein, dass ich mich viel zu lange schon nicht mehr bei ihr gemeldet hatte. Was wenn ihr Kind schon auf der Welt war? Aber dann hätte sie mich sicher angerufen! Ich war so sehr mit meinen Männern beschäftigt, dass ich total vergaß, dass es auf der Welt auch noch etwas anderes gab.

Sowas wie sehr, sehr gute Freunde.

# XVII

Glücklicherweise führten wir eine jener seltenen intakten freundschaftlichen Beziehungen, in der uns nie die Gesprächsthemen ausgingen, ganz egal, wie lange wir uns nicht sehen oder miteinander sprechen konnten!
Wir hatten noch keine zehn Sekunden telefoniert, klärte mich Arianna über die Namenswahl für ihr Baby auf.

„Was hältst du von Filippa, wenn es ein Mädchen wird, oder von Luca, für einen Jungen?"

„Deine Auswahl ist sehr italienisch! Mir gefallen beide Namen ausgezeichnet!", sagte ich und lächelte zufrieden.
Der Italienischkurs, die Hochzeit am Lago Maggiore und jetzt das. Mein Fanatismus für Italien hatte unübersehbar auf Arianna abgefärbt.

Wie sie erzählte machte ihr das Ende der Schwangerschaft nun doch zu schaffen. Ihr Rücken schmerzte und ihre Beine waren angeschwollen, weshalb ihr Gynäkologe ihr riet, sich zu schonen und möglichst viel zu liegen und ihre Beine hochzulegen. Es sollte eigentlich keine allzu große Herausforderung sein, doch wer Arianna kennt, weiß, dass sie selten für zehn Minuten ruhig bleiben konnte.

„Wie ist dein Leben, Kleines? Ich vermisse dich so sehr. Wieso kommst du nicht nach Österreich und leistest mir Gesellschaft?", fragte sie weinerlich.
Wer war ich, einer Schwangeren einen Wunsch abzuschlagen? Höchstwahrscheinlich der Teufel in Person.

„Momentan ist es unerwartet turbulent … Ich habe nach Vito gesucht und ihn auch gefunden", erzählte ich.

Dabei saß ich völlig verkrampft auf meiner Couch und umarmte einer meiner Polster.

„Ich wusste nicht, dass du nach ihm suchst. Warum? Du weißt, dass sich dieser Bastard einfach aus dem Staub gemacht hat …!", sagte sie aufbrausend.

„Neulich traf ich auf Vittoria. Sie ist schwanger, ungefähr im sechsten Monat. Das Kind ist von ihm …", berichtete ich ungeachtet dessen weiter.

Arianna war meine beste Freundin und ich schätzte sie gerade wegen ihrer Art, die Dinge direkt beim Namen zu nennen, weshalb ich aber in jenem Augenblick wahnsinnige Panik davor hatte ihr von meinem Erlebnis mit Vito zu erzählen. Ihre Meinung konnte sehr ernüchternd sein und ich wollte nicht, dass jemand meine rosige Illusion davon, dass Vito und ich vielleicht doch noch in irgendeiner Dimension zusammen sein könnten, zerstörte.

Auch wenn es dieses viel umschriebene glückliche Ende nur mehr für ein Prozent der sich hoffnungslos liebenden Paare gab. Wieso sollte ich nicht zu dieser verschwindend kleinen Minderheit gehören?

Wenn in der Liebe nichts unmöglich war, dann wohl auch nicht, dass Vito sich doch noch für mich entscheiden könnte …

Das Wiedersehen mit Toni weckte in mir enthusiastische Gedanken, wie ich sie längst vergessen habe. Ich hatte mich nicht mal mehr getraut an so etwas Positives, wie ein Lieto Fine, zu denken.


„Wow … Noch ein Kind …", sagte sie nachdenklich, „mit Vittoria … Also kommt er zurück an den Lago?"

„Ich habe keine Ahnung. Unser Wiedersehen war incredibile, Arianna. Er ist unglaublich. Wenn ich bei ihm bin, fühle ich mich großartig, aber er weiß einfach nicht was er will. Ich glaube, er will kein ruhiges Leben mit nur einer einzigen Frau führen. Trotzdem bin ich überzeugt, dass er mich doch irgendwie mag. Meinst du es lohnt sich, um ihn zu kämpfen?", fragte ich steif.

„Wenn ich ehrlich sein soll …", begann sie einen Satz zu formulieren und stoppte mittendrinnen. Ich wartete gespannt auf ihre Antwort. Minuten vergingen.

„Arianna, ist alles ok? Bist du noch da?", fragte ich nachdem sie eine viel zu lange Zeit über nichts gesagt hatte.

„Ja, sorry. Heute zieht es an allen Ecken und Enden. Diese Langeweile macht mich fix und fertig!", antwortete sie.

„Also …?!", fragte ich so gespannt wie ein Bogen, der kurz davor stand einen Pfeil loszuschießen.

„Er ist offensichtlich deine grande Amore. Wir haben uns zwar seit einer Ewigkeit nicht gesehen, ich weiß kaum mehr wie du aussiehst, aber ich spüre deine Energie, wenn du über ihn sprichst. So hast du bisher noch über keinen Mann geredet. Du bist auch noch keinem nachgereist, nur um dich mit ihm auszusprechen. Aus den Augen, aus dem Sinn – trifft deine Denkweise eher. Aber die große Liebe gibt es, denke ich, nur einmal im Leben …", sagte sie aufrichtig.

Als Folge des gelassenen Feedbacks atmete ich erleichtert auf. Ich hatte mir ein härteres Urteil von ihr erwartet. Arianna war bestimmt keine Frau, die einem Mann unnötig hinterherrannte. Doch auch sie hatte um ihren Marco gekämpft und jetzt standen sie kurz davor eine Familie zu werden. Es hatte sich also auch für sie gelohnt, um ihre Beziehung zu kämpfen und wenn ich mich recht erinnere, habe ich ihr sogar damals dazu geraten alles für ihren Marco zu tun, um ihn zurückzugewinnen.

„Er meinte, er brauche Zeit. Arianna, ich habe keine Ahnung was er damit meint. Wie lange soll ich auf ihn warten? Vielleicht bin ich irgendwann alt und grau und wenn er dann endlich merkt, dass er bereit dafür ist, bei mir zu sein, will er mich nicht mehr …", sagte ich aufgelöst, während Arianna amüsiert lachte.

„Naja, so viel Zeit wird er sich hoffentlich dann doch nicht nehmen. Aber wenn er deine große Liebe ist und du auch seine, wird es früher oder später klappen. Bis dahin, genieß dein Leben. Geh aus. Flirte. Tanze. Liebe!", sagte sie weise.

Anschließend berichtete ich ihr von meiner letzten Partynacht in Locarno, wo ich Toni getroffen hatte. Dabei merkte ich, wie fasziniert Arianna am anderen Ende der Telefonleitung an meinen metaphorischen Lippen hing. Obwohl ich sie nicht sehen konnte, stellte ich es mir bildhaft vor, wie gespannt sie vor ihrem Handy saß.

„Meine Güte … Ich vermisse alles an meinem alten Leben!", sagte sie spöttisch und seufzte. „Wie blöd hört sich das an?", fragte sie und hielt sich ihr Kissen vors Gesicht, sodass ihre Stimme ganz dumpf klang.

„Überhaupt nicht. Ich kann mir gar nicht vorstellen, was für eine Umstellung das alles für dich ist", sagte ich liebevoll.

„Du hast eine großartige Beziehung und führst ein sagenhaftes Leben. Aber es ist im Moment gerade völlig anders, als meines …", fügte ich nachdenklich hinzu.
Obwohl ich mir letzteres bereits unzählige Male gedacht habe, hatte ich es nie deutlich vor Arianna zur Sprache gebracht.

„Mein Leben ist nicht besser wie deines. Es ist eben anders. Ich hoffe wir kommen irgendwann wieder an denselben Punkt. Spätestens, wenn sich Vito endlich für dich entschieden hat!", sagte sie optimistisch.
Ich lächelte sanft und nickte zustimmend.

„Wie lange hast du denn jetzt noch bis zur Geburt?", lenkte ich unser Gespräch auf ein erfreulicheres Thema.

„Zwei, drei Wochen …“, sagte sie gelassen.
Stünde ich so kurz vor meiner Entbindung, wäre ich möglicherweise etwas mehr in Furcht. Aber da ich nicht schwanger war, nicht ausschließlich von Hormonen gesteuert wurde und keine Ahnung davon hatte, wie es sich anfühlte nur mehr wenige Wochen allein zu sein, stellte ich es mir vielleicht auch angsteinflößender vor, als es tatsächlich war.

„Wenn du eine Abwechslung brauchst, komm mich besuchen!“, sagte sie. Aber ihr Unterton hörte sich an, als würde sie darum betteln.

„Oder du kommst zu mir!“, sagte ich und lachte, „Du willst schließlich eine kleine Italienerin zur Welt bringen. Oder vielleicht auch einen Mini-Dongiovanni!“

„Hör auf! Nein, nein. Mein Kind wird ganz gelassen, ruhig und wenn es ein Mann wird, werde ich hoffentlich die einzige Frau in seinem Leben sein. Stell dir bloß die ganzen potenziellen Schwiegertöchter vor! Desaströs …“, sagte sie höhnisch.
Hoffentlich bekam sie den Frauen gegenüber, die ihr Sohn mit nach Hause bringen würde, nicht auch so eine strenge Haltung wie Grazia sie mir gegenüber hegte.


Noch am selben Tag schnappte ich mir Lappen und Putzeimer und begann damit, das kleine Zimmer in der Dachgaupe auf Vordermann zu bringen. Es war komplett verstaubt, doch nachdem ich aufgeräumt hatte, erstrahlte es in neuem Glanz.
Vitos Gemälde an den Wänden und an der Decke faszinierte mich jedes Mal von neuem. Davon inspiriert schnappte ich mir meinen Laptop, setzte mich hinein und begann planlos meine Gedanken niederzuschreiben. In den letzten Wochen habe ich massenhaft Eindrücke gesammelt, die ich verarbeiten musste.

Die Versöhnung mit Vittoria und die Tatsache, dass sie ein Kind von dem Mann meines Lebens erwartete.

Das Gespräch mit Grazia und die Offenbarung, dass sie meine Bücher gut fand.

Der Flirt mit Toni und seine Art für mich da zu sein, obwohl wir nicht mehr zusammen waren.

Die Entfernung zu Arianna und dass ich in dieser spannenden Zeit, die sie gerade durchmachte, nicht für sie da war und letztlich natürlich das Wiedersehen mit Vito.

Die Intimität, die wir erlebten, die Energie die er mir gab und seine Bitte, ihm mehr Zeit zu lassen.

Ich hatte das Gefühl, dass in den letzten drei Wochen mehr passierte, als in den vergangen sechs Monaten zusammen. Was offensichtlich daran lag, dass ich mein Leben wieder in die Hand genommen habe. Denn das Leben war eigentlich vollkommen, wenn man gewillt war, es zu leben und nicht nur dabei zusah wie es vorüberging.

Bis ich eine Pause einlegte und einmal auf die Uhr auf meinem Laptop schaute, waren bereits sechs Stunden vergangen. Eine zu lange Zeit ohne Koffein und ohne einen Toilettengang. Ich sicherte meine Arbeit und staunte, dass ich mehr als hundert Seiten geschrieben hatte. Klar war es nur eine Rohfassung, eine Ansammlung von Gedanken, doch ich war schon gespannt worum es eigentlich ging, wenn ich es das erste Mal durchlesen würde. Ich war so inspiriert, wie lange nicht mehr. Anschließend setzte ich mich erleichtert aufs Klo und rief meinen Verleger an. Der freute sich nicht nur zu erfahren, dass ich noch existierte, sondern vor allem davon zu hören, dass ich endlich an einem neuen Buch arbeitete. Ich erklärte meine lange Sendepause damit, dass ich auf Recherche war, womit er sich ganz einfach zufriedenstellen ließ. Ich checkte ein paar weitere Mails und Nachrichten. Es war keine von Vito dabei. Obwohl ich seine neue Nummer besaß, hatte ich Bammel davor, mich bei ihm zu melden. Was, wenn er nichts von mir hören wollte?

Beinhaltete seine Bitte um Zeit auch eine Funkstille? Diesbezüglich besaß ich keinerlei Routine, aber ich sendete ihm dennoch eine kurze SMS, in der ich mich nach seinem Wohlbefinden erkundigte. Vielleicht saß er ja trübselig in seiner Wohnung in Verona und dachte unaufhörlich an mich.

Es war mittlerweile Abend geworden, die Sonne war längst untergegangen und es wurde allmählich stockdunkel draußen. Ich zog mich warm an und entschied mich dafür einen Spaziergang zu machen. Von der vielen Arbeit am Computer rauchte mein Kopf. Ein bisschen frische Luft konnte demnach nicht schaden, um den Qualm zu vertreiben. Das Wetter war zu rau, um an den See zu laufen, weshalb ich einen anderen Weg auswählte, den ich schon lange nicht mehr gegangen war. Er führte in nur wenigen Minuten nach Traffiume und endete ganz in der Nähe von Vittorias Haus. Wir haben uns seit unserer Rückkehr aus Verona nicht mehr gesehen und auch nicht mehr miteinander gesprochen. Möglicherweise hat sie sich nicht gemeldet, weil sie noch immer sauer war, dass Vito sich mehr für mich, als für ihr Kind interessierte. Mir war es noch immer unangenehm, weil ich so viel nackte Haut von ihr gesehen habe. Der Vorfall, sie und Pierino vom Bad aus beobachtet zu haben, hing noch immer in meinen Gedanken fest. Trotzdem interessierte es mich wie es ihr ging, also klingelte ich ganz ungeniert bei ihr.

Ihre Mutter öffnete mir die Türe und begrüßte mich freundlichst, obwohl sie augenscheinlich erneut überhaupt keine Ahnung hatte, wer ich war. Sie stand wie immer etwas neben sich, aber das gehörte zu ihrem liebreizenden Charakter.

„Vittoria c'è?", fragte ich, während sie mich ins Haus bat. Vittoria war nicht nur zuhause, sie hatte sogar schon Besuch. Pierino war da und spielte am Boden ein Brettspiel mit Alessandro, während sie auf der Couch saß und ihre Beine hochlagerte.

Ich klopfte auf den hölzernen Türrahmen, der in das Wohnzimmer führte, um meine Anwesenheit zu verkünden.

„Laura, Laura, ciaooo!", quickte der kleine Alessandro erfreut, lief auf mich zu und umarmte meine Beine. Entzückt wuschelte ich dem kleinen Ganoven durchs Haar. Pierino sah mich verlegen an und Vittoria winkte mir schlapp zu.

„Geht's euch gut?", fragte ich und setzte mich zu ihr aufs Sofa.

„Alessandro wollte unbedingt mit Pierino spielen, deshalb ist er hier …", antwortete Vittoria eilig.

„Schön …", antwortete ich und schüttelte meinen Kopf verwundert, da ich überhaupt nicht danach gefragt hatte. Es ging mich ja auch nichts an, wo Pierino war und was er machte, aber es war zu erwarten, dass er nicht nur wegen Alessandro gekommen war.

„Und wie geht es dir?", fragte ich nochmals deutlich.

„Wie soll es mir schon gehen …", antwortete sie bockig.

„Hat er sich bei dir gemeldet?", fragte ich weiter und ignorierte ihre kratzige Art.

„No … Idiota!", sagte sie mürrisch und schaltete wieder völlig auf Durchzug.

„Bist du noch immer wütend auf mich?", fragte ich deshalb direkt.

„Hat er sich bei dir gemeldet?", stellte sie mir eine Gegenfrage.

„Nein“, antwortete ich.

„Ho le tasche piene di lui!“, seufzte Vittoria, um zu verdeutlichen, dass ihr das Theater langsam bis zum Himmel stank. „Egal wieviel du von ihm hältst, er ist einen Dreck wert. Ich schere mich nicht mehr um Vito, aber dass er Alessandro dermaßen im Stich lässt, zeigt seinen wahren Charakter!“

Das Vittoria kein gutes Bild mehr von Vito hatte, war offensichtlich. Ich sah mich verlegen um und schaute Alessandro dabei zu, wie er ganz unbeschwert mit Pierino spielte. Er lachte fröhlich und umarmte ihn, als würden sich die zwei schon lange kennen. Alessandro war ein sehr offenherziges Kind und überhaupt nicht schüchtern oder zurückhaltend. Er freute sich auch immer sehr mich zu sehen, obwohl ich ihn selbst noch nicht oft und wenn dann meistens zusammen mit Vito traf. Es war komisch zu sehen, wie sorglos alles für ihn war. Es machte den Anschein, als bekäme er es gar nicht wirklich mit, dass sein Vater nicht hier war und sich nicht um ihn kümmerte. Die Narben dieser Trennung kämen vermutlich erst zum Vorschein, wenn er größer wird und versteht, dass er im Stich gelassen wurde. Wir konnten nur hoffen, dass Alessandro kein ebenso gestörtes Verhältnis zu den Frauen bekam, wie es sein Vater hatte.

„Pierino und Alessandro verstehen sich ja prächtig …“, sagte ich und wippte meine Augenbrauen anspielend auf und ab.

„Comunque sia …“, sagte sie und spielte weiter die Unnahbare.

Es war lustig mit anzusehen, wie sie versuchte zu verstecken, dass sie Pierino doch auch irgendwie gernhatte.

„Wann ist Tonis Feier?“, fragte Pierino wie aus dem Nichts.

„Toni? Welcher Toni?", fragte Vittoria interessiert und setzte sich aufrecht hin.

„Welche Feier?", fragte ich zerstreut.

„Lauras Ex. Er ist der Sänger von Jacopo, wusstest du das?", antwortete Pierino nichtsahnend. Ich hatte ihm nicht erzählt, dass Toni und Vittoria auch einmal ein Paar waren.

„Toni? Er ist hier?", sagte sie verblüfft und schaute mich ungeduldig an.

„Wir waren gestern zusammen im Beachclub. Ein herrlicher Typ. Du würdest ihn bestimmt mögen!", sagte er und grinste cool.

Mit seiner Brille sah er dabei aus wie ein naiver kleiner Schuljunge, der gerade von einem seiner Streiche erzählte.

„Toni ist auch mein Ex", sagte Vittoria eingeschnappt. Pierino schaute zu mir und ich nickte ganz salopp.

„Na … ihr habt ja wirklich denselben Geschmack!", er lachte galant und versuchte damit das brisante Thema zu verharmlosen.

„Was für ein Fest meinst du?", fragte ich nochmals interessiert.

„Toni hat mir erzählt, dass er bald Geburtstag hat und da er noch solange hier ist, hat er mich eingeladen. Ich dachte er hätte es dir sicher auch erzählt …", berichtete Pierino, der noch immer sichtlich stolz über seine neueste freundschaftliche Errungenschaft war.

„Nein, das hat er nicht erwähnt …", sagte ich gleichgültig. Anscheinend war ich keiner seiner aktuellen guten Freunde, die er auf seiner Geburtstagsparty dabeihaben wollte, obwohl er faszinierend schnell eine Einladung an Pierino verteilt hat.

Aber ich war ja nicht eifersüchtig oder neidisch.

„Mamma, wann gehen wir mal wieder zu Nonna Grazia und zu Zio Antonio?", klinkte sich nun auch Alessandro in die Unterhaltung ein.

„Wir … Ähm … Keine Ahnung mein Schatz“, antwortete Vittoria verlegen. „Du hast lange nicht nach ihnen gefragt …“

„Ist Babbo auch dort?“, fragte er weiter und sah sie mit seinen unschuldigen, fröhlichen Kinderaugen begierig an. Vittoria schossen blitzartig ein paar Tränen in die Augen, weswegen sie aufstand und den Raum verließ. Pierino folgte ihr und ließ mich mit Alessandro allein.


„Wieso ist Mamma immer so traurig, wenn ich nach Papà frage?“, schaute mich der kleine Kerl unwissend an. Gedanklich jonglierte ich ein paar mögliche Antworten hin und her. Was sollte ich einem kleinen Kind denn schon erzählen? Sollte ich ihn belügen oder war er schon reif genug dafür die Wahrheit zu ertragen?
War man dafür eigentlich jemals bereit?
„Dein Papà ist der Beste, den es gibt und er hat dich unendlich lieb. Sobald er nicht mehr so viel arbeiten muss, kommt er wieder zu dir. Du darfst nie aufhören, daran zu glauben, hörst du?“, sagte ich einfühlsam, während ich vor ihm kniete, um mit ihm auf Augenhöhe zu sein.


Er lächelte zufrieden, stand auf und drückte mich in eine feste Umarmung. Er war vom Spielen ganz heiß und roch so angenehm süß, wie nur ein Kind duftete.
Dann löste er die Umarmung, stellte sich stramm vor mich hin und zog lustige Grimassen. Dabei kicherte er verspielt und überlegte sich wohl schon, was für einen Unfug er als nächstes anstellen konnte. Ich beobachtete ihn verträumt bei seiner Blödelei.
In seinen Augen sah ich Vito …

# XVIII

Am nächsten Tag läutete es ganz unerwartet an meiner Haustüre. So energisch klingelte eigentlich nur Arianna, oder möglicherweise ein Angestellter eines Paketdienstes, der kurz davor war sich in die Hose zu machen. Ein übriggebliebener Funke der Hoffnung dachte sogar kurz, es könnte vielleicht ja auch Vito sein, der eine unverhoffte Eingebung hatte und zu mir zurückkommen wollte. Als ich mich der Türe näherte, vernahm ich zwei Schatten, die davorstanden. Einer davon hämmerte mit den Fäusten ungeduldig dagegen.

Nachdem ich den Schlüssel umgedreht hatte, eilte Arianna an mir vorbei und verschwand blitzschnell auf der Toilette. Ich schaute ihr nach, bis sie die Türe so fest hinter sich zu knallte, dass die Wände in meinem Haus gewackelt haben. Anschließend drehte ich meinen Kopf wieder in die entgegengesetzte Richtung, wo Marco noch immer auf meiner Türschwelle stand und wartete. In der linken Hand hielt er einen großen Koffer, in seiner rechten eine kleinere Reisetasche.

„Hallo Laura!", sagte er verlegen bevor er mich umarmte, „Arianna wollte dich unbedingt sehen …"

„Schön, dass ihr da seid! Ich habe nicht mit eurem Besuch gerechnet …", antwortete ich.

„Ach, ihr könnt von Glück reden, dass euch kein Klops direkt auf die Blase drückt!", sagte Arianna, nachdem sie ihre Notdurft verrichtet hatte und wieder zu uns kam.

Ich eilte ihr entgegen und drückte sie so fest es ging und so nahe wie es möglich war an mich heran. Ihr Bauch war in natura noch viel imposanter als auf den Fotos. Als wir uns umarmten, fühlte es sich an, als stünde da noch jemand zwischen uns. Bei uns beiden lösten sich zeitgleich ein paar Tränen der Freude. So sehr haben wir uns gegenseitig gefehlt!

„Du bist verrückt, in deinem Zustand zu reisen!", sagte ich mit einer weinerlichen Stimme.

Trotzdem konnte ich nicht aufhören ganz fanatisch zu lächeln. Ich freute mich einfach unglaublich darüber, Arianna bei mir zu haben. Sie sah ganz verändert aus. Vollkommen anders als auf den Bildern, die sie mir in den letzten Monaten geschickt hatte. Inzwischen hatte ihr sonst so zierlicher Körper ringsum an Volumen zugelegt. Die paar Extrakilos standen ihr ausgezeichnet. Aus der durchtrainierten Sexbombe, die ich in Erinnerung hatte, entwickelte sich in den letzten neun Monaten tatsächlich eine solide, bodenständige Mutterfigur. Es war verblüffend! Sie sah absolut glücklich aus.

„Wem sagst du das? Ich konnte sie aber einfach nicht davon abhalten …", sagte Marco besorgt.

„Ich bin schwanger und nicht krank! Zudem wäre ich auch ohne dich gefahren!", trat sie ihm streng entgegen.

„Als würde ich dich jetzt noch aus den Augen lassen!", sagte er lieb zu ihr und streichelte sie dabei am Bauch. „Ich kann es kaum erwarten, bis wir endlich zu dritt sind!"

„Marco weicht mir wirklich nicht mehr allzu lange von der Seite. Ein Wunder, dass er mich noch alleine auf die Toilette gehen lässt …", sagte sie sarkastisch.

Er grinste sie bübisch an und winkte ihre arrogante Bemerkung mit einer Hand beiseite. Wir befanden uns mittlerweile in meinem Wohnzimmer, wo Marco sich ganz entspannt auf der Couch zurücklehnte. Auch er schien wenig besorgt und überhaupt nicht ängstlich zu sein, obwohl sie nicht wussten, wie sehr sich ihr Leben vermutlich verändern würde, sobald das Baby erstmal auf der Welt war.

„Hast du schon was von ihm gehört?", fragte Arianna neugierig und setzte sich im Schneidersitz zu Marco auf den Divan.

„No …", antwortete ich, machte ein trauriges Gesicht und verschwand in der Küche.

„Hab' Geduld!", rief Arianna mir hinterher.
Wenn es etwas gab, das ich im Moment am allerwenigsten besaß, dann war es die Fähigkeit geduldig zu sein …

Eigentlich wollte ich meine Gäste mit frischem Kaffee und einem leckeren Essen verwöhnen, doch in meiner Vorratskammer und in meinem Kühlschrank herrschte seit meinem umfangreichen Frühstück mit Toni gähnende Leere. Wir überlegten nicht lange und machten einen Abstecher ins Caffè e Dolce.
Sofia und Arianna hatten sich zum letzten Mal gesehen, als sie am Lago Hochzeit feierte, dementsprechend groß war deren Gelächter, als wir bei Sofia eintrafen. Sie lud uns zu diesem freudigen Anlass zum Einkehren in ihr Lokal ein. Auch Sofia bestaunte Ariannas riesigen Bauch und bestätigte meine Meinung, dass sie blendend aussah. Wir starteten unsere Genussreise zuerst mit ein paar köstlichen Pasti und schlürften dazu die besten Cappuccis rund um den Lago Maggiore. Mit der Zeit füllte sich Sofias kleines Baretto und auch Pierino kam ganz unverhofft vorbei und setzte sich zu uns. Seine anfängliche Schüchternheit gegenüber neuen Leuten verflüchtigte sich, nachdem er sich dieses Mal mit Marco eine Flasche Vino teilte und diese in Windeseile leer war. Es war zwar noch nicht einmal Mittag, aber in Italien fing man ohnehin früher oder später damit an, das Leben zu genießen. Wieso also nicht schon jetzt?
Die Männer hatten ihren Spaß. Es war aber nicht zu übersehen wie gerne Arianna auch einen kleinen Schluck probiert hätte. Irgendwann klingelte Pierinos Telefon und

vibrierte ganz aufdringlich in seiner Tasche, die er zwischen uns auf der Sitzbank abgestellt hatte. Er redete anfangs etwas lallend mit jemandem, saß aber sehr schnell wieder stocksteif da und bestellte denjenigen schlussendlich ebenfalls zu uns in Caffè e Dolce. Nachdem er aufgelegt und sein Telefon in seiner Handtasche verstaut hatte, sah ich wie ein niedliches Lächeln sein Gesicht verzierte. Als er merkte, wie genau ich ihn anschaute sagte er:

„Ich habe eine Verabredung mit Vittoria!" Dabei lächelte er ganz verliebt, wenn er ihren Namen aussprach.

„Was du nicht sagst …!", sagte ich mit einem anzüglichen Unterton in der Stimme, „Ihr seht euch ja ziemlich oft …", fügte ich provokativ hinzu.
Pierino nickte verlegen und steckte seine Nase wieder in seinen Bottich. Nachdem Arianna mir mehrmals versicherte, dass sie kein Problem damit habe, wenn ich mir ebenfalls ein Gläschen gönnte, schloss ich mich der Weinrunde an. Natürlich spürte ich nach einem Glas schon wieder eine andeutungsweise Trunkenheit.

Ich konnte es noch gar nicht glauben, dass Arianna wirklich hier war, dass sie den weiten Weg auf sich genommen hatte, um mich zu sehen. Sie war wirklich eine gute Freundin! Ich bekam ein schlechtes Gewissen, weil ich mich so wenig um sie gekümmert hatte. Auch um meine Familie hatte ich mich wenig geschert. Seit meinem Umzug hatte ich auch sie kein einziges Mal besucht, geschweige denn eine Einladung für sie ausgesprochen, zu mir zu kommen. Das wollte ich erst machen, wenn ich einen Partner an meiner Seite hatte, mit dem ich prahlen konnte. Aber ich war glücklich mit den Menschen am Tisch zu sitzen, die gerade da waren. Es fehlte mir lediglich ein nettes, vertrautes Gesicht zur vollkommenen Glückseligkeit. Voller guter Hoffnungen wagte ich einen Blick auf mein Telefon, doch noch immer hatte mir Vito nicht geantwortet. Es war aber auch möglich, dass er seine Nummer schon wieder geändert hatte und erneut in eine vollkommen andere Stadt gezogen war. Ich übte mich weiterhin im Geduldigsein, hätte aber noch immer jede andere Tugend bevorzugt …

Ungefähr eine halbe Stunde später kam Vittoria zu uns ins Caffè e Dolce. Sie war sehr verwundert darüber, dass wir alle mit Pierino am Tisch saßen. Ich war gespannt, ob sie noch immer so täte, als liefe zwischen ihr und Pierino nichts. Die beiden begrüßten sich sittenhaft und auch sie lächelte, als sie sich ganz dicht neben ihn setzte. Mit Arianna hatte sie jede Menge zu bereden, befanden sich die beiden ja im selben Zustand. Weil ich mich von ihnen ausgeschlossen fühlte, schloss ich mich Pierino und Marcos Debatte an, doch leider war mein Interesse für Fußball auch nicht groß.
Dass die Welt ein kleines Dorf war, wurde wieder ganz offensichtlich, als auch noch Toni zusammen mit Francesco im Caffè e Dolce auftauchte und sie sich ebenfalls zu uns gesellten. Vor allem Marco und Pierino freuten sich außerordentlich Toni zu sehen. Marco und er verstanden sich schon immer ziemlich gut und für Pierino war Toni seine neu entdeckte Koryphäe. Ich hielt es noch immer nicht für ausgeschlossen, dass Vito jeden Augenblick zur Türe hereinkommen und mir einen leidenschaftlichen Kuss geben würde. Die Hoffnung diesbezüglich war zwar verschwindend klein, doch sie lebte noch.
Toni setzte sich neben mich, während Francesco bei Sofia hinter der Bar stand, wo sie sich hektisch küssten. Die beiden arbeiteten entschieden zu viel und hatten ein bisschen Zweisamkeit offensichtlich bitternötig. Wann hatten sie denn schon Zeit dafür Zärtlichkeiten auszutauschen?

Auch Vittoria und Toni haben sich freundlich begrüßt. Toni war offensichtlich erleichtert darüber, dass sich Pierino für sie interessierte. So war immerhin die Chance geringer, dass Vittoria wieder irgendwas im Schilde führte, um an ihn heranzukommen. Als die beiden so nebeneinandersaßen wurde aber eigentlich ganz deutlich, dass sie nicht nur optisch, sondern auch charakterlich ganz gut harmonierten.

Wir saßen auch den Rest des Tages gemütlich beisammen und Sofia brachte uns hie und da ein paar kleine Snacks. Sie servierte in ihrem Café keine Speisen, doch es reichte aus, um uns bei Laune zu halten. Den übriggebliebenen Appetit stillten wir mit Wein und mit unserer Fröhlichkeit. Arianna und Vittoria tranken Kräutertee und warfen mir ab und zu einen eifersüchtigen Blick zu. Wer hätte gedacht, einmal von jemandem der älter als sechzehn war darum beneidet zu werden, Alkohol trinken zu dürfen?
Zwischen Toni und mir war es inzwischen ganz ungeniert geworden. Wir verstanden uns wie zwei Freunde. Wir scherzten, lachten miteinander und ab und zu berührten wir uns versehentlich. Aber es war nicht mehr wie früher, wo mich jeder Kontakt mit ihm anmachte. Mittlerweile war es einfach gemütlich und nett bei ihm zu sein. Obwohl ich ihn nicht liebte, hielt ich viel von ihm. Vor allem merkte man ihm den ganzen Ruhm, den er eigentlich mit seiner Band und seiner Musik erlangt hatte, gar nicht an. Ich konnte es mir nur vorstellen, wie schwer es sein musste, dabei am Boden zu bleiben. Doch vielleicht lag es auch daran, dass wir ihn alle wie einen ganz normalen Menschen behandelten, dass er so gerne Zeit mit uns verbrachte.

„Ihr seid alle zu meinem Geburtstag eingeladen!", sagte er hochgestimmt, legte dabei einen Arm um meine Schulter und drückte seine Stirn an meine. Er lächelte zufrieden. Vor allem war er aber auch sehr betrunken.

„Überall wo ich bin, wo ich auch war, wen ich getroffen habe, warst auch du. Ich trage dich immer bei mir, meine Kleine", sagte er zärtlich und drückte mir einen zarten, aber rein platonischen Kuss auf die Lippen.
Ich lächelte geschmeichelt und meine Wangen röteten sich vor Verlegenheit. Obwohl wir nichts mehr miteinander hatten, war ich stolz darauf, dass Toni so über mich sprach. Arianna sah mich währenddessen entsetzt an und auch Vittoria rollte mit ihren Augen und schaute schnell weg, als ich ihre Reaktion sah.

„Zwischen uns läuft nichts!", sagte ich verteidigend.

„Zwischen uns läuft wirklich nichts. Leider!", bestätigte Toni und lachte heroisch.

„Gut …", antwortete Arianna besorgt, während Vittoria weiterhin nichts sagte und grimmig schaute.
Pierino hatte seine Hand inzwischen hinter ihrem Rücken um sie geschlungen und kraulte sie beruhigend. Wieso war sie noch immer eifersüchtig, wenn ich Toni so nahe war? Hatte sie etwa noch immer nicht mit ihm abgeschlossen? Nicht einmal jetzt, wo sie ihr zweites Kind von Vito bekam und endlich einen ehrlichen, netten Mann an ihrer Seite hatte? Sie konnte von Glück reden, dass Pierino ein so urteilsloser Mensch war. Er kannte ihre intrigante Vergangenheit nicht und möglicherweise sah die Welt durch seine ulkige Brille rosiger aus, als sie war!
Vielleicht war es aber auch mein Weltbild, das momentan ganz bleich war und wenn überhaupt nur Schwarz oder Weiß kannte …


Arianna fuhr mit Marco, Toni und mir nach Hause, wo wir uns ins Bett legten und ungefähr um fünf Uhr nachmittags beduselt einschliefen. Toni durfte auf der neuen, freundschaftlichen Basis, die wir zwischen uns geschaffen hatten, bei mir übernachten. Arianna bestand aber darauf, dass er sich das Bett mit Marco teilte, während sie sich zu mir legte und wir miteinander kuschelten. Sie war ohnehin geschlaucht und müde, weshalb sie nach ungefähr zwei Minuten einschlief. Ich lag ganz dicht neben ihr und erzählte ihr Geschichten vergangener Tage, während ich meine Hand ganz vorsichtig auf ihren Bauch legte. Plötzlich begann das Baby wie wild zu treten und damit vermutlich ‚Hallo‘ zu mir zu sagen. Erschrocken zuckte ich zusammen, während Arianna friedlich weiterschlief.

Ich war fasziniert davon, dass Kind auf diese Weise zu fühlen. Es war das erste Mal, dass ich es spürte und leibhaftig mitbekam, dass es existierte! Wie es sich wohl erst für Arianna anfühlte, wenn es so fest zutrat, wenn ich es von außen dermaßen stark spüren konnte?

Und wie musste es sich erst anfühlen, Mutter zu werden?

Ich hatte keine Ahnung davon. So unerfahren wie ich diesbezüglich war, stellte ich es mir vor, wie ein Ofen, in dem ein Brötchen backte. Dabei war es offensichtlich jede Menge mehr. Denn zu einem Brötchen hatte man keine Beziehung. Um ein Brötchen musste man sich nicht kümmern. Das Baby trat mich erneut und ich fühlte mit meiner Hand ganz fest wo es sich befand. Es fühlte sich an, als würde es mit seiner winzigen Hand oder seinem klitzekleinen Fuß mit mir spielen.

Es war kein Brötchen!

Es war ein lebendiger Mensch, der auf eine für mich völlig verrückte Art und Weise mit mir kommunizierte. Es fühlte sich überwältigend an. Man sagt ja, dass die Liebe, die man für ein Kind – sein eigenes Kind – empfindet, die einzig wahre, bedingungslose Liebe ist.

Die Liebe, die ich für Vito fühlte, war für mich die Spitze eines symbolischen, unübertrefflichen Eisberges. War es möglich, diese Liebe noch zu überbieten?

Nach ein paar weiteren Tritten gab es wieder Ruhe und ebenso friedlich wie Arianna und ihr Baby schlief auch ich endlich ein. Gedanklich freute ich mich bereits auf den kommenden Tag, an dem ich mit meinen Freunden in meinem wunderschönen Haus, das mitten im italienischen Piemont lag, aufwachen würde und ein neues Abenteuer beginnen konnte.

# XIX

Am nächsten Tag spannte Toni Marco mit Aufgaben ein. Er hatte noch jede Menge zu organisieren, denn Toni feierte seinen Geburtstag selbstverständlich im ganz großen Stil. Er wollte die Sause nicht bei seinen Eltern feiern. Wie er erzählte, würde seine Mutter sonst alles organisieren und dann wäre es eine ihrer Feiern und nicht mehr seine. Sie würde wie immer die ganze Verwandtschaft einladen und Toni hatte seine eigene Gästeliste im Kopf. Wären die Feierlichkeiten im Casa Zarello ausgetragen worden, wäre ich wahrscheinlich von der Gästeliste geflogen. Obwohl Grazia mich heimlich ja doch leiden konnte, war ich mir sicher, dass sie nicht offiziell zu ihrer Zuneigung mir gegenüber stehen würde.

Damit aber trotzdem alle, die er dabeihaben wollte, Platz hatten, mietete Toni das Ristorante seines Onkels. Sein Zio Graziano war ein hervorragender Koch und auch sein Lokal war überwältigend. Es war jenes umwerfende Ristorante, in das mich Toni bei unserem ersten Date ausgeführt hatte. Es lag im Hinterland und war zur Hälfte in den bereits bestehenden Felsen gebaut worden. So ein beeindruckendes Lokal habe ich bisher nirgendwo sonst gesehen.

Somit hatte ich endlich die Gelegenheit, Zeit alleine mit Arianna zu verbringen und musste mir ihre Aufmerksamkeit lediglich mit ihrem Ungeborenen teilen. Obwohl sie einen großen Koffer voll mit Klamotten dabeihatte, fehlte ihr offensichtlich das passende Outfit für Tonis Party. Sie hatte nicht damit gerechnet, dass das erste Event am Lago so schnell vor der Türe stehen würde. Es war schon viel zu lange her, dass Arianna bei Paolo war und wohin sollten wir sonst gehen, wenn wir ein schickes Kleid für einen Anlass wie diesen suchten?

„Meinst du Paolo hat auch Sachen in Übergröße?", fragte sie und schaute auf der Suche nach ihren Füßen auf den Boden.

Wenn sie so über ihren Bauch nach unten guckte, konnte sie ihre Zehen nicht mehr sehen.

„Wir finden bestimmt etwas Passendes …", versicherte ich, als wir auf dem Weg zu Paolos Boutique waren.

„Pierino wäre auch eine gute Partie gewesen weißt du? An der Quelle zu Paolos Kleidern. Nicht übel …", sagte sie, als wir Arm in Arm an der Promenade entlangliefen, um uns gegenseitig zu wärmen. So nahe am See wehte ein klirrend kalter Wind und es war nicht mehr zu verbergen, dass der Winter bald vor der Türe stand. Für uns Österreicher lag der Lago zwar im Süden, doch tatsächlich befanden wir uns noch immer im Norden Italiens, wo es im Winter auch nicht viel wärmer war, als in Österreich.

„Leider kommt für ihn bloß eine italienische Frau in Frage …", wiederholte ich nochmals scherzhaft und betonte die Aussage übertrieben satirisch.

„Arianna, che bella!", sagte Paolo, der entzückt war uns zu sehen. „Schau dich an, eine richtige Mamma, bellissima!" Er drückte sie in eine enge Umarmung und begutachtete ihren dicken Babybauch. Paolo war schon immer total vernarrt in Arianna, aber dieses Mal hatte ich das Gefühl, als gefiele sie ihm nochmal ein bisschen besser. Was war an schwangeren Frauen für Männer so faszinierend?

Ich nahm immer an, dass man als Frau dann unattraktiv war. Nicht wegen der Zunahme des Gewichtes, viel mehr deshalb, weil sich das Kind früher oder später einen sehr abschreckenden Weg aus dieser Frau heraus verschaffen musste. Nicht auszumalen, was für ein Massaker das sein musste. Aber an der Art, wie die Männer Arianna betrachteten und ihr hinterherschauten, und wie ich es auch schon bei Vittoria vernommen habe, beispielsweise wie versessen Pierino auf sie und ihren prallen Bauch war, musste etwas anderes dahinterstecken.

Möglicherweise war es das Wunder der Schöpfung, das den Männern so gefiel und sexuell vielleicht die großen, prallen Brüste, die eine schwangere Frau vor sich hertrug. Obwohl ich aktuell besser in Form war als Arianna, fühlte ich mich nicht annähernd so begehrt und schön, wie sie sich ganz offensichtlich fühlte. Sie präsentierte ihren Bauch stolz. Vor Paolo hob sie sogar ihr T-Shirt, um ihm ihren stupsen Bauchnabel zu zeigen, der sich vor lauter Dehnung nach außen gewölbt hatte. Nachdem er sie von oben bis unten begrabscht hatte – Italiener kennen diesbezüglich keine Tabus – wandte er sich schließlich mir zu und begrüßte mich weniger aufdringlich.

Ich konnte von Glück reden, neben Arianna überhaupt ein wenig Aufmerksamkeit zu bekommen. Wenn sie da war, drehte sich bei Paolo alles nur um sie!

„Laura, cara! Was hast du mit meinem Pietro angestellt?", fragte er und schaute mich kritisch an.

„Angestellt? … Ich habe nichts gemacht …", antwortete ich verwirrt.

„Ah! Sei nicht bescheiden! Du hast so schnell eine Frau für ihr gefunden. Bellissimo. Er hat sie mir noch nicht vorgestellt, aber er hat von einer Frau erzählt, die ihm völlig den Kopf verdreht hat. Pietro ist ein Mann, der sich immer so fieberhaft verliebt. Schön, dass du ihm helfen konntest, eine aufrichtige Frau zu finden, die es ehrlich mit ihm meint", erzählte er ganz erfreut.

Ich nickte verlegen und betete nochmals ein Vaterunser dafür, dass sich Vittoria auch tatsächlich keinen Spaß aus der Affäre mit Pierino machte. Immerhin kannte sie seine traurige Vorgeschichte mit seiner Ex und zudem konnte sie ja von Glück reden, einen Mann gefunden zu haben, der sie so mochte wie sie war. Mit allen Ecken und Kanten, die bei Vittoria äußerst spitz und sehr gefährlich sein konnten. Einen Mann, der akzeptierte, dass sie bereits zwei Kinder von einem anderen hatte. Das war nicht allgegenwärtig. Ich konnte nicht mal einen Mann finden, der bei mir blieb, obwohl ich Single war! Dazu war ich ehrlich und loyal und wollte vor allem für meine Mitmenschen nur das Allerbeste. Allein deswegen war ich ein ganz anderer Mensch als Vittoria.

Wieso kam ich mit meinen guten Charaktereigenschaften nicht so rasant vorwärts, wie sie? Lag es am Aussehen? War ich einfach nicht schön genug?

„Laura? C'è?", fragte mich Paolo, als er mir einen Espresso vor die Nase hielt und mich von meiner gedanklichen Exkursion zurück in die Realität holte. Wo kam plötzlich der Caffè her?

Ich hatte nicht mitbekommen, dass er weg gewesen war!

„Si … certo! Grazie. Wir brauchen neue Outfits für heute Abend, wir gehen auf ein Fest …", erzählte ich ihm, während er seinen Kopf schüttelte und seinen eigenen Espresso hinunterkippte.

„Sie denkt viel zu viel nach, diese Frau", sagte er zu Arianna als er sich von mir abwendete und auf sein Kämmerchen zusteuerte. „Zu viele Gedanken machen das Leben unnötig kompliziert …", fügte er lebenserfahren hinzu. Seine Stimme wurde immer undeutlicher, als er in seiner Kammer verschwand.

Wem sagte er das?

Doch wie sollte ich meinen Kopf abschalten?

Gab es einen Schalter dafür?

Wenn ja, wo war er?

Cazzarola!

„Da hat er nicht unrecht, Kleines!", bestätige Arianna seine Aussage, „Du grübelst viel zu viel. Denkst du schon wieder an ihn?"

„Ich dachte gerade an … etwas anderes", sagte ich und strich dabei mein eigenes T-Shirt über meinen flachen Bauch. „Aber, ich denke immer an ihn, klar!", fügte ich sehnsüchtig hinzu.
Sie schüttelte, wie ich es erwartet hatte, ebenfalls ihren Kopf in Verzweiflung und widmete ihre Aufmerksamkeit den Klamotten.
Obwohl ich mir unsicher war, welche Wirkung schwangere Frauen nun tatsächlich auf Männer hatten, wusste ich welchen Reflex sie bei anderen Frauen über dreißig auslösten.
Plötzlich fragte man sich, wo man in seinem eigenen Leben stand, welche Abzweigung man versäumt hatte und weshalb man nicht längst auf demselben Weg unterwegs war!


Paolo brauchte nicht lange zu suchen, um die passenden Utensilien zu finden, damit wir uns wieder wie zwei wunderschöne Principesse fühlten.

„Arianna, du solltest deiner Freundin helfen einen anständigen Mann zu finden!", sagte er indiskret, nachdem wir die heiße Designerware bezahlt und gerade unsere Jacken angezogen hatten, um wieder an die frische Luft zu gehen. Arianna lachte lediglich verschmitzt, da sie, wie ich sie kannte, keine Äußerung bezüglich Vito machen wollte, die mich wieder in ein Gefühlschaos stürzen konnte.
Paolo kam nochmals zu mir und nahm meine Hand. Er legte sie mit der Handfläche voraus auf seiner Brust ab, sodass ich seinen Herzschlag spüren konnte.

„Was für einen Mann suchst du denn? Was willst du im Leben, Laura?", fragte er mich und nahm mich mit seinem erfahrenen Blick unter die Lupe.

„Ich habe ihn eigentlich schon gefunden, aber er weiß nicht was er will. Er ist Italiener …“, antwortete ich so, als erklärte diese Aussage alles, was ich bisher mit Vito durchgemacht habe.

„Un italiano! Davvero?“, stöhnte er, „Dann ist es ganz einfach! Italiener sind stolz und zeigen nie direkt ihren weichen Kern. Come burro“, erzählte er uns vom butterweichen Innenleben der italienischen Ragazzi.
„Wir öffnen unser Herz nicht für jede Frau, nur für die Besonderen. Und wenn dir dein Mann sein Herz einmal in dieser Art offenbart hat, dann gehört es dir!“
Paolos Herzschlag war ganz ruhig, aber es hämmerte entschlossen im Inneren seiner Brust, dass man von außen klar vernehmen konnte, wie ernst ihm seine Aussage war.

„Nicht jeder Mann ist so einer wie du es bist!“, sagte ich lieb und umarmte ihn dafür, dass er mir Mut machen wollte. Vielleicht hatte er ja recht und mir gehörte Vitos Herz tatsächlich. Trotzdem änderte es nichts an der Prämisse, dass er nicht hier war, wir nicht zusammen waren und es aus der gegenwärtigen Distanz nur schwer abschätzbar war, ob sich daran jemals wieder etwas ändern würde.


Wir schlenderten gemeinsam weiter durch Cannobio, denn Arianna wollte nachsehen, ob sich in der Zwischenzeit etwas verändert hatte. Eigentlich war alles wie immer, hie und da hatte ein Geschäft geschlossen oder ein neues eröffnet. Entsetzt musste ich feststellen, dass das Geschäft der deutschen Hanna, aus dem ich einen Großteil dekorativer Gegenstände für mein Haus gekauft habe, ebenfalls geschlossen war. Die Schaufenster waren leer und die Türe, die in den kleinen Innenhof in dem sie normalerweise ihre Sachen ausstellte, führte, war verschlossen. Alles deutete darauf hin, dass das Geschäft nicht mehr existierte. Als ich so darüber nachdachte, fiel mir auch auf, dass ich Hanna schon lange nicht mehr begegnet war. Manchmal traf ich sie zufällig auf dem Wochenmarkt oder sah sie irgendwo mal in einer Pizzeria. Doch das letzte Mal lag schon ziemlich lange in der Vergangenheit. Hatte sie etwa das Handtuch geschmissen und war wieder zurück nach Deutschland gegangen?

Bedeutete es, dass einem das Dolce Vita irgendwann nicht mehr den Verstand raubte und man irgendwann tatsächlich die Schnauze voll davon haben konnte?

Es war unvorstellbar! Sie hatte mir vor Längerem einmal ihre Nummer gegeben, weshalb ich mein Telefon aus meiner Tasche zog und ihr direkt eine Nachricht schickte.

Nachdem ich es wieder zurück in meinen Beutel geworfen hatte, hörte ich plötzlich ein abgestumpftes Klingeln, so als hätte ich eine Nachricht bekommen. Da ich dachte, dass Hanna womöglich gerade an ihrem Handy saß und meine Nachricht so geschwind beantwortet hatte, zog ich es hurtig wieder hervor. Ich drückte mit meinem Daumen auf den kleinen Knopf an der Seite meines Handys und das Display änderte seine Farbe von dunkel auf hell. Mein Sperrbildschirmhintergrund leuchtete auf und ich las neben der aktuellen Uhrzeit, den Namen des Absenders der Nachricht. Es war nicht Hanna, die sich meldete.

Es war ein Lebenszeichen von Vito.


„Vito!", schrie ich ganz aufgeregt.

Arianna blieb schlagartig stehen und sah sich in der menschenleeren Gasse, in der wir uns gerade befanden, um.

„Wo denn?", flüsterte sie verwundert.

„Eine Nachricht", flüsterte ich zurück.

„Wieso flüsterst du?", fragte sie irritiert.

„Weil du flüsterst!", antwortete ich verdattert.

„Was schreibt er?", fragte sie gespannt und sprach wieder in einer normalen Lautstärke.

Ich atmete erst ein paar Mal tief durch, bevor ich auf seinen Namen tippte und sich ein Nachrichtenfenster öffnete.

„Tutto a posto …", las ich laut vor. Drei kurze Worte, gefolgt von drei noch kürzeren Punkten.
Was sollte ich mit dieser Information anfangen?
Klar hatte ich lediglich danach gefragt, wie es ihm ging. Doch eigentlich aus dem Anlass, weil ich mir eine etwas umfangreichere Antwort von ihm erwartete.

Was meinte er damit, dass ‚alles OK' war?
Es war nicht OK, wenn er nicht mehr zurückkommen wollte.
Es war auch nicht OK, wenn er ein Leben ohne mich führen wollte.
Und schon gar nicht war es OK, dass er sich einfach nicht bei mir meldete und mich derart hinhielt.

„Idiota!", dachte ich mir laut und warf mein Telefon wieder zurück in meine Tasche.
„Du hast doch gehört was Paolo gesagt hat. Er wird schon noch zur Besinnung kommen", sagte Arianna in dem Versuch, mich erneut zu ermutigen. Doch es war zwecklos. Wenn ich nicht bald wieder ein Licht am Ende dieses düsteren Tunnels der Liebe sehen würde, gäbe es für mich wahrscheinlich auch nur mehr eine Alternative, um mein künftiges Leben zu führen. Und zwar die, zurück nach Österreich zu gehen.
Doch ich war auch dort schon spät dran. Die guten Typen waren wahrscheinlich längst reserviert und mir blieben nur mehr die bereits aussortierten Männer übrig. Vielleicht sollte ich mein Glück noch in Frankreich oder Spanien versuchen? Womöglich gab es dort noch ein paar Junggesellen, die bereit waren, eine Familie mit mir zu gründen. Oder einen, der zumindest mit mir zusammen sein

wollte. Zur Not konnte ich mich auch damit vertrösten. Doch auch ich dachte, seitdem mich vor allem Schwangere umgaben, weiter.

Auch ich wollte – eher früher, als später – eine Familie haben. So wie alle anderen Frauen es auch hatten. Ich wollte nicht die Letzte sein und schon gar nicht die Übriggebliebene, die dann ebenfalls auf der bereits aussortierten zweiten Wahl-Bank platznehmen musste.

„Hör auf zu denken. Du dramatisierst!", sagte Arianna. Sie packte mich am Arm und schleifte mich zurück zu meinem Wagen.

Mein Leben war weder eine Komödie noch eine Lovestory. Ich fühlte mich wie Shakespears Julia, zerrissen von der Sehnsucht nach ihrem Romeo.

Plötzlich fiel mir ein anregender Vers ein, den ich unlängst in Veronas Straßen gelesen habe und begann eine abgewandelte Version davon an Vito zu schreiben:

„O Vito! Warum bist du Vito? …
Die Distanz zu dir ist mein Feind. Du würdest du selbst sein, wo auch immer, auch wenn du bei mir wärest.
Es ist weder Hand noch Fuß, weder Arm noch Gesicht, noch irgendein anderer Teil.
Was ist es, wonach du suchst?
Das Gefühl das wir Liebe nennen, würde unter jedem anderen Namen eben so vertraut sein. Eben so würdest du, wenn du schon nicht Vito genannt würdest, deine ganze liebliche Vollkommenheit behalten, die dir unabhängig von deinem Namen, eigen ist.
Vito, was ist schon Zeit?
Sie vergeht.
Hält niemals an.
Trotzdem bleibt sie in meinem Herzen für dich stehen …"

# XX

Unzählig viele Leute sangen: „… Tanti auguri, caro Antonio – tanti auguri a teee …!", im Chor und hielten dabei ihre Getränke, um Toni hochleben zu lassen, über ihre Häupter.

Auf Tonis Party fehlte es an nichts. Um die Dekoration und den Wein bemühte sich seine Schwester Lucia, sein Onkel und ein paar andere Verwandte besorgten das Essen und kümmerten sich um den Service und er und Marco mussten lediglich irgendwo eine Soundanlage abholen. Auf unsere Frage danach, was sie den restlichen Tag gemacht hatten, wenn sie lediglich eine Anlage besorgen mussten, lächelten sich die beiden spitzbübisch zu.

Immerhin hatten Arianna und ich so genug Zeit, um uns die passenden Outfits für einen gelungenen Auftritt auf Tonis Party auszudenken. Es war das erste Mal seit einer Ewigkeit, dass wir zusammen irgendwo hingehen konnten, deshalb putzten wir uns heraus, damit wir annähernd glänzten, wie die Damentoiletten in Locarno. Obwohl Paolos Kleider normalerweise sehr figurbetont waren, hatte er für Arianna noch ein etwas breites Kleid im Lager gefunden, das ihr zufälligerweise wie angegossen passte. Es war aus einem kuschelweichen Stoff gemacht und hing trotzdem federleicht an ihrem Körper. Da sie mittlerweile keine Kleidergröße vierunddreißig mehr trug, war es völlig in Ordnung, dass sie darin korpulent aussah. Es hatte oberhalb ihres Bauches ein Zugband, das, wenn es ganz zugezogen war, einen wunderschönen Babybauch aus ihrer Kugel machte. Obwohl Arianna, als sie es anprobierte, zuerst ihre Zweifel hegte, dass jeder so nur auf ihren nicht zu übersehbaren Bauch starren würde, freute sie sich auf der

Party dann doch sehr darüber, dass sich so viele Leute dafür interessierten, dass sie hochschwanger war.

Alle grabschten ganz schamlos an ihren Körper, als sie sie begrüßten und sich vorstellten. Für Arianna waren mehr oder weniger alle Leute fremd, doch es machte ihr nichts aus, von ihnen angefasst zu werden. Meine Behaglichkeitszone war offensichtlich nicht ganz so enganliegend wie ihre. Doch auch das lag, wie sie mir erzählte daran, dass man während einer Schwangerschaft diesbezüglich toleranter und ohnehin viel freizügiger wird. Dabei fiel mir ein, wie viele Brüste ich schon gesehen hatte, lediglich deshalb, weil irgendwo eine Mutter gerade ihr Baby stillte. Es schien also zu stimmen, dass man sich irgendwann gar nicht mehr darüber sorgte, ob zufällig jemand zusah, wenn man seine Brust auspackte. Ich rückte meinen eigenen BH zurecht, als ich darüber nachdachte.

Marco war an jenem Abend ebenfalls ganz und gar in seiner Vaterrolle. Er stand stolz neben seiner Frau und präsentierte das Offensichtliche – nämlich das er dafür verantwortlich war, dass die wunderschöne Frau neben ihm so einen dicken Bauch hatte.

Just bestätigten sich meine bisherigen Beobachtungen, dass alle Männer ganz verrückt nach Ariannas dickem Bauch waren.

Pierino kam in Begleitung von Vittoria und auch ihre pralle Vorderseite bekam mindestens die gleiche Aufmerksamkeit. Vittoria trug ein aufreizendes Kleid, in dem ihre Brüste groß und prall waren und ganz stramm in ihrem Dekolletee standen. Wie zu beobachten war, standen ihre Poppe bei den männlichen Gästen deutlich im Mittelpunkt des Geschehens, da sie aussahen, als wären sie aus Silikon!

Weil ich wegen Paolos Geschichte darüber, dass Pierino ein Mann war, der sich zu schnell verliebte, ängstlich war, warf ich ein extra strenges Auge auf Vittoria. Nicht nur um

Pierino zu schützen, sondern auch um Schlimmeres zu verhindern, sollte sie wieder irgendetwas Gemeines Toni gegenüber im Schilde führen. Als die beiden Antonio gratulierten, war Vittoria sehr zurückhaltend und schüttelte ihm lediglich seine Hand aus der Entfernung. Pierino hingegen fiel seinem neuen Freund ganz herzlich in die Arme und überreichte ihm ein aufwendig eingepacktes Geschenk. Nachdem sie ihr Regalo überreicht hatten, standen auch schon neue Leute bei Toni und wollten ihm ebenfalls gratulieren. Sie hielten Ausschau nach einem adäquaten Sitzplatz und Pierino gab Vittoria einen leichten Kuss auf ihre Wange. Vittoria lächelte geschmeichelt.

Ich setzte mich mit Arianna, Marco und den beiden Turteltauben zusammen an einen Tisch. Auch Lucia gesellte sich kurz zu uns, setzte sich aber schlussendlich zu ein paar anderen Leuten, die sie offensichtlich besser kannte. Das Essen wurde serviert und wie es für Italien typisch war, bekam niemand nur einen halbvollen Teller. Für einen untrainierten österreichischen Magen war normalerweise bereits nach der Vorspeise Schluss, doch für einen Italiener, war dieser erste Gang nur zum Aufwärmen.

Eine kulinarische Köstlichkeit folgte der nächsten und ich war einmal mehr froh darüber, dass mein Magen an die hiesigen Verhältnisse gewohnt war und vor allem auch, dass ich ein Kleid anhatte. Trotzdem bangte ich gedanklich davor, am nächsten Tag eine meiner Jeans anzuprobieren. Vermutlich müsste ich zuerst eine Runde joggen gehen. Oder zwei. Aber für einen Italiener oder eine echte Italienerin stand das Essen ganz weit oben auf der Liste eines genussvollen Lebensstils. In wohl keinem anderen Land dieser Welt gab es so eine Vielfallt an deliziösen Dingen, obwohl das wohl auch ein bisschen Geschmackssache war. Arianna brachte bereits nach den ersten Antipasti nichts mehr runter. Aber in ihrem Oberkörper schien neben dem Baby nicht mehr allzu viel Platz für anderes zu sein.

Nach der Hauptspeise legte der Koch eine kurze Pause ein. Währenddessen alle Getränke aufgefüllt wurden, hielt Toni eine kurze Ansprache und eröffnete, um die vielen Ballaststoffe sacken zu lassen und ein paar Kalorien zu verbrennen, die Tanzfläche. In einer Ecke des Lokals wurden dafür alle Tische und Stühle beiseite geräumt und mit ein paar Lichtern und der besorgten Soundanlage so etwas wie ein stimmungsvoller Dancefloor geschaffen. Nachdem das Licht gedimmt worden war und die Partylichter angingen, sah es annähernd wie eine echte Tanzfläche aus.

Neben uns waren ungefähr noch fünfzig weitere Personen auf der Party. Eine besonders rassige Brünette hielt sich die ganze Zeit über sehr auffällig in Tonis Nähe auf. Ich kannte sie nicht und habe sie auch noch nie irgendwo gesehen. Womöglich war sie die Frau an Tonis Seite, über die die Zeitungen schrieben. Doch obwohl sie sich ganz offensichtlich um Tonis Aufmerksamkeit bemühte, kam er nach seiner Ansprache zu uns an den Tisch und forderte mich zum Tanz auf. Ich fühlte mich geehrt, die erste Frau zu sein, die er bat mit ihm Zeit zu verbringen und dass, obwohl ich ihn nicht anhimmelte, wie zahlreiche andere anwesende Frauen.

Die Musik war lustiger Weise ganz anders, als wie erwartet. Es spielten zuerst eine ganze Reihe an alten italienischen Schlagern. Oldies – but Goldies, denn jeder kannte sie und alle konnten mitsingen. Keiner scherte sich darum, dass der Gesang der meisten klang, als hätte man einer Katze den Schwanz eingeklemmt. Besonders Toni, der ja tatsächlich eine göttliche Stimme besaß, gefiel das Gejaule der Leute sehr und er amüsierte sich darüber, wenn einer seiner

Kollegen an uns vorbei tanzte und ihm ganz persönlich ein Ständchen sang. Obwohl ich Tonis Ex-Freundin war, kannte ich kaum jemanden von seinen Freunden. Offensichtlich wussten sie aber, wer ich war. Seine Leute waren sehr aufgeschlossen und viele sprachen mich sogar mit meinem Namen an, obwohl ich sie noch nie zuvor gesehen hatte.

Nach ein paar Liedern tauschte ich meinen Platz mit einer anderen Frau, die schon lange neben uns tanzte und ganz offensichtlich gerne mit mir tauschen wollte. Da ich nicht an Toni interessiert war, räumte ich freiwillig meinen Platz. Nachdem ich mich bis an den Rand des Parketts zurück getanzt hatte, drehte ich mich noch einmal um. Ich beobachtete einige Paare, die eine schöne Zeit miteinander verbrachten und dachte wieder einmal an Vito und daran, wie schön es gewesen wäre, mit ihm hier zu sein. Vito hatte erneut nicht auf meine Nachricht geantwortet.

Vielleicht verstand er aber auch nicht, was ich ihm mit der abgewandelten Dichtung sagen wollte …

Als ich zurück zu unserem Tisch lief, kamen mir Arianna und Marco entgegen, die selbst ein Tänzchen wagen wollten. Pierino und Vittoria saßen noch immer nebeneinander an unserem Tisch. Ein paar neue Gestalten hatten sich zu ihnen gesetzt. Der Altersdurchschnitt war zirka zwischen dreißig und vierzig, weshalb sofort klar war, wer die beiden älteren Signori bei ihnen waren.

Was wäre ein Geburtstag ohne Eltern?

Grazia redete mit Vittoria und Pierino, während Riccardo neben ihr saß und das Etikett einer Weinflasche studierte. Pierino hielt Vittorias Hand. Manche würden es waghalsig nennen, dass ich, obwohl ich wusste was mir bevorstand, anmutig zu ihnen hinüberlief. Zudem hing meine Handtasche noch an meinem Stuhl und auch mein Glas stand an meinem Platz. Immerhin mochte Grazia ja meine Bücher und vielleicht hatte Riccardo ihr nach meinem letzten Besuch mit Antonio ja gut zu geredet und sie würde mich diesen einen Abend lang mit böswilligen Aussagen verschonen.

„Riccardo, buonasera!", sagte ich erfreut und drückte ihm ein paar sittenhafte Küsse auf die Wangen.

„Grazia, piacere!", prostete ich ihr charmant aber trotzdem aus einer sicheren Distanz zu.
Riccardo lächelte zufrieden, wie er es eigentlich immer tat, wenn ich ihn sah. Grazia sah mich scharf an und beobachtete jede meiner Bewegungen genauestens. Also war auch ihr Verhalten an und für sich dasselbe wie immer.

„Schön euch wiederzusehen!", sagte ich nett und setzte mich zu ihnen.

„Ganz meinerseits, meine Teuerste", antwortete Riccardo und schenkte mir aus der Flasche, die er in der Hand hielt, frischen Wein nach.
Grazia versetzte ihm mit ihrem Ellenbogen einen Stoß und warf ihm einen bösen Blick zu. Riccardo ignorierte es geschickt und wischte mit einer Serviette ein paar Weintropfen vom Tisch, die er dadurch verschüttet hatte.

„Es scheint, als würden wir dich einfach nicht los …", sagte Grazia arrogant zu mir und verzog ihre Miene hinterlistig.
Die vorherrschende Atmosphäre war beklemmend, was erstaunlicher Weise nicht mal zwangsläufig an mir lag.

„Toni und ich sind Freunde. Er hat mich eingeladen. Aber ich bin überrascht euch hier zu sehen. Es scheint nicht direkt dein Stil zu sein …", wehrte ich mich und nahm einen Schluck des deliziösen Vinos.

„Nana, meine Grazia war früher auch einmal eine Draufgängerin", warf Riccardo in die Runde, „Als ich sie traf, war sie ähnlich rebellisch unterwegs, wie du … meinst du nicht, Amore?“

Er sah seine Frau verliebt an und prostete ihr mit seinem Weinglas zu. Sie gab einen aufgesetzten Lacher von sich und wandte sich wieder Vittoria zu, welche, wie mir aufgefallen war, stocksteif dasaß und kreidebleich war.

„… Signore Pietro“, fuhr sie fort, „Welche Absichten hegen Sie mit unserer Vittoria?“

Vittoria versank noch tiefer in der offensichtlichen Peinlichkeit des aktuellen Gespräches und es war nicht zu übersehen, dass es ihr im Moment lieber gewesen wäre, im Erdboden zu verschwinden.

Wieso fragte Grazia Pietro überhaupt nach seinen Absichten?

So etwas Persönliches ging sie nicht die Bohne an. Doch Vittoria schaffte es, aus welchem Grund auch immer, einfach nicht ihr die Meinung zu geigen.

„Vittoria ist großartig, Signora. La voglio tanto bene …“, stotterte Pierino scheu.

Auch ihm war es offensichtlich unangenehm mit einer für ihn wildfremden Person über seine Gefühle zu sprechen.

„Vittoria ist keine einfache Frau, wissen Sie. Aber es wäre gut, wenn sie jemand hätte, der sich um sie kümmert“, sagte sie taktlos.

Vittoria hielt inzwischen ihre Augen geschlossen und ließ das unangenehme Gespräch über sich ergehen.

„Wie kommen sie darauf, werte Signora?“, fragte Pierino höflich. Obwohl er von Grazias Aussage irritiert war, blieb er stets der ergebene Gentleman, der er von Haus aus war.

„Vittoria hatte es nie leicht mit meinen Söhnen. Eine unerfüllte Liebe mit meinem Antonio und dann lässt sie sich von Vito, meinem zweiten, schwängern. Nicht, dass ich ihn nicht gernhabe, er ist unwiderruflich mein Sohn, aber Vito ist einfach nicht der ehrenwerte Mann, der er hätte sein

können. Er ließ sich schon immer sehr leicht ablenken, weshalb er in seinem Leben nichts erreicht hat …“, sagte sie urteilend.
Mir kochte das Blut in den Adern, wenn ich sie so schlecht über Vito reden hörte. Sie hatte ja keine Ahnung.
Sie kannte ihren eigenen Sohn kein bisschen!

„Wenn sie also auch nur so einer sind wie mein Sohn Vito, einer der überall nur seinen Spaß haben möchte und dabei aus Versehen irgendeine Frau schwängert, dann lassen sie besser die Finger von Vittoria. Nehmen sie lieber so eine, wie Laura. Mit ihr können sie sicher jede Menge ‚anzügliche‘ Dinge machen …“, redete sie unaufhörlich weiter. Es war ihr egal, wen sie mit ihrer blöden Rederei beleidigte.

„Spaß hat man mit Laura bestimmt. Aber wenn sie damit andeuten wollen, sie wäre ein leichtes Mädchen, kennen Sie sie offensichtlich nicht sehr gut“, antwortete Pierino.
Er hatte seine angespannte Haltung gelockert und wieder seinen obersten Hemdknopf aufgemacht. Ich vermutete, dass das so etwas wie ein versteckter Schalter war, den Pierino betätigen konnte, um von seiner beherrschten Art wegzukommen und sich für einen einzusetzen. Nichtsdestoweniger kam es sehr unerwartet, dass er sich Grazia gegenüber behaupten wollte und schon gar nicht meinetwegen.

„Sie hat es mit meinen beiden Söhnen gemacht und sie damit aus der Stadt vertrieben. Ich denke das bestätigt meine Meinung, die ich über sie habe …“, antwortete sie bissig.

„Das es mit ihr und Antonio nicht geklappt hat, war meine Schuld, Signora!“, klinkte sich nun auch Vittoria in die Diskussion ein.

„Wie soll es deine Schuld gewesen sein? Antonio hätte von vornherein mit dir zusammen sein sollen!“, sagte sie streng und Vittoria kehrte unverzüglich wieder in sich.

„Laura kann nichts dafür …“, sagte sie nochmals leise. Es war wirklich lieb von ihr, dass sie versuchte die Dinge klarzustellen, obwohl sie ziemlich undeutlich redete und es für Grazia wohl so oder so keine Rolle spielte, wessen Missverhalten an allem schuld war.

Für sie war ich der Butzemann!

„Mamma, buonasera …“, sagte Toni, als er unerwartet zu uns an den Tisch kam.

Eigentlich war er auf der Tanzfläche eingespannt, doch er muss irgendwie mitbekommen haben, dass das Olivenöl an unserem Tisch zu brutzeln begann. Und es war nie gut, Olivenöl zum Schmoren zu bringen!

„Antonio!“, sagte sie mit gespielter Begeisterung. Sie stand auf und umarmte ihn, dabei versuchte sie die dicke Luft wegzuwehen, die uns allen das Atmen schwer machte.

„Auguroni“, fügte sie hinzu und küsste ihn links, rechts und einmal unangebracht auf seinen Mund.

Sie war seine Mutter, deshalb wunderte sich niemand, dass sie ihn so abküsste. Da Grazia eine allerorts bekannte Person war, ging ich davon aus, dass sie auch bei den hier anwesenden Gästen Rang und Namen hatte.

„Worüber sprecht ihr? Ihr seht alle nicht wirklich zufrieden aus …“, fragte Toni und kratzte sich dabei verwirrt am Hinterkopf.

„Wir plaudern nur ein bisschen. Eine schöne Feier hast du organisiert. Schön, dass du uns auch eingeladen hast!“, sagte sie, während sie ihn damenhaft tätschelte, wie es nur eine Mutter konnte.

„Hat sie noch mit jemand anderem gesprochen?“, fragte Pierino und lachte dabei sarkastisch.

Auch Vittoria rutschte ein leises Kichern aus dem Mund, aber als sie sah wie furchteinflößend Grazia sofort zu ihr schaute, presste sie ihre Lippen zusammen und erstarrte erneut in Ehrfurcht.

„Mutter, ich habe Laura letztens erzählt, wie gut dir ihre Bücher gefallen", sagte Toni, der noch immer versuchte, irgendeine komische Verbindung zwischen mir und seiner Mutter herzustellen.

Es war zwecklos. Vor mir war sie wie ein Moai.

Ich suchte nach einem leeren Glas, das an unserem Tisch stand und hielt es Riccardo entgegen. Er verstand meine Aufforderung, es mit Wein zu füllen wortlos und als ein Achtel drinnen war, reichte ich es Toni. Er lächelte mich lieb an und zwinkerte mir zu. Grazia kochte innerlich. Ich konnte es anhand ihres Blickes erkennen. Obwohl ihr Antlitz emotionslos wie immer aussah, loderte etwas in ihren Augen. Trotzdem wunderte ich mich noch immer, wieso sie ausgerechnet auf mich so eine irre Wut hatte. Ich tat niemandem etwas zu Leibe. Genaugenommen war ich, bei all den guten Taten, die ich für ihre Familie vollbrachte, die Leidtragende. Und trotzdem hegte ich niemandem gegenüber solch hässliche Gefühle.

Grazia schüttelte ihr Haupt verleugnend und wechselte schnell das Thema.

„Antonio, was ist das für ein reizendes Mädchen, mit dem du vorher getanzt hast. Ist sie aus gutem Hause?", fragte sie. Derweil bat sie Toni einen freien Stuhl an, der möglichst weit von mir entfernt war.

Es hat mich allemal gewundert, dass er überhaupt am selben Tisch mit mir sitzen durfte.

„Das ist eine Freundin von mir … Raffaela", antwortete er. „Aber heute sind wirklich viele meiner Freundinnen da. Ich kann sie dir ja alle vorstellen, wenn du willst …", fügte er mit einem spöttischen Ton in seiner sonst so coolen Stimme hinzu. Weil er seine Mutter besser kannte als ich, ging ich davon aus, dass er wusste, wie man mit ihr zu reden brauchte. Ich war der Ansicht, dass er sich zu weit aus dem Fenster lehnte. Mir ahnte nichts Gutes.

„Viele Freundinnen? Antonio … Jetzt bist du bald vierzig. Bitte mach nicht dieselben Fehler wie dein Bruder!“, sagte sie streng.

„Was für Fehler hat Vito denn gemacht?“, fragte er verwundert.

„Ich bitte dich. Das brauche ich dir nicht zu sagen. Vor allem nicht vor all den Leuten …“, sagte sie nervös, während wir sie alle aufmerksam anschauten.

Da das Gespräch schon wieder auf das allgegenwärtige Thema ‚Vito‘ zurückfiel, war ich natürlich wieder ganz fiebrig. Auch Arianna und Marco waren wieder zurückgekehrt und setzten sich wortlos zu uns.

„Er hat viel durchmachen müssen. Aber Fehler …? Mir fällt keiner ein“, dachte Toni angestrengt nach. Sein Vater füllte ihm inzwischen wieder Wein nach und auch ich hielt mein Glas sehnsüchtig unter den tropfenden Flaschenhals.

„Er ist ein Feigling. Er hat ein Kind in diese Welt gesetzt und ist nicht für es da. Wie ich erfahren habe, bekommt er noch ein weiteres Kind und wieder ist er nicht da. Das ist einfach inakzeptabel. Unentschuldbar. Die Kinder können nichts dafür, dass er lieber um die Häuser zieht und sich irgendwelche billigen Frauen anlacht. Er hätte ein gutes Leben haben können. Aber er rennt immer davon, wenn es ernst wird“, schilderte Grazia zornig die Tatsachen.

„Er ist nicht feige, er hat Angst …“, sagte ich.
Die Worte rutschten mir aus dem Mund, obwohl ich mir fest vorgenommen hatte mich aus den Konflikten dieser Familie raus zu halten.

„Wovor hat er Angst? Vor dem Leben?“, fragte sie zaghaft.

„Davor verletzt zu werden. Dabei ist es lächerlich. Er ist der stärkste Mann den ich kenne“, sagte ich.

„Du bist doch nur scharf auf ihn, Puttana!“, sagte sie aggressiv.

„Ich meine nicht körperlich. Vito hat das stärkste Herz, das ich kenne. Er ist nicht feige, er wird zurückkommen!“, sagte ich gewiss.
Obwohl ich keine Ahnung hatte, wo er war und ob er überhaupt jemals heimfinden würde, glaubte ich so sehr daran, dass er doch noch zur Besinnung kommen würde.

„Wo ist er denn? Wenn er kein Feigling ist, wäre er hier!“, sagte sie und stand wütend vom Tisch auf.
Die Musik war leiser geworden und nur mehr dezent im Hintergrund hörbar.
Offensichtlich hatte unser Gesprächsthema Aufsehen erregt, weshalb mittlerweile alle interessiert zuhörten.

„Ich bin hier!“, meldete sich plötzlich jemand selbstbewusst.


Jeder hat bestimmt schon einmal so eine Szene in irgendeinem Film gesehen, wo der Held der Geschichte plötzlich unerwartet auftaucht und sich ein schmaler Gang in einer Menschenmenge aufriss und alle Blicke auf ihn fielen. Auch ich kannte das nur aus Hollywood.
Ungläubig rieb ich mir meine Augen und schaute in mein leeres Weinglas. Ich hatte eindeutig schon wieder zu viel getrunken.
Die vielen Gäste die Toni zu seiner Feier eingeladen hatte, standen noch immer in dem ganzen Ristorante herum und schauten sich verwundert um. Auch wir suchten jemanden, der sich dieser Aussage zuordnen ließ. Ein paar Leute gingen auf die Seite und nach ein paar Sekunden, die mir erneut vorkamen wie Abermillionen Milliarden, erschien derjenige Sprecher vor uns. Wenn es keine visuelle Wahrnehmungstäuschung war, dann war es wirklich Vito,

der da vor uns stand und uns ansah, als wären wir diejenigen, die auf der falschen Veranstaltung waren.

„Vito …", flüsterte ich erstaunt.
Ich spürte, wie Arianna ihre Hand als unterstützende Geste auf meinen Rücken legte.

„Vito?", fragte Grazia und schaute verdattert auf den Mann, der gerade auf Tonis Geburtstagsparty eingetroffen war.
An seinem neuen Stil, den ich aus Verona kannte, hatte sich nichts geändert. Noch immer waren seine Haare lang und sein Bart stoppelig. Vielleicht erkannte ihn seine Mutter in diesem Aufzug ja tatsächlich nicht, was erklären würde, wieso sie ihn so ungläubig anschaute.
Vito betrachtete die unzähligen sprachlosen Gesichter und sah letzten Endes auch meines an einem Tisch mit seinem entzweiten Bruder, seiner eisigen Mutter und seiner schwangeren, intriganten Ex-Freundin sitzen. Trotzdem lächelte er, als er mich sah. Es war zwar nur von kurzer Dauer, aber ich bildete es mir sicher nicht ein.

„Sieh mal einer an …", sagte seine Mutter skeptisch, „wer hier so unverhofft auftaucht."
Auch Toni sah seinen Bruder erwartungsvoll an. Man merkte ihm an, dass es ihm nicht direkt passte, dass Vito an seinem Geburtstag das Thema Nummer eins war.

„Tanti auguri", sagte Vito nonchalant.

„Grazie …", antwortete Toni.
Einer Minute des Schweigens folgte eine unerwartet großzügige Geste von Toni. Ich hätte mich getraut darauf zu wetten, dass das Erscheinen von Vito eine Prügelei auslösen würde, aber Toni stand ganz ruhig auf, machte einen Schritt auf ihn zu und hielt ihm seine Hand hin, um darin einzuschlagen. Vito erwiderte die Aufforderung und anschließend umarmten sich die beiden Brüder sogar ganz

friedlich. Entweder, sie wollten sich wirklich nicht noch einmal in der Öffentlichkeit prügeln – wobei aller guten Dinge ja bekanntlich drei waren – oder es war ihnen inzwischen selbst zu blöd geworden, so eine kindische Umgangsform miteinander zu haben.

Die erste Hürde hatte Vito ganz gut meistern können, doch als nächstes stand ihm seine Mutter bevor. Ich hatte keine Ahnung, was sich Vito von mir erwartete. Aber ich blieb ruhig auf meinem Stuhl sitzen, obwohl ich den dünnen Stil meines Glases so fest in meiner Hand hielt, dass er kurz davor war abzubrechen.

Grazia türmte sich vor ihm auf.

„Hast du auch mal wieder nach Hause gefunden?",
fragte sie herrisch.

„… Schön dich zu sehen, Mamma", sagte Vito lieb.
Er sah seine Mutter dabei herzlich an, obwohl aus ihrer Richtung ein eiskalter Wind wehte. Nach der versöhnlichen Geste von Toni erwarteten sich alle eine ähnlich gütige Begegnung mit Grazia, doch sie holte ganz unerwartet mit der Hand aus und verpasste Vito eine Ohrfeige. Ein lautes Klatschgeräusch ertönte und Vito sah beschämt zu Boden.

„Das habe ich verdient …", sagte er traurig.
Es war das erste Mal, dass ich miterlebte, wie Vito einen Schlag einsteckte. Normalerweise war er der Stärkere in einem Kampf, doch natürlich konnte er seiner Mutter nicht wehtun, schon gar nicht, wenn sie offensichtlich im Recht war.

Vito sah sie anschließend mit traurigen Augen an, die um Vergebung bettelten. Ich wusste, dass Vito ein Mann war, der auch Gefühle zeigen konnte und mein Herz schlug abermals schneller, als ich ihn mit diesem herzzerreißenden Gesichtsausdruck sah. Es war, als würde man einem Hundewelpen etwas abschlagen wollen.
Quasi ein Ding der Unmöglichkeit!

„Genug ist genug!", sagte Grazia kühl und drehte ihm den Rücken zu. Sie nahm sich ihre Jacke, die über der Armlehne ihres Stuhles hing und legte sie sich über ihren rechten Unterarm. „Riccardo, wir gehen!", befahl sie.

„Aber Liebes, lass uns doch noch hierbleiben, jetzt wo alle unsere Kinder beisammen sind …", sagte er schlichtend, doch für Grazia war das Fass bereits übergelaufen.

Sie fauchte ihren Ehemann an und verließ das Lokal ganz alleine. Dabei hatte sie nicht die Mühe sich durch die vielen Leute zu drängen, die der hitzigen Szene zuschauten. Sie räumten den Weg freiwillig, damit sie nicht von den spitzen Hörnern, die Grazia auf ihrem Haupt trug, aufgespießt wurden. Wütend stapfte sie wie ein Stier davon.

Im Hintergrund war Lucia zu hören, die versuchte ihre Mutter aufzuhalten.

„Babbo, sono molto spiacente …", entschuldigte sich Vito bei seinem Vater Riccardo, der aber offensichtlich nie böse auf seinen Sohn war.

Er stand auf und legte ihm seine kühle Hand auf seine rote Wange bevor er ihn so barmherzig umarmte, wie es nur ein Vater konnte.

„Non preoccuparti!", sagte er nachsichtig, „Schön dich zu sehen, mein Sohn!"

Kurze Zeit später kam Lucia wieder zur Türe herein und machte einen entmutigten Gesichtsausdruck. Sie lief an den anderen Leuten vorbei und drückte ihren Bruder in eine innige Umarmung. Vito hatte seine Augen geschlossen und sog die Liebe, die er von seinen anwesenden Familienmitgliedern bekam, in sich auf.

„Mamma kommt schon noch zur Besinnung. Gib ihr Zeit …", sagte sie und gab ihm einen geschwisterlichen Kuss auf seine noch immer glühend rote Wange.

Riccardo schenkte zwischenzeitlich allen frischen Wein nach und reichte auch Vito ein volles Glas, mit dem er anstoßen konnte.

„Sohn, du weißt, dass du bei uns immer ein Zuhause hast. Deine Mutter meint es nicht böse … Cin cin!", sagte er und prostete in der Luft allen zu, die ihm zuhörten, bevor er selbst einen kleinen Schluck Wein trank.

Ein Kumpel von Antonio schaltete die Musik wieder lauter und da es nichts Spannendes mehr zu begutachten gab, gingen die meisten wieder ihren zuvor ausgeübten Beschäftigungen nach. Ich saß noch immer wie auf einem Nadelkissen auf meinem Stuhl. Es tat weh so ruhig sitzen zu bleiben, trotzdem hinderte mich etwas daran, aufzuspringen und Vito um den Hals zu fallen. Ich wartete darauf, dass er den nächsten Schritt machte aber er stand seelenruhig mit seiner Familie im Kreis und erzählte ihnen etwas.
Hatte er mich denn überhaupt nicht vermisst, oder wieso kam er nicht zu mir?
Er hätte ja wenigstens ‚Hallo‘ sagen können …

Ich neigte meinen Kopf zur Seite und sah Arianna wie sie mich noch immer bekräftigend am Rücken streichelte und mich dabei fürsorglich anschaute. Sie kannte mich so gut, wie sonst niemand auf dieser Welt, weshalb ich davon ausging, dass sie meine Gedanken lesen konnte.
„Abbi pazienza …", sagte sie ganz leise. Noch immer wies sie mich darauf hin, geduldig zu sein.
Doch irgendwann war wirklich Schluss mit lustig. Ich stand auf und zog mir meine Jacke über.
„Ich gehe an die frische Luft …", sagte ich zu Arianna, die gleichzeitig mit mir aufgestanden war und ebenfalls nach ihrer Jacke suchte. „Alleine!", fügte ich bestimmt hinzu.

Sie zwinkerte ganz langsam mit ihren Augen und nickte mir verständlich zu.

Vor dem Ristorante war es inzwischen selbst für die vorliegenden Umstände, dass es bereits Herbst war, ungewohnt kalt. Es lag an dem abgelegenen Ort, an dem wir uns befanden. Der Fels war kalt und triefend nass und wenig entfernt lag eine tiefe und ebenso kühle Schlucht. Zu allem Überfluss aber eigentlich genau passend zu meiner miesen Laune, hatte es auch noch angefangen zu regnen und ich hatte keinen Schirm dabei. Doch es spielte keine Rolle mehr wie ich aussah, denn ich hatte mich dafür entschieden, nach Hause zu gehen. Ich kehrte um und wollte Arianna und Marco über mein Vorhaben informieren. Vor allem aber auch wollte ich, dass Arianna mich nach Hause fuhr, da ich dazu nicht mehr in der Lage war. Meine Gedanken waren zwar sehr klar, doch hätten die hiesigen Carabinieri für alkoholisiertes Fahren wohl ebenso wenig Verständnis, wie anderswo.
Gerade als ich wieder ins Ristorante gehen wollte, um Arianna zu holen, ging die Türe auf. Ich schlotterte erregt, weil es Vito war, der sich offensichtlich endlich Zeit für mich nehmen wollte.
Er war alleine.
Ich blieb erstarrt stehen.
Noch immer regnete es wie aus Eimern und ich war von Kopf bis Fuß klatschnass.
    „Was machst du hier draußen?", fragte Vito irritiert. Er kam zu mir, packte mich an der Hand und zog mich unter das kleine Vordach des Wirtshauses. „Wieso stehst du hier im Regen? Du triefst ja!", sagte er besorgt und wischte mit einer Hand über mein nasses Gesicht.
Ich konnte nicht aufhören ihn anzustarren. In meinen Augen war er der schönste Mann der Welt. Seine langen

Haare hingen ihm ins Gesicht. Seine kräftigen Augenbrauen umformten seine bedeutungsvollen dunkelbraunen Augen. Rundum seine Iris verlief ein breiter schwarzen Kreis. Seine Wimpern waren ebenso intensiv dunkel wie sein südländischer Teint. Er hatte dazu das schönste paar Lippen, das es gab. Sie waren breit und saftig und alleine, wenn ich daran dachte, wie schön es war, von ihnen geküsst zu werden, wurde mir am ganzen Körper heiß. Trotzdem machte ich keine Bewegung. Ich war erneut wie gelähmt. Am liebsten hätte ich ihn einfach geküsst und gesagt wir sollen alles was passiert war, einfach vergessen. Aber ich erhoffte mir etwas anderes.

Ich erwartete mir, dass er mir eine Erklärung ablieferte, dafür, dass er mich so lange warten ließ. Aber Vito schaute mich ebenfalls nur an und wartete. Womöglich verlangte er etwas Ähnliches von mir.

Wir standen so dicht beieinander, dass wir ebenso gut miteinander schlafen hätten können. Denn es war nur wenig Platz unter dem winzigen Vorsprung, um nicht nass zu werden. Aber keiner löste seine Haltung und machte den ersten Schritt. Noch nie hatten wir es geschafft, derart lange die Finger von einander zu lassen. Vielleicht hatte er ja mit mir abgeschlossen und war zu feige, um mir eine klare Ansage zu machen. An meinem ganzen Körper kribbelte es geladen. Am liebsten hätte ich ihn angeschrien. Ich wollte wissen was los war!

„Ich …", fingen wir zeitgleich an zu reden. Doch nach dieser ersten Silbe stoppen wir abrupt und lächelten uns an.

„Ich weiß nicht, was ich sagen soll …", startete Vito endlich den von mir erhofften Versuch sich zu artikulieren.

„Wieso bist du hier?", hauchte ich ihn an. Ich war so nervös, dass ich keine lauten Geräusche von mir geben konnte.

„Toni hat mich eingeladen …", antwortete er.

„Ah …", sagte ich enttäuscht. „Und ich dachte schon, du wärst meinetwegen da …", fügte ich eifersüchtig hinzu.

„Ich habe deine Nachricht gelesen …", fing er zögernd an weiter zu reden, während ich ihm gespannt dabei zusah wie er in seinem Kopf nach Worten suchte.

„Aber …", er stoppte erneut, um zu überzulegen.

Aber?

Was gab es für ein ‚Aber'?

In jener heiklen Situation zwischen Vito und mir war kein Platz mehr für ein weiteres ‚Aber'!

Ich schluckte hart, denn ich fürchtete, ich käme wieder nicht zu meinem lang ersehnten glücklichen Ende mit diesem Mann.

„… Es gibt ein paar Dinge in meinem Leben, die ich in Ordnung bringen muss. Ich hoffe du verstehst das?", fragte Vito ernst.

# XXI

Gib ihm noch eine Chance …
Er braucht Zeit …
Hab Geduld …
Wenn er dich liebt, kommt er zu dir zurück …


Offensichtlich hatte ich mich neuerlich in etwas hineingesteigert, das in der realen Welt nicht existierte. Und das auch wieder nur, weil ich auf die Ratschläge anderer Leute gehört habe. Bei dem Gedanken an Sätze wie:

„Gehört dir sein Herz einmal, gehört es dir für immer …", drehte sich mir der Magen um.

Es war kein Korb, wie ich ihn mir erwartet, oder vielleicht sogar gewünscht hätte. Eine Abfuhr, bei der Vito mir einen klaren Bescheid erteilte, dass er einfach nichts mehr von mir wissen wollte. Sein Leben war ganz offensichtlich weit davon entfernt intakt wie ein Schweizer Uhrwerk zu sein. Aber trotzdem war es schwierig, für seine Lage noch mehr Verständnis aufzubringen. Dass es offensichtlich wichtigere Dinge für ihn gab als unser Liebesdrama, verärgerte mich sehr.


Ich ließ Vito wortwörtlich im Regen stehen.
Glücklicherweise trat Arianna unerwartet vor die Türe des Ristorantes, um zu sehen, wo ich blieb und als sie sah, dass zwischen uns keine leidenschaftliche Versöhnung stattfand, holte sie ihren Mann und fuhr mich schnurstracks nach Hause.
Natürlich hatte ich weinen müssen.
Vielleicht sogar so viel und so laut, dass Marco sich seine Ohren während der Rückfahrt zuhalten musste. Doch die

Emotionen mussten unbedingt aus meinem Herzen raus. Ich war während der Zeit, die seit Verona vergangen ist, nicht ein einziges Mal so traurig, denn ich hatte eben die Hoffnung nie aufgegeben, dass Vito tatsächlich noch zu mir zurückkommen würde.

Es gab in den letzten Tagen einige Situationen in denen ich darauf gewettet hätte, dass er auftauchen würde. Aber ich hatte nicht erwartet, dass er ausgerechnet auf Tonis Party aufkreuzen würde. Ich war nicht die Einzige, die überrascht war ihn zu sehen. Trotzdem war Toni nicht wütend auf ihn. Lucia freute sich, dass er da war und sein Vater sowieso. Seine Mutter war eben, wie sie immer war. Sie interessierte sich zu sehr für das Gespött anderer Leute. Vor allem konnte sie es nicht ertragen, wenn auf ihre Kosten oder der der Familie gelästert wurde. Was eigentlich eine paradoxe Konstellation war, da sie selbst eine Meinung über mich vertritt, die sich auf keine realistische Begründung zurückführen ließ. Es hätte mich schon interessiert, woher sie ihre Informationen diesbezüglich erhielt. Doch eigentlich spielte auch das längst keine Rolle mehr. Ich hatte es schon lange ad acta gelegt, eine innige Freundschaft mit ihr aufzubauen und da Vito nicht mit mir zusammen sein wollte, hatte ich ja sowieso nichts mehr in ihrem Leben verloren.

„Geht's dir gut?", fragte Arianna, als sie mir am nächsten Morgen eine angenehm duftende Kaffeetasse hinstellte. Ich trug noch immer meinen Pyjama, war ungeschminkt und hatte meine Haare in einem chaotischen Dutt auf dem Kopf zusammengebunden. Ich sah so aus, wie ich mich fühlte. Einfach grässlich.

„Jaja …", seufzte ich.

„Was ist so schlimm daran, wenn er erst noch ein paar Sachen in Ordnung bringt?", fragte Marco unüberlegt.

Aber zu seiner Verteidigung – er war ein Mann, er hatte keine Ahnung was es hieß, zwischen den Zeilen zu lesen. Arianna warf ihm einen Blick zu, der ihm verdeutlichte, dass seine Aussagen unangebracht waren. Ganz egal, was er uns auch mitteilen wollte. Er kannte die Details meiner Liaison mit Vito zu wenig, um mitreden zu können.

„Das ist nicht das Problem“, sagte sie streng.

„Was dann?“, fragte er weiter, als wäre er irgendetwas auf der Spur.

„Erst lässt er Laura warten und als er die Gelegenheit bekam ihr zu sagen, dass er sie liebt, sagte er es gäbe Wichtigeres zu klären … Das macht keinen Sinn. Ein Kuss hätte genügt“, erklärte sie.
Dabei versuchte sie leise zu sprechen, um nicht unnötig wieder eine Lawine der Tränen loszutreten.

„Vielleicht muss er auch einfach zuerst noch etwas erledigen. Auf den einen Tag mehr oder weniger kommt es doch auch nicht an …“, schlussfolgerte Marco, der offenbar der Ansicht war, dass ich die Flinte vorschnell ins Korn warf.
Das Leben war aus der Sicht eines Mannes eindeutig zu einfach.

„Diesmal hätte ein Kuss nicht gereicht …“, sagte ich nachdenklich.

„Wieso nicht?“, fragte Arianna.

„Wenn wir uns küssen ist es immer so vertraut und die Gefühle dabei sind überwältigend. Aber wenn es hart auf hart kommt, verschwindet Vito jedes Mal. Ich will nicht nur etwas Körperliches mit ihm haben. Wenn, dann möchte ich dieses Mal wirklich mit ihm zusammen sein. Ich rede von Liebe. Nicht von Leidenschaft …“, erklärte ich.

„Vielleicht verwechselt er das ja …“, sagte Marco ohne nachzudenken, „Und immerhin hat er auch nicht gesagt, dass er dich nicht liebt. Also eigentlich ist alles offen!“

Arianna verpasste ihm einen Stoß, während ich passiv mit den Schultern zuckte. Wenn sich Vito nicht darüber im Klaren war, was er von mir wollte, war es wahrscheinlich wirklich besser, er glättete zuerst die restlichen Wogen seines holprigen Lebens.

„Das Leben geht weiter …", sagte ich entmutigt und verließ mein Wohnzimmer.

Auf dem Weg zurück in mein Bett, machte ich einen Zwischenstopp in meinem Schreibzimmer. Mein Laptop stand noch immer aufgeklappt auf dem kleinen Tisch und winkte mir im übertragenen Sinne zu. Ob ich mich jetzt ins Bett legen würde, um abermals einen Traum von Vito zu haben oder ob ich anfangen würde zu schreiben und an meinem neuen Buch arbeiten würde – es führte beides nicht daran vorbei, über mein derzeitiges Leben nachzudenken.

Ich entschied mich deshalb dafür zu arbeiten und öffnete das Manuskript, an dem ich bereits angefangen hatte zu schreiben. Ich begann es durchzulesen und weinte dabei, als läse ich meinen eigenen Schuldspruch.

Es war eine einzige, lange Liebeserklärung an Vito.

Es war offensichtlich, dass ich ihn wie eine Trophäe in den Glaskasten sperrte, der mein Herz war. Dabei wollte ich gar nicht so sein, wie ich geworden war. Früher habe ich die Abenteuer mit den Männern nie so ernst genommen. Ich war sehr locker und wenn es dann doch nicht geklappt hat, war es mir eigentlich egal. Es tat nicht so weh. Deshalb wunderte ich mich umso mehr, dass ich für Vito überhaupt so tiefe Gefühle zugelassen habe.

In meinen Augen war dieser Mann gottesgleich und ich stellte mir vor, dass wenn ein Außenstehender diese Geschichte lesen würde, wahrscheinlich davon ausginge, dass ich besessen von ihm war. Trotzdem waren die Erzählungen so mitreißend, dass ich nicht aufhören konnte zu lesen. Als ich am Ende der bisher geschriebenen Seiten angekommen war überlegte ich kurz, die Datei zu löschen. Der Grund dafür, dass ich Vito nicht loslassen konnte war, weil ich ihn wirklich liebte. Er war tatsächlich diese große Liebe, die Liebe meines Lebens, der Romeo für meine Julia. Wie man es auch nennen mag – Er war mein Herz.

Von meinen Gefühlen beherrscht, tippte ich weitere und weitere Seiten, bis das Manuskript vollständig war und ich ein Ende für meine Geschichte mit Vito hatte. Es war kein Hollywood Happy End, eines in dem die Protagonisten glücklich bis an ihr Ende lebten. Es war eines, in dem allen klar war, was sie fühlten. Für wen sie es fühlten und was sie demjenigen, den sie liebten, wünschten. Alle konnten frei sein. Keiner war mehr gefangen. Weder von den Gefühlen für jemandem, noch in dem Käfig seiner eigenen unerfüllten Wünsche.
Das wünschte ich mir auch für mein Leben.
Ich machte eine PDF-Datei daraus und schickte sie an meinen Verlag.
Mein schlechtes Gemüt hatte sich besänftigt, weshalb ich anschließend nahezu wieder gut gelaunt in mein Wohnzimmer zu meinen Besuchern hinunter tappte.
„Wieso lächelst du? Was hast du gemacht?", fragte Arianna, als ich mich zu ihr auf die Couch setzte und ihr eine Tasse Tee auf den Beistelltisch stellte.
„Mein neues Buch, es ist fertig", sagte ich und atmete erleichtert auf.
Ich war eigentlich keine Frau, die sich auf die faule Haut legte, doch meine einstige Schreibblockade zwang mich dazu. Obwohl ich mir einredete, dass es nicht so schlimm war, eine kurze Pause mit dem Schreiben einzulegen, fühlte ich mich nun trotzdem viel besser, nachdem ich mein neuestes Werk vollendet hatte. Jetzt brauchte ich nur noch

darauf zu hoffen, dass mein Verlag die Geschichte ebenso gut fand, wie ich.

„Wie heißt dein neues Buch?“, fragte sie aufgeregt.

„Don Giovanni“, sagte ich. Meine Augen strahlten als ich den Titel laut aussprach, der mir so offensichtlich passend für das Thema mit Vito schien.

„Na dann muss es fast von ihm handeln …“, sagte sie fürwitzig. Als sie sah wie zufrieden ich lächelte sprang sie erregt auf und sagte: „Es handelt wirklich von ihm? Ich muss es unbedingt lesen.“

Ich drückte ihr eine Kopie des Manuskriptes in die Hand, die ich extra für sie angefertigt hatte und lehnte mich entspannt auf dem Sofa zurück.

„Du hast wirklich viel von mir versäumt und ich glaube, dass dich meine Gedanken sicher interessieren …“, sagte ich zu ihr.

Sie schnappte sich den Papierbüschel und stürzte sich Hals über Kopf hinein. Ich döste währenddessen solange, bis ich erschöpft einschlief. In der letzten Nacht hatte ich nicht viel Schlaf abbekommen, weil ich nicht damit aufhören konnte an Vito zu denken und mich damit beschäftigte, ob ich nicht etwas zu ihm hätte sagen sollen, als wir vor dem Ristorante standen. Vielleicht war es auch ein bisschen feige von mir, dass ich alles daraufsetzte, dass er einen Schritt auf mich zumachte. Auch wenn er nicht wusste was er wollte, so wusste ich doch zumindest, was ich wollte. Nämlich ihn. Und ich wunderte mich darüber, wieso ich ihn mir nicht einfach gekrallt hatte.

Es war mein falscher Stolz, der wie eine undurchlässige Barrikade vor dem Eingang meines Herzens türmte und mich davon abhielt mehr zu riskieren.

Als ich wieder zu mir kam, saß Arianna aufgeregt vor mir und wartete offensichtlich schon auf meine Rückkehr ins Reich der Lebenden.

„Beobachtest du mich beim Schlafen?", sagte ich mürrisch, da ich erst leicht blinzelnd meine Augen geöffnet hatte und sie mit einem Ausdruck vor mir saß, der aussah als trug sie eine überdimensionale Clownsmaske.

„Es ist unglaublich. Du hast mir nie erzählt, dass du so für ihn empfindest. Ich glaube, ich empfinde nicht einmal so viel für Marco … und du weißt wie sehr ich ihn liebe!", sagte sie. Ihre Stimme frohlockte vor Euphorie.

„Weiß er davon? Du musst ihm unbedingt erzählen, wieso du so versessen auf ihn bist. Vielleicht geht er davon aus, dass er auch nur ein bloßes Stück Fleisch für dich ist, so wie ihn wohl auch die anderen Frauen sehen, die nur mit ihm schlafen wollen. Nachdem ich die Sachen über ihn gelesen habe, bin ich der Ansicht, dass er auch deshalb so ein verzerrtes Selbstbild hat. Wieso sonst sollte er mit so vielen Frauen schlafen? Es bringt ihm ja nichts. Da kann er genauso gut nur mit einer Frau schlafen, die ihm all die Leidenschaft und Liebe zurückgibt. Schließlich hätte er mehr davon …", brabbelte sie vor sich hin.

„Wer weiß …", sagte ich verträumt.


Plötzlich klingelte es ganz unerwartet an meiner Türe.

„Das ist er!", flüsterte Arianna emotionsgeladen und sprang von der Couch auf.

Dabei hielt sie ihren Bauch so fest, als hätte sie Angst davor, dass ihr ungeborenes Kind in Gefahr stünde herauszufallen.

„Geh! Mach auf!", befahl sie mir und zerrte mich von der Couch bis vor meine Haustüre.

Schon an dem Schatten, der sich abzeichnete und wie ich durch das schmale Glasfenster neben meiner Türe erkennen konnte, handelte es sich nicht um Vito. Trotzdem kam auch dieser Besucher für mich sehr unerwartet. Es war Vittoria, die mich sehen wollte.

„Komm rein!", erteilte ich ihr Obdach in meinem Casa.

„Wie geht's dir? Wieso bist du gestern so schnell verschwunden?", fragte sie sorgenvoll.

„Plötzlich interessiert es dich wieder wie es mir geht? Willst du mir heute keine böswillige Unterstellung machen?", fragte ich kampflustig.

„Ti prego, Laura. Ich war sauer auf dich, weil sich Vito immer nur für dich interessiert. Du hast keine Ahnung wie sich das anfühlt, ein Kind zu bekommen und der Vater will nichts davon wissen. Ich habe genug falsch gemacht um zu wissen, dass es auch nicht gut für Alessandro ist, dass sein Vater nicht mehr bei ihm ist …", sagte sie einsehend.
Es hörte sich ehrlich an. Trotzdem blieb ich skeptisch.

„Da bist du aber selbst dran schuld. Nicht ich …", sagte ich besserwisserisch.

„Ich weiß. Aber …", begann sie zu erzählen. „Irgendwas musst du bei ihm bewirkt haben, denn sonst wäre er sicher nicht zurückgekommen …", erzählte sie.

„War er bei Alessandro?", fragte ich interessiert.

„Ja … heute Vormittag. Er hat sich so gefreut ihn zu sehen. Vito hat ihn gleich mitgenommen und etwas mit ihm unternommen!", sagte sie und lächelte erleichtert. „Sie haben beide geweint, als sie sich nach der langen Zeit wieder in den Armen halten konnten. Obwohl Alessandro so ein starker Junge ist, beschäftigt es ihn schon, wieso sein Vater nie da ist …"
Es freute mich davon zu hören, dass Vito sich dazu entschlossen hatte wieder ein Teil von Alessandros Leben zu sein. Ich wusste, dass er im Grunde ja auch für ihn da sein wollte …

„Das ist schön …", sagte ich und atmete getrost auf.

„Ich danke dir!", sagte sie aufrichtig und umarmte mich.

„Keine Ursache …", antwortete ich zufrieden.
Eigentlich musste ich ein außergewöhnlich gutes Karma haben, darum fragte ich mich, wann ich endlich die

Belohnung für die ganzen selbstlosen Taten, die ich vollbrachte, bekommen würde?

Ich war Vittoria nicht mehr böse, denn ich wusste ja wie sie war. Es wäre naiv von mir gewesen, hätte ich jemals daran geglaubt, dass sie all ihre ungünstigen Charaktereigenschaften ablegen könnte, deshalb erwartete ich mir von ihr diesbezüglich nicht viel. Wir hatten vor ein paar Wochen entschieden, gemeinsam nach Vito zu suchen und das haben wir dann auch gemacht. Obwohl wir nach allem noch immer nicht die besten Freundinnen waren, hatten wir trotzdem eine Basis gefunden, auf der wir halbwegs normal miteinander umgehen konnten. Ich war bestimmt kein Mensch, der versuchte jemanden zu ändern. Ich tat mein Möglichstes, die Leute ihr Leben so führen zu lassen, wie sie es für richtig hielten. Wenn ich unverhofft mit jemandem wirklich nicht zurechtkam, musste ich mich mit dieser Person ja nicht unnötig herumschlagen. Vittoria konnte ja zudem auch ganz nett sein, wenn sie es wollte.

Es klingelte erneut.

„Das ist er jetzt aber!“, schrie Arianna wieder ganz angespannt und streckte ihren Kopf, wie der einer Giraffe, vor Neugierde in die Höhe. Ihr Hals wurde länger und länger.

„Wer?“, fragte Vittoria verdattert.

„Vito!“, wiederholte Arianna das für sie Offensichtliche. Sie packte mich grob am Arm und zerrte mich wieder aggressiv zur Haustüre. Diesmal stand ein größerer Herr davor. Arianna öffnete hoffnungsvoll meine Pforte, doch wieder sahen wir keinen Vito davorstehen.

Es war Pierino, der ebenso unverhofft vorbeikam.

„Können wir reden?“, fragte er traurig.

„Klar, komm rein …“, sagte ich fürsorglich und bat ihn herein.

„… Es geht um Vittoria“, fing er an zu reden.
Arianna und ich verzogen unsere Gesichter und pressten unsere Zeigefinger auf unsere verschlossenen Lippen um ihm ein Zeichen zu geben, dass es im Moment sehr ungünstig war, ausgerechnet über sie zu sprechen.

„Was ist …?“, fragte er zerstreut.
Er steuerte unaufhaltsam auf meine Küche zu, in der Vittoria an meinem Esstisch saß und auf unserer Rückkehr wartete.

„Pietro … Was machst du hier?“, fragte sie perplex.
Offensichtlich hatten beide nicht damit gerechnet sich hier anzutreffen. Ich leitete das anhand ihrer konfusen Blicke ab.

„Du willst bestimmt etwas trinken“, sagte ich, „Einen Tee?“
Pierino nickte langsam zustimmend mit dem Kopf. Arianna setzte sich zu ihnen an den Tisch und versuchte sich irgendwie mit der unangenehmen vorherrschenden Atmosphäre zu arrangieren.

„Wieso schaut ihr euch so komisch an? Wart ihr nicht zusammen auf Tonis Party?“, fragte sie und versuchte sich daran zu erinnern, ob sie mit ihrer Vermutung richtig lag.

„Si …“, antwortete Pierino leise.

„Seid ihr nicht zusammen?“, fragte sie ungeschickt weiter.
Vittoria sagte nichts dazu und schaute mir lieber aus der Ferne dabei zu, wie ich einen Topf mit Wasser auf dem Herd aufsetzte.

„Oh … Ihr habt also gerade Stress. Wie gut für euch, dass ich hier bin“, sagte sie, davon überzeugt, dass sie eine hervorragende Paartherapeutin war.
Ich war vollkommen baff, dass Arianna derartig gut italienisch redete. Sie hatte ja erst vor ein paar Monaten

damit angefangen und trotzdem kannte sie Vokabeln, die normalerweise in keinem A2 Wortschatz vorkamen.

„Wieso?", fragte Vittoria schnippisch. Ich war gespannt, wie sie darauf reagierte, dass sich eine Fremde in ihr Liebesleben einmischte.

„Weil ich eine Meisterin bin, wenn es darum geht, Menschen zusammenzubringen!", antwortete Arianna selbstverliebt.

„Wir sind nicht zusammen", antwortete Pierino verlegen.

„Aber zwischen euch läuft irgendwas?", bohrte Arianna weiter.

Ich merkte ihr deutlich an, dass ihr in den letzten Monaten ein bisschen die Dramen gefehlt hatten und nur wenig Spannendes in Österreich passiert war. Abgesehen von der Tatsache, dass sie ein Baby bekam und das dies sicher ein packender Zeitabschnitt ihres Lebens war. Aber sie freute sich eben, dass sie sich in das Leben anderer Leute einmischen konnte und das schien ihr durchaus zu gefallen.

„Nein …", antwortete Vittoria starr.

„Natürlich …", entgegnete ihr Pierino.

Sie rollte mit den Augen und wollte ihm auf diesem Weg mitteilen, dass sie keine Lust hatte darüber zu sprechen, schon gar nicht wenn wir dabei waren.

„Wieso stehst du nicht dazu, dass du mich auch magst? Ich verstehe es nicht, Vittoria!", sagte Pierino verletzt.

„Pierino, ich bitte dich. Sei ein Mann!", befahl sie.

„Ich bin ein Mann, Vittoria. Ich brauche keine Bestätigung von irgendjemandem dafür", sagte er wütend. Da ich wusste wie enorm sein Penis war, brauchte er sich diesbezüglich wirklich vor niemandem zu behaupten.

„Das mit uns kann nicht funktionieren. Du siehst doch, wie chaotisch alles ist …", sagte sie ebenfalls erzürnt.

„Wieso nicht? Wir haben es ja nicht einmal versucht!“, konterte er.

„Ich habe ein Kind und werde bald wieder eines haben, dass mich die Nächte über wach halten wird … Du sollst dein Leben genießen, Pierino!“, sagte sie unsensibel.

„Genau das ist es, was ich will. Du hast einen fabelhaften Sohn großgezogen und es macht mir nichts aus, dass du ein weiteres Kind bekommst. Ich habe dich als liebevolle Mutter und als sehr gefühlvolle Frau kennengelernt. Aber ich verstehe nicht, wieso du nach außen versuchst dich so hart zu geben? Du bist nicht so hart wie du glaubst“, urteilte er streng.

Offensichtlich hatte Vittoria nicht bedacht, dass Pierino sich schon lange eine Familie wünschte und mit ihr und ihren beiden Kindern war dessen Erfüllung in greifbarer Nähe. Er hatte allen Grund jetzt hartnäckig zu sein.

„Du bildest dir da etwas ein. Du kennst mich ja nicht …“, antwortete sie in sich gekehrt.

„Natürlich kenne ich dich nicht sehr gut, wir kennen uns auch erst sehr kurz. Aber trotzdem mag ich dich sehr gerne …“, sagte er kämpferisch.

„Du könntest ja eigentlich glücklich sein, dass es für ihn kein Problem ist, dass du zwei Kinder hast. Ich könnte dir da Geschichten erzählen …“, gab Arianna einen Kommentar dazu ab.

Sie hatte für ihre Verhältnisse recht lange damit gewartet. Sie saß neben den beiden und verfolgte ihre Unterhaltung, als wäre sie auf einem Tennismatch.

Obwohl das Wasser schon längst heiß war und der Tee bereits lange genug gezogen hatte, blieb ich in der Küche stehen und versuchte mich aus deren Disput rauszuhalten.

„Hat es dir gar nichts bedeutet mit mir zu schlafen?“, fragte er bestürzt. Pierino fühlte sich vermutlich so, als hätte man ihn nur ausprobieren wollen.

„Wir haben miteinander geschlafen?", wiederholte sie nachdenklich. Ich hielt zwischenzeitlich die Luft an, um zu verhindern, dass mir eine unangebrachte Bemerkung dazu herausrutschte.

„Vittoria! Ich habe mich in dich verliebt!", sagte er ernst. Pierino stand auf, lief einmal um den Tisch herum auf die Seite, an der Vittoria saß und packte sie grob. Als sie regungslos vor ihm stand drückte er ihr einen leidenschaftlichen Kuss auf den Mund.

Nachdem sie sich erst leicht dagegen zur Wehr setzte, ließ sie locker und begann seine Küsse zu erwidern. Auch sie setzte plötzlich ihren ganzen Körper dabei ein und sie begannen sich lustvoll aneinander zu reiben.

Arianna räusperte sich ungeniert, weil die beiden sehr dicht neben ihr standen. Ganz gemächlich hörten sie auf sich zu liebkosen. Sie standen sich noch immer mit geschlossenen Augen gegenüber und hielten sich dabei fest. Keiner wollte den anderen gehen lassen.

„Du liebst mich?", fragte sie skeptisch. Sie klang wie ein kleines Mädchen, das nicht mehr daran geglaubt hatte, dass ihr der Weihnachtsmann doch noch einmal ihren Strumpf auffüllen würde.

„Si, ti amo!", sagte er und küsste sie noch ein weiteres Mal sanft.

Sie schmiegte sich an ihn und versuchte den Moment mit ihm, so gut es möglich war, zu genießen. Arianna und ich standen im selben Raum mit ihnen, aber es wäre mir auch egal gewesen, in einer Raumkapsel zu sitzen, die gerade zur ISS unterwegs war. Jeder fand zu seinem Glück, bloß ich nicht. Es war zum Mäusemelken!

# XXII

Nachdem Vittoria und Pierino alle Zweifel aus dem Weg geräumt hatten stand einem Versuch zusammen zu sein nichts mehr im Weg. Arianna war stolz darüber, dass sie abermals die Ruffiana spielen konnte, obwohl sie eigentlich nicht wirklich viel dazu beigetragen hatte, dass die beiden zur Besinnung kamen. Aber sie war glücklich, weshalb ich sie nicht darauf hinweisen wollte.

Pierino war wirklich ein Glückstreffer für Vittoria. Dachte sie allen Ernstes, dass er ihr die Zuneigung nur vorspielte? Vielleicht war sie aber in all den Jahren, in denen sie alleine war oder auf der Suche nach einem Partner, der nicht Antonio oder Vito hieß, auch einfach zu oft verletzt worden. Ich kannte ihre Lebensgeschichte zu wenig, um darüber zu urteilen, doch wenn sie nur halb so viele unbrauchbare Männer kennenlernte, wie ich, dann hatte ich vollstes Verständnis für ihre Zweifel.

„Ich hätte wetten können, dass er kommen würde", sagte Arianna desillusioniert.

„Sei nicht enttäuscht. Nicht alles im Leben hat ein sorgloses Ende …", sagte ich reif.

„Schön, dass wir heute wenigstens ein Paar sehen durften, das mutig genug war, zu ihren Gefühlen zu stehen …", sagte sie ohne über ihre verletzende Aussage nachzudenken.

„Was willst du damit sagen?", fragte ich gekränkt.

„Ähm …", sagte sie verlegen.

„Denkst du ich bin feige?", fragte ich entehrt.

„So würde ich es nicht sagen. Aber du hättest dich auch mehr ins Zeug legen können …“, antwortete sie direkt.

„Und was genau hätte ich machen sollen? Von seiner Seite kommt nichts Brauchbares zurück …“, sagte ich weinerlich.

Vermutlich hatte sich Arianna ihre ehrliche Einschätzung über mein Missverhalten in der Sache mit Vito deshalb aufgespart, weil sie wusste wie emotional ich darauf reagieren würde. Schon wieder weinte ich. Ich hatte die Schnauze gestrichen voll davon, so traurig zu sein!

„Du hast ja nicht einmal versucht nochmal mit ihm zu reden …“, sagte sie bürokratisch.

„Und du hast leicht reden …“, fuhr ich sie an.

Doch sie konnte ja nichts dafür. Ich war bloß wütend, weil sie recht hatte.

„Wieso erwartest du dir, dass plötzlich alles von ihm kommt? Ganz offensichtlich braucht er Hilfe. Warum hilfst du ihm also nicht einfach?“, fragte sie scharfsinnig.

Es war mittlerweile Abend geworden und wir saßen gemeinsam bei Kerzenschein in meinem Wohnzimmer auf meiner Couch und diskutierten miteinander. Schon wieder ging es um das leidtragende Thema ‚Vito‘. Doch so lange es kein zufriedenstellendes Ende in dieser Angelegenheit gab, fürchtete ich, dass das Thema nie ganz vom Tisch sein würde. Marco war schon den ganzen Tag mit Toni unterwegs und half ihm beim Aufräumen. Trotzdem war er schon sehr lange fort und ich hätte nichts dagegen gehabt, wenn er unser Gespräch gestört hätte.

Wieder war jemand an der Haustüre. Doch diesmal klingelte es nicht. Jemand klopfte entschlossen an.

Bestimmt war es Marco, der mich aus meiner psychiatrischen Sitzung mit Arianna erlösen wollte. Ich hatte ihm mehrere telepathische Nachrichten diesbezüglich geschickt. Da ihr ganzer Rücken schmerzte und es besser war, dass sie ihre Beine hochlagerte, ging ich alleine zum Eingang und ließ Marco herein.

Bloß, dass er es nicht war.

Vito stand vor mir. Er sah mich an und sagte nichts.

Kein ‚Ciao‘, kein ‚Schön dich zu sehen‘, kein ‚Ich liebe dich‘.

„Was machst du hier?“, fragte ich fiebrig.
In meinem Körper kochte das Blut. Es lag wohl an dem psychischen Dauerstress unter dem ich seit Tagen stand.

„Kann ich reinkommen?“, fragte er zwanglos.

„Klar …“, antwortete ich und zuckte irritiert mit den Schultern.
Vito lief an mir vorbei und zog seine Jacke und seine Schuhe aus. Anschließend stand er erwartungsvoll vor mir und schaute mich an.

„Können wir reden?“, fragte er und lachte amüsiert.
Offensichtlich fand er die Situation ähnlich beklemmend wie ich.

„OK …“, antwortete ich knapp.
Wir liefen durch mein Haus und ich teilte Arianna kurz mit, dass es sich dieses Mal um Vito handelte und nicht um Marco und dass sie derweil auf dem Sofa auf mich warten solle. Ich erwartete mir nicht, dass unser Gespräch allzu lange dauern würde. Sie nickte zustimmend, da es darauf auch keine andere Antwort gab und massierte sich derweil eigenständig ihre große Kugel.
Vito lehnte sich an meiner Küchenfront an, während ich mir ein Glas Wasser einschenkte.

„Also …“, sagte ich kurz angebunden. „Was gibt’s?“
Obwohl ich mich eigentlich sehr freute ihn zu sehen, versuchte ich so wenig Blickkontakt wie möglich

herzustellen. Ich ärgerte mich über mich selbst, da Arianna wieder einmal genau ins Schwarze getroffen hatte.

Wieso machte ich nicht einfach einen Schritt auf ihn zu?

„Wie geht's dir?", fragte er lieb und legte seine Hand über meine, die ich verkrampft auf meiner Küchenplatte abgelegt hatte.

„Es geht so …", antwortete ich und schaute in mein Wasserglas, dessen Inhalt kurz davor war emporzuquellen. Mir war nicht nur heiß, ich zitterte zu allem Überfluss am ganzen Körper.

„Schade, dass du neulich so schnell weg warst …", sagte er mit dieser irren Sorglosigkeit, die ich nur zu gut von ihm kannte. Ich hatte das Gefühl, dass die Welt für ihn ein großes Spielfeld war, in dem er die Regeln aufstellte.

„Ja …", sagte ich.

Die Situation war mir unangenehm. Obwohl ich gerade erst ein ganzes Buch darüber geschrieben hatte, wie sehr ich diesen Mann liebte, brachte ich ihm gegenüber kein einziges sinnvolles Wort heraus.

Er berührte mich mit seinen Fingerspitzen an meinem Hals und ich bekam vor Erregung eine Gänsehaut. Ich durfte nicht schwach werden, nicht solange er mir nicht sagte, was er wirklich fühlte. Er fuhr ganz sanft über meinen Hals nach oben und drückte mein Kinn hinauf, solange, bis ich nicht mehr in mein Glas, sondern direkt in seine Augen schaute. Ich liebte seine Mimik, die noch immer so unbeschwert aussah wie dann und wann.

„Konntest du deine Angelegenheiten regeln?", hauchte ich fast lautlos.

„Größtenteils …", antwortete er und lächelte mich an.

Plötzlich stieß Arianna einen lauten Schrei aus!

„Laura! Laura-ah!", schrie sie in voller Lautstärke.

„Ma che cavolo succede?“, fragte Vito erschrocken.

Arianna gab ein paar weitere schmerzvolle Schreie von sich. Obwohl es sich anhörte wie ein Schwein, dass gerade abgestochen wurde, klärte ich das Missverständnis und antwortete fassungslos:

„Das Baby kommt!“

„Welches Baby?“, fragte er verwirrt, folgte mir aber trotzdem sofort ins Wohnzimmer.

Arianna lag noch immer auf meinem Sofa und aalte sich in Unbehagen.

„Was ist los?“, fragte ich ängstlich und setzte mich zu ihr. Mein ganzes Sofa war nass. „Wieso ist hier überall Wasser?“, fragte ich unwissend.

„Die Fruchtblase ist geplatzt. Wo zum Teufel ist Marco?“, schrie sie mich an.

„Keine Ahnung …“, sagte ich aufgelöst. „Soll ich ihn anrufen?“, fragte ich überrumpelt.

Arianna schaute mich mit einem todesgleichen Blick an und ich eilte sofort zu meinem Telefon und versuchte Marco zu erreichen. Vito setzte sich inzwischen zu ihr und versuchte sie zu beruhigen.

Marco war nicht erreichbar.

Welch' ein Hohn!

In einer Gesellschaft, in der sich alles darum drehte, mobil, erreichbar und ständig online zu sein, war Marco ausgerechnet zu dem Zeitpunkt unerreichbar, an dem er sich besser einen Chip hätte implantieren lassen, um genau in dieser Sache sofort zur Stelle zu sein.

„Und …? Wo ist er?“, stöhnte Arianna schmerzvoll, als ich mein Telefon beiseite legte.

„Er ist schon unterwegs …“, log ich, weil ich einfach darauf hoffte, dass er gerade auf dem Weg hierher war.

Ich holte Arianna eine Schüssel voll Wasser und ein paar Waschlappen mit denen ich ihr den Schweiß von der Stirn wischte, der wie aus einer ausgequetschten Zitrone sekündlich aus ihr herausspritzte.

„Wieso geht das so schnell? Geht das immer so schnell?“, fragte ich uninformiert.

Obwohl ich seit neun Monaten wusste, dass dieser Moment früher oder später kam, hatte ich mich überhaupt nicht darüber schlau gemacht, wie so eine Geburt verlief. Eigentlich ging ich ja auch davon aus, dass Arianna ihr Kind in Österreich auf die Welt bringen würde. In einem Krankenhaus. Mit ein paar Ärzten, die sich auskannten. Und nicht in Italien, bei mir zuhause!

Ich überlegte, ob es in unserer Nähe überhaupt ein Krankenhaus gab. Wo bekamen denn die hiesigen Frauen ihre Kinder? Es musste doch so etwas wie ein Krankenhaus geben …!

„Wir müssen ins Krankenhaus!“, sagte ich verstört.

Noch immer wimmerte Arianna vor Schmerzen und es gab nichts, was ich für sie tun konnte, um die Situation angenehmer zu gestalten. Ich fühlte mich nutzlos.

„Sie hat starke Schmerzen“, offenbarte ich vor uns das Unübersehbare.

Vito saß unverändert neben Arianna und redete ihr gut zu. Offensichtlich war er eine größere Hilfe als ich. Ich rannte aufgescheucht hin und her und schleppte allerlei Dinge heran, die ich für nützlich hielt. Ein paar Flaschen Wasser, Handtücher, ein Deo, ein paar frische Unterhosen …

Er hielt ihre Hand beständig in seiner und ertrug die Schmerzen, die ihm Arianna zufügte, wenn wieder eine Wehe kam und sie ihn so fest kniff, dass kein Blut mehr in seine Glieder fließen konnte.

Es war unglaublich von ihm. Ich hätte nie gedacht, dass er dazu fähig war. Er war noch immer hier, obwohl es härter als hart auf hart kam und er in solchen Situationen für gewöhnlich davonrannte.

„Fahr den Wagen vor", befahl er mir.

„Wo ist Marco-oh!", schrie Arianna.

„Wo ist das nächste Krankenhaus?", fragte ich, weil ich unschlüssig war, wo ich die beiden hinbringen sollte.

„In Luino …", klärte er mich auf.

„Luino? Gott, da fahren wir ja eine Stunde …", überlegte ich laut. Etwas zu laut.

„Eine Stunde? Oddio-oh! Das überlebe ich nicht!", jaulte Arianna qualvoll.

„Kannst du dich aufsetzen?", fragte Vito und versuchte sie vom Liegen hochzuziehen. Dabei schrie sie erneut bitterlich.

„Ich weiß nicht, ob wir noch genug Zeit haben …", sagte Vito ungewiss.

„Wie lange dauert es denn noch?", fragte ich gespannt.

„Keine Ahnung. Ich bin doch kein Arzt. Und ich war noch bei keiner Geburt dabei. Was weiß ich …", brabbelte er. Nun war nicht mehr zu verstecken, dass auch Vito ein klein bisschen nervös wurde.

„Du machst das hervorragend … Grazie!", sagte ich ernst und drückte ihn in eine liebevolle Umarmung.

„Was macht ihr. Hilfe-eh!", rief uns Arianna derweil von der Seite zu.

„Ich rufe meine Tante an, sie ist Hebamme. Sie kann uns helfen!", sagte er wieder gewissenhaft, zog sein Telefon aus seiner Hosentasche und ging aus dem Zimmer, um in Ruhe zu telefonieren.

„Laura-ah! Ich schaffe das nicht. Wo ist Marco-oh? Ich will das nicht …", stöhnte Arianna schmerzgeplagt.

„Du machst das super. Wir schaffen das!", versicherte ich ihr.

Wir waren alle mit der Situation überfordert. Wer hätte gedacht, dass Ariannas Baby ausgerechnet so zur Welt kommen wollte. Sie meinte neulich noch, es ginge vermutlich noch ein paar Wochen. Hätte sie geahnt, dass plötzlich alles so schnell ginge, wäre sie sicher nicht extra hergefahren, nur um mich zu besuchen. Vor allem auch, hätte sie Marco sicher nicht einfach so weggehen lassen. Doch auch er hatte vermutlich nicht mit der vorschnellen Geburt des Kindes gerechnet ...

„Meine Tante wohnt ganz in der Nähe, sie ist gleich da!", beruhigte uns Vito.
Er kniete sich wieder neben die Couch und versuchte Arianna zu beruhigen, damit sie sich auf ihre Atmung konzentrieren konnte.

Von dem Zeitpunkt an, als Vito seine Tante kontaktiert hatte, bis zu dem Augenblick, als es endlich an der Türe klingelte, waren ungefähr zehn Minuten vergangen. Doch wenn man hilflos neben einer entkräfteten Schwangeren saß, die einen alle paar Sekunden in einer Lautstärke anschrie, in der man normalerweise jemandem bei lebendigem Leibe einen Fuß zu amputieren versuchte, konnten ebenso gut zehn Stunden vergangen sein. Man hatte überhaupt kein Zeitgefühl mehr.
Vitos Tante hob Ariannas Kleid hoch, mit dem sie uns gegenüber ihren Intimbereich bedeckt hatte und begutachtete ihren Uterus genauestens. Vito und ich hatten uns derweil am Ende meiner Couch links und rechts neben Ariannas Kopf platziert.

„La bocca dell'utero ... è totalmente aperta!", gab sie eine haarscharfe Diagnose von sich. Wir schauten sie entsetzt an. „È giunta l'ora!", verdeutlichte sie ihre Aussage.

„Was soll das bedeuten?", bat Arianna um eine klare Übersetzung davon, was Sache war.

„Das Baby, es kommt jetzt!", sagte ich so gelassen wie möglich, denn in meinem Kopfkino lief schon der nächste Horrorstreifen!

Arianna konnte ihr Kind doch nicht einfach so auf meiner Couch bekommen, in meinem Haus, ohne ärztliches Fachpersonal und schon gar nicht ohne ihren Ehemann! Aber uns allen wurde ziemlich schnell klar, dass es Momente im Leben gab, in denen man einfach mal spontan sein musste.

So einer war dieser.

Während wir Ariannas Hände hielten und versuchten sie dabei zu unterstützen, wie sie in Schwerstarbeit versuchte, ein Zentner schweres Kind aus ihrer Vagina herauszupressen, starrte die Hebamme in Ariannas Uterus als liefe darin gerade eine neue Staffel von ‚Sex and the City‘ an. Doch ich ging davon aus, dass wenigstens sie wusste, was zu tun war.

Vito machte ihr komische Atemgeräusche vor, die Arianna versuchte zu imitieren, während ich ihr immer wieder ein bisschen kaltes Wasser ins Gesicht spritzte. Ich hatte keine Ahnung, ob es für sie angenehm war, oder nicht. Aber ich ging davon aus, dass ihr im Moment alles um sie herum völlig gleichgültig war. Ihr zierlicher Körper arbeitete hart daran, das Unmögliche möglich zu machen und wenn ich ihren Gesichtsausdruck richtig wahrnahm, schien sie gar nicht wirklich in ihrem Körper zu stecken. Offensichtlich war das eine Art natürlicher Schutzmechanismus. Denn obwohl sie so laut schrie, wie ich noch nie jemanden zuvor hatte schreien gehört und obwohl es so schmerzhaft aussah, als wenn man jemandem bei vollem Bewusstsein am offenen Herzen operierte, machte sie es eigentlich ganz gut. Ein paar heftigen Schlusswehen gefolgt, war es plötzlich ganz still geworden.

Arianna lag fast bewusstlos auf meiner Couch. Sie war klatschnass geschwitzt und flehte mich um ein Glas Wasser an, dass ich ihr natürlich sofort reichte. Dem Moment der absoluten Ruhe, folgte ein leises, ganz empfindliches Weinen.

Die Hebamme zog zwischen Ariannas Beinen ein waschechtes, lebendiges, winziges Baby hervor. Seine beiden Beinchen und Ärmchen waren ganz dünn und schwach. Seine Händchen und Füßchen so klein, dass es wohl keine Schuhe gäbe, die ihm aktuell passten, außer vielleicht die einer Puppe. Sie wickelte ein Tuch um das frierende Kind, obwohl es in meinem Wohnzimmer gefühlt an die tausend Grad hatte, und legte es Arianna auf den Oberkörper. Sie sah es an. Stolz. Anmutig. Völlig geschafft.

„Wow, Arianna! Es ist wunderschön!“, sagte ich und weinte.

Mein Gesicht war über und über mit Tränen der Freude bedeckt. Es war der wohl ergreifendste Moment meines gesamten Lebens!

„Ist es ein Mädchen oder ein Junge?“, fragte sie platt.

„Es ist …“, sagte ich und wagte nochmal einen kurzen Blick unter das lotternde Tüchlein, in dem der kleine Winzling eingewickelt war.

„Filippa“, sagte ich fast geräuschlos.

Auch Arianna lösten sich ein paar Freudentränen. Oder womöglich waren es auch ein paar Tränen der Erschöpfung. Aber eigentlich sah sie ganz frisch aus, wenn man bedachte, dass sie gerade eine Strecke zurückgelegt hatte, die kein Marathon dieser Welt überbieten konnte.

Die Hebamme ging in die Küche und holte sich selbst etwas zu trinken. Mein Blick wanderte von Arianna und ihrem Baby zu Vito, der mittlerweile in der Ecke meines Wohnzimmers stand und sich vom Geschehen abgewendet hatte.

Endlich klingelte es nochmals an der Haustüre und die Hebamme ließ Marco herein. Der kannte sich zuerst gar nicht aus, wer die fremde Frau war und was sie ihm versuchte auf Italienisch zu erzählen. Aber das Wort ‚Bambini‘ war ihm dann doch ein Begriff und er raste an ihr vorbei und stürzte sich im Wohnzimmer auf seine beiden Mädels.

Nun war ihre Familie komplett.

Wobei Marco sich wohl für den Rest seines Lebens in den Hintern beißen würde, weil er diesen sagenhaften Moment der Geburt von Filippa verpasst hatte.

# XXIII

Ich war heilfroh darüber, dass die Geburt gut verlaufen war und das Arianna ein gesundes Mädchen entbunden hatte. Es wäre nicht auszumalen gewesen, was alles passieren hätte können, wäre es zu irgendwelchen Komplikationen gekommen. In Cannobio gab es zwar schon ein Ärztehaus, doch für solche Dinge waren sie dort nicht eingerichtet. Was die ärztliche Nothilfe anbelange war man in Österreich eindeutig besser aufgehoben. Umso besser war es, dass alle wohl auf waren.

Marco war natürlich wütend auf sich selbst, weil er die Geburt seiner Erstgeborenen verpasst hatte. Darum versuchte er sich immerhin jetzt gut um alle zu kümmern. Kurz nach seiner Ankunft traf auch schon die Ambulanza ein, welche die Hebamme zuvor alarmiert hatte. Wie ich schon mehrmals erwähnt hatte, liefen die Uhren in Italien einfach etwas langsamer, als anderswo.
Sie versorgten Arianna soweit es möglich war auf meiner Couch, bevor sie sie in den Wagen einluden und ins Krankenhaus nach Luino brachten.
Ich sah bekümmert auf meine Couch, die einem Schlachtfeld gleichsah und schrieb es als aller erste Aufgabe für den nächsten Tag auf meine gedankliche Liste, dass ich sie sofort entsorgen musste.
Trotzdem alles sehr schnell gegangen ist, hätte ich nicht sagen können, ob wir nur wenige Minuten, oder sogar ein paar Tage mit der Geburt verbracht haben. Als ich auf die große Uhr schaute, die in meinem Wohnzimmer hing, war es mitten in der Nacht, doch ich war überhaupt nicht müde. Ich war voller Adrenalin. Aber wo war eigentlich Vito?

Bei dem ganzen Trubel mit den Sanitätern hatte ich ihn ganz aus den Augen verloren. Ich suchte ihn in meinem Wohnzimmer, in der Küche, in meinem Garten und vor dem Haus, doch er war nicht auffindbar.
Womöglich war ihm das Ganze auch zu viel und er hatte sich irgendwann aus dem Staub gemacht. Ich konnte es ihm nicht einmal übelnehmen, denn es war keine leicht verdauliche Kost, die er heute bei mir serviert bekam und dass, obwohl er eigentlich zu mir gekommen war, um etwas mit mir zu klären.

Ich sperrte meine Haustüre zu und fuhr mit einem Wisch über die Armatur mit all den Lichtschaltern und in meinem ganzen Haus wurde es, wie auch draußen, stockdunkel. Ich kannte meine vier Wände in und auswendig, weshalb ich kein Licht brauchte, um in den oberen Stock zu kommen. Nachdem ich am Ende der Treppe angekommen war und geradewegs in mein Bad laufen wollte, fiel mir auf, dass in dem kleinen Zimmer in meiner Dachgaupe noch das Licht brannte. Vermutlich hatte ich vergessen es zu löschen.
Ich öffnete die Türe schlagartig und fand niemand geringeren als meinen Vito mittendrin sitzen.
Er hockte auf dem ledernen Sessel, den er selbst hineingestellt hatte und blickte zur Decke, auf sein Kunstwerk, dass er vor Monaten für mich angefertigt hatte.
   „Du bist noch da?“, fragte ich überrascht.
Nach allem was passiert war, freute ich mich mehr als über alles andere existentielle Gut dieser Welt, in diesem Augenblick sein liebes Gesicht zu sehen.
   „Ich hatte nicht damit gerechnet, dass das Kind heute kommt …“, sagte ich und lief langsam auf ihn zu.
Vito dachte wohl gerade an etwas Lustiges, denn er lachte ohrenbetäubend.
   „Was ist so lustig?“, fragte ich interessiert.

„Tu!", sagte er, als erkläre es seinen Euphemismus.

„Io?", grübelte ich.

„Mit dir wird es nie langweilig", fuhr er fort und begutachtete denn dicken Büschel ausgedruckter Seiten, der neben meinem Computer auf dem kleinen antiken Tischchen lag.

„Ist das ein neues Buch?", fragte er interessiert.

„Si …Es ist heute fertig geworden", antwortete ich stolz.

„Worum geht es?", erkundigte er sich weiter.

„Tu!", antwortete ich und lächelte.

„Io?", fragte er ungläubig.

Er nahm die erste Seite in die Hand, auf den ich den vorläufigen Titel des Romans in Großbuchstaben aufgedruckt hatte und las ihn laut vor:

„DON GIOVANNI".

Er lachte amüsiert und legte das Blatt wieder auf seinen Stapel, bevor er aufstand und sich vor mir auftürmte.

„Der Titel scheint mir sehr passend zu sein, wenn es von mir handelt", sagte er heiter.

„Auf den Punkt gebracht …", fügte ich frech hinzu.

„Und was ist die Moral deiner Geschichte?", fragte er fidel.


Wir standen wieder so dicht beieinander, dass wir alleine schon wegen meiner überdurchschnittlichen Körperwärme miteinander verschmelzen hätten können.

Ich spürte seinen Atem auf der Haut in meinem Gesicht. Er gab mir Wärme und seine aufladende Energie floss in mich wie der Strom aus einer Steckdose. Er lud meinen Akku, der schon viel zu lange auf Sparflamme lief, in wenigen Augenblicken wieder auf.

Ich erwiderte den Blick, den er mir zuwarf und der mich immer wieder aufs Neue, wie die Kugel eines Roulettes, aus der Bahn warf. Er sah mich an, als wäre ich die einzige Frau, die es gab. Ganz egal, ob er mit siebenundvierzig oder tausend anderen Frauen zusammen sein konnte.

Ich atmete seinen Geruch ein, der egal wie, wann und wo, immer verführerisch roch. Ich konnte ihm einfach nicht entsagen, am liebsten hätte ich ihn in Flaschen abgefüllt.

Ich merkte seinen starken Herzschlag.

Er war so eisern, dass ich wusste, es schlug nur für mich.

„Ti amo", hauchte er mir nervös ins Gesicht.

Dabei brauchte er überhaupt nicht aufgeregt zu sein. Er wusste ja, dass ich ihn auch liebte.

„Ich liebe dich auch!", wiederholte ich aber trotzdem nochmals die Paroli, die sich so melodisch anhörten, wie noch nie zuvor.

Mit diesen letzten, bedeutungsvollen Worten war es um uns geschehen. Wir neigten uns entgegen und küssten uns.

Obwohl ich diesen Mann schon unzählige Male geküsst hatte und es immer überwältigend war, hatte es sich noch nie so richtig angefühlt, wie in jenem Augenblick, bei ihm zu sein.

Ich war überzeugt, dass wir genau am selben Punkt unseres Lebens standen.

Irgendwie war er mein bester Freund. Er war auch eine mir verwandte Seele. Aber vor allem und was für mich am allesentscheidendsten war – weshalb kein Weg daran vorbeiführte, mit ihm zusammen zu sein:

Er war meine große Liebe.

*Danke an alle,
die bei der Verwirklichung
dieser Buchreihe mitgeholfen haben!*

# Epilog

Die Beziehung mit Vito war letztendlich genau so, wie ich mir eine funktionierende Partnerschaft in meiner Fantasie immer ausgemalt hatte. Sogar noch ein bisschen besser. Es waren ein paar Monate vergangen in denen Vito konstant an meiner Seite geblieben war. Obwohl er natürlich zu Beginn noch seine Zweifel der Monogamie gegenüber hegte. Er hatte von sich ein so zerrüttetes Selbstbild und glaubte nicht ernsthaft daran, mit nur einer einzigen Frau glücklich zu werden. Doch wie ich es schon geahnt hatte, als wir uns vor über einem Jahr kennengelernt haben, war ich diesbezüglich wohl wirklich ‚seine‘ Ausnahme. Auch er kam in unserer Partnerschaft auf seine Kosten und es fehlte ihm an nichts. Dabei war es weder ein großer Aufwand für mich, noch musste er sich übermäßig bemühen, um mir treu zu bleiben. Schnell wurde offensichtlich, dass ich auch die Frau seines Lebens war und wir konnten unsere Zeit miteinander nun endlich in vollen Zügen genießen.

Vittoria bekam im Frühling ihr zweites Kind zusammen mit Pierino, der sich um die kleine Federica und auch um ihren großen Bruder Alessandro kümmerte, als wären sie seine eigenen Kinder. Nachdem die Kleine auf der Welt war, bestand Vito darauf, einen Vaterschaftstest zu machen. Vittoria lenkte ohne Widerstand ein und wie sich herausgestellt hatte, war Vito wirklich der leibliche Vater des Mädchens. Trotzdem war es für ihn ok, dass Pierino sich gemeinsam mit Vittoria der Erziehung der beiden Kinder widmete. Obwohl er natürlich bis über beide Ohren vernarrt in das kleine Ding war, das kaum Ähnlichkeit mit ihm hatte. Ganz im Gegenteil zu Alessandro, der Tag für Tag mehr wie sein Vater aussah und auch sein lässiges Verhalten zu kopieren versuchte. Es tat den beiden aber gut, dass sie, seit Vitos Rückkehr, eine Unmenge an Zeit miteinander verbrachten. Auch ich fühlte mich ab und zu so, wie sich wohl eine Mutter fühlen musste. Zumindest wenn es darum ging, das Kind zu belohnen und dafür viele Küsse und Umarmungen zu erhalten. Wenn es an der Zeit war mit Alessandro zu schimpfen oder ihn zu bestrafen, schickten wir ihn zu seinen Erziehungsberechtigten zurück.

„Wo bleibst du denn?", fragte ich aufgeregt und zappelte nervös auf dem Beifahrersitz des dunkelblauen Alfas herum.
Vito rannte schon seit über einer Stunde nervös in meinem Haus umher und versuchte zu überspielen, wie aufgeregt er war. Es war ganz amüsant mit anzusehen, dass es doch etwas auf dieser Welt gab, was ihn aus der Ruhe bringen konnte.
„Vito?", rief ich nochmals laut und drückte auf seine Hupe, um zu verdeutlichen, dass ich abfahren wollte.
„Ja, ich komme ja schon …", schnaubte er und trabte langsam zu seinem Wagen, nachdem er mit meinem Zweitschlüssel, der mittlerweile sein Schlüssel geworden war, das Haus verriegelte.
„Tutto a posto?", fragte ich lieb, nachdem er endlich Platz genommen hatte. Er lächelte mich nervös an.
Ich drückte ihn in eine enge Umarmung und gab ihm einen langen, zärtlichen Kuss auf seine geschmeidigen Lippen. „Ich liebe dich!", sagte ich und sah ihm nochmals tief in seine Augen. „Schlimmer, als bei deiner Mutter,

kann es ohnehin kaum werden!", sagte ich und kicherte kindisch.

Er nickte, atmete nochmals tief durch und warf mir das sorglose Lächeln zu, das ich an ihm liebte.

Vito lenkte seinen Wagen gelassen die kurvenreiche Straße in Richtung San Bernardino-Pass hinauf. Ich war dermaßen glücklich darüber, dass ich nun mit dem Mann meiner Träume zusammen sein konnte und mich endlich traute, meiner Familie in Österreich einen Besuch abzustatten. Ich wusste, sie würden ihn alle genau so ins Herz schließen, wie ich es getan hatte. Zudem freute ich mich sehr darauf, Arianna, Marco und die kleine Filippa wiederzusehen. Und wer weiß, vielleicht würde irgendwann sogar der Tag kommen, an dem Vito und ich bereit dafür wären, eine eigene Familie zu gründen.

Für den Moment kraulte ich ihn sachte an seinem rechten Unterarm, den er auf meinem Schenkel abgelegt hatte und schmachtete ihn verknallt an. Er wandte seinen Blick kurz von der Straße ab und lachte laut los, als er sah wie belämmert ich ihn anstarrte.

„Ich bin gespannt, was mich mit dir an meiner Seite noch alles erwartet!", sagte er belustigend und schlang seine Finger in meinen ein …

… lies die ganze Geschichte!

# *la vita è seducente*

## *das Leben ist verführerisch*

Erhältlich im Onlineshop (inkl. persönlicher Widmung)
**www.sandraruscello.com/shop**
sowie bei allen Buchhandlungen, Buchhändlern, Online
und als E-Book.

Taschenbuch:     ISBN 9783746080062     € 13,90
E-Book:                                         €  3,99

*Ersterscheinung Februar 2018*

# la vita è sorprendente
## das Leben kommt unerwartet

Erhältlich im Onlineshop (inkl. persönlicher Widmung)
**www.sandraruscello.com/shop**
sowie bei allen Buchhandlungen, Buchhändlern, Online
und als E-Book.

| | | |
|---|---|---|
| Taschenbuch: | ISBN 9783749452132 | € 14,50 |
| E-Book: | | € 3,99 |

*Ersterscheinung August 2019*